河头

汤云祥 主编

中国民族文化出版社
北 京

图书在版编目（CIP）数据

河头 / 汤云祥主编. -- 北京：中国民族文化出版社有限公司, 2025.4
ISBN 978-7-5122-1873-4

Ⅰ.①河… Ⅱ.①汤… Ⅲ.①散文集—中国—当代 Ⅳ.①I267

中国国家版本馆CIP数据核字(2024)第083385号

河头
Hetou

主　　编	汤云祥
责任编辑	张　宇
责任校对	李文学
出 版 者	中国民族文化出版社　　地址：北京市东城区和平里北街14号 邮编：100013　联系电话：010-84250639　64211754（传真）
印　　装	武汉鑫佳捷印务有限公司
开　　本	787mm×1092mm　16开
印　　张	15.75
字　　数	150千字
版　　次	2025年4月第1版第1次印刷
标准书号	ISBN 978-7-5122-1873-4
定　　价	88.00元

版权所有　侵权必究

《河头》编委会

主　任：孙　凯　张　阳

副主任：王　璐　马金芳

编　委：汤云祥　黄晓春　周苏蔚　叶林生　许　卫　胡金坤

　　　　徐锁平　李云芳　邓云华　陈息定　蒋雪芹　王建伟

　　　　沈建华　荀颖昊　夏锁荣

主　编：汤云祥

河头与临江

孙　慨

　　河头是我出生与成长的地方，而临江，亦实有其镇，只是在本书中，她是我虚构的一个所在。

　　在我的心里，河头与临江，面貌迥异，风俗有别，地理上可能相隔千万里；但有时候，她们又如此相像，如此近似，以至于可以不分彼此，完全重合。其中的根由，在于她们同源于水。

　　在我10岁之前的世界，城镇和城市都是遥远而陌生的概念，我的眼里只有乡村。在有关乡村的理解中，水，占据了记忆里非常大的比重。我平生写作的第一篇变成铅字的文章，写的是我在乡村的河道里与小伙伴们游乐的故事，那篇故事里最有意思的细节，就是我们捕捞了满满几盆的河蚌，采摘了满满几篮子桑葚，装进木船后趁着夕阳晚归。木船由一名长我5岁的堂兄撑着，在静谧的河道里徐行，我们四五个少年躺在船尾，双脚垂在水中接受河水温润的抚摸，小鱼们追逐着我们的脚尖，啄一口，咬一嘴，痒痒的，一路追随，我们嬉笑着，尖叫着，又不忍踢脚驱赶它们。在夏季，我最大的心愿就是和小伙伴们一样可以剃一个矮平顶，那样的话偷偷到河里游泳，双手一撸头发就干了。但父亲早就和每一个理发师约定：他的两个儿子只允许剃高平顶！父亲的逻辑是，矮平顶像劳改犯，只有高平顶才是有教养的文化人的样子。

　　在接受了乡村小学的最初教育后，我和村里的发小们跟着我哥到镇上的中学读书。从沈家村到镇上，先要经过东明大队部的那个直角转弯，转弯后沿着长长的、笔直的大道，走到尽头就是往镇上的公路。这条大道，其实是由开挖新河翻出的新土

建筑而成的，也就是说，是因为需要修建河道才有了路。所以，每一次走在这条笔直宽敞的大道上的时候，我都会感念这条河的开挖者。我的父母当然也是开挖者。关于这条河，我印象中还与一个看似有趣其实可鄙的故事连在一起，故事的主角是一位与我家多少有点亲戚关系的年轻妇女。在紧张又劳累的一天傍晚，工程指挥部决定给工地上挖淤泥、挑土方的劳工们加餐——每桌增加一碗红烧肉。在物资匮乏的年代，这无异于美梦成真般的天大乐事。饭堂的某一桌，某人突发奇想，说他们来打个赌：如果谁能在五分钟内吃下满满一碗红烧肉，明天这个人就可以休息一天，他（她）的工作量由桌上的其余九个人分担。肉的诱惑和繁重工作量的转嫁刺激着每个人，但每个人都不敢接招，也隐隐地不愿意有人真的接招——毕竟，对于普遍缺乏油水的肚子来说，能吃上一块肉远远比休息一天具有更强烈更实在的诱惑。正当大家都觉得无戏可看，准备持筷夹肉的时候，我的这位远房表姊站了起来，她决定接受倡议者的挑战。当她站着端起肉碗的时候，起哄的呐喊声和看热闹的笑声就在饭堂里回荡，邻桌的人都拥了过来，围了几圈想看她出丑。她左手端住肉碗，右手握着筷子，稀里哗啦一顿猛操作，她像喝稀粥那样吞了那碗肉，连五分钟都没用到。她也根本没有用牙齿咀嚼任何一块肉。她放下肉碗的时候，饭堂里鸦雀无声，人们面面相觑，感到受了侮辱。一个尖厉的声音突然在饭堂里啸叫："再喝一碗水。"她这样对于肉的不尊重，这样粗暴的吃相，激起了看热闹不过瘾的人群中不怀好意者的歹念，他们要对规则加码。年轻的少妇看着一双双决不妥协的眼睛和一张张近乎愤怒的脸，逃无可逃，拒不容拒。她接过了一大碗冷水，咕咚咕咚喝完。第二天她休息了一整天，第三天第四天也没能上工。腹泻使她几乎虚脱。她给大家提供了热闹，也损失了两天的工分。

沿着这条河，一直往西走，尽头又是一个九十度的直角转弯，转弯上坡就是公路，公路往北就是河头集镇。公路是由小石子铺就的，一颗颗镶嵌在坚硬的水泥地面上，也有一些露出尖角竖在那里。后来我一直以为，没有小石子的公路都不叫公路。公路的路基高出田野很多，原来也是用开挖大河翻出来的新土建筑的，所以路沿都有细细的浅灰色粉土，捧在手里就会从指缝间漏下来，像面粉一样。这条河俗称"大河"，是河头之所以享此威名的缘由。

当我由村里到镇上来读书，河头的概念才渐渐真切起来。如同公路上的小石子对田地里的泥土的印象替代，河头老街、河头中学、街中心十字路口沿着四个街角各自延伸的那些摆着各色各样的吃食和用具的店铺，特别是贯穿着这一切的河头"大河"，渐渐覆盖了沈家村和东明村的庄稼和人事，甚至有些明明是童年的经历，也安上了少年成长期的河头的标识。

每年的农历二月廿三，我和我哥总要从家里提前出发，在穿过人头攒动人潮汹涌的街心地段时，我必须害羞地牵着我哥的手——平常打闹惯了的兄弟，彼此都不习惯这样的亲昵举动。但即便如此，我们也常常被汹涌的人流冲散。每年遇到河头集场这一天，我们都会迟到，老师也会宽容地不予责罚。中学三年，最不愿意去的地方是食堂，最渴望去的地方是操场后面那条大河边有坡度的草地。由于家贫，即便是三分钱一碗的青菜汤，我们哥俩都从来没有买过一次。我们偶尔会在所有人都没有到食堂时，从滚烫的蒸笼里提前取走自己的饭盒，多数时候是在所有人都取走饭盒之后，拿走两个孤零零的冷饭盒坐到长满青草的河边坡地上，就着家里带来的腌菜，避着同学吃下自己的午饭，就像路遥在《平凡的世界》里写的孙少平和孙少安兄弟俩一样。我们在用河水洗刷铝制的饭盒的时候，我的心就随着河流漂到了远方。

我常常坐在河边看流水，我喜欢这条河，不仅因为流水寄托了我对远方的向往，还因为在每个有意思的地段，在每个有特点的季节，这条河都曾被我赋予过不同的假设和联想。

黄梅雨肆虐的时候，我从大道走上公路，站在电灌站的水泥墩上看大河里咆哮而过的激流。水是浑浊的浅黄色，汹涌澎湃，一些杂草和树枝被水卷着飞旋而去，有的地方就会形成圆形的漩涡。我总觉得那漩涡是西门豹治邺时被他惩治的老巫婆在水下翻腾挣扎留下的，但有时候听着咆哮的水声，又觉得那是西门豹未到邺地时，那一个个年轻貌美的可怜姑娘被老巫婆蛊惑胁迫，被逼无奈"嫁"给河伯惨遭殒命前的喊冤。街心的那家河头大饭店，我唯一的一次在这里就餐，是父亲带着我们兄弟俩，将家里的一头两百多斤重的米猪卖给镇上屠宰场后犒劳我们。我们的桌子靠着临街的玻璃窗，我的大拇脚趾在公路上疾行时踢在凸出的石子上踢破了。大肥猪被捆绑在平板车上，父亲前倾着身体在前面拉车，我们兄弟俩埋着头在后面推，用力的时候根本照顾不到脚。脚趾踢破对于乡下孩子是常事，但被公路上的石子踢破，更疼，血流得更多，那块皮耷拉着，脚掌上都是殷红的血，我只能咬着牙用脚跟踮着走。坐在饭店里，我们父子三人都觉得像城里人了，至少觉得像镇上的人了。当我看向柜台那里有人结账的时候，我就想到穿长衫的孔乙己什么时候出现，后来又想，是不是在我不经意之时他悄悄离开了。当我的目光穿过玻璃朝向街上，我就想着那个拉着黄包车奔跑的祥子什么时候气喘吁吁地跳进窗框。我想着这些人的时候，脚上伤口的疼痛也像那两个人一样变得无影无踪，无处寻觅。街心朝南，过了桥，回头再朝街上看时，贴着河水的那些房子，突然改变了样貌，原来它们面着街的是店铺，临着河的这一边，也是人家。那里挂着新洗的衣裳，堆着陈年的木条柴棍，摆放着废而不弃的坛坛罐罐，那里还有正在择菜的老人与少女。我只是定睛看了一眼，离开后立时觉得那少女就是沈从文笔下的翠翠，那老者便是她的爷爷了。后来很多年，大河边的街的另一面，都是我安放沈从文小说世界的特定的环境。顺着大河往西北，我仅有的一次逃学，就是和一个同学在粮管所后面的河边坡地上度过的那个下午。他看《三侠五义》，我读了半本《西湖民间故事》，那样的惬意，那样的甘之如饴，那样的忘乎所以和神游异境，终生难忘。多年以后，我都觉得远在杭州的西湖，那湖水，和那个春日的下午我坐在草地上看书时眼前清澈纯净的大河水是贯通的，是一脉相承的。她们分处两地，但水的色泽、温度、口感、营养，给予我的温润的感受，都是完全一样的。

我曾经对乡人将流经镇域的这条河高估为"大河"而暗笑他们少见多怪，也曾经对河头这个名字耿耿于怀。因为河头，无论是河之源头还是河之尽头，都难免有孤独寂寥、水波不兴、生机匮乏的宿命。我想象中（毋宁说是期望中）的河头，应是通江达海之地。海太遥远，太浩瀚，太凶悍，以至于海边只配有渔村，江却可望亦可即。而临江，上下游之间的一个驿站，商业繁荣与信息交流的枢纽，喧嚣与沉静在每一个白天和夜晚都交替呈现的小镇，那是一个生机勃发的小社会，是人的活力和智力都因环境的推动得以尽情释放的所在。在临江，个人施展才华与抱负的机会，普遍且公平，每个少年，都与生俱来地野心勃勃——国人谓之出人头地，渴望立于时代的中心，渴望成为众所瞩目且令人钦佩与仰慕的焦点，但冲动与理想，在实践中常常转变成折中的妥协和向往。经历贫寒者，较之于常人更为敏感。当有一天我意识到人与人之间的不平等，第一条就在出生时，我从来不会也不敢假设自己的父母是另外的两个人，但是我可以假设自己的出生地是另外一个更优于现状的地方。于是我就有了这种种自诩的联想，而每一次联想，都倾注了个人的主观性的美好期许。临江，就是我少年时代对河头的假设与期许。后来，我总是不断地有机会重新审视这份假设与期许。随着我见识和踏访的"河头"越多，我心中的"临江"就越模糊，二者也越来越接近，几近于重叠。无论是在北方，在中原，还是在西南地区，也无论是在山区还是草原，每一次到访那些异地的陌生小镇，我都会将它们与自己曾经生活的河头做比较，我发现几乎所有的小镇都有一支河流相伴，即使是建筑在山腰上的旱地集镇，也有经年流淌的溪流穿越。诚如历史学家所揭示的那样，人类的文明源自逐水而居。水，尤其是活水，是一切生物的存续之源，也是人类寻找聚居地的共同选择。我渐渐意识到，每一个小镇少年，心中都有一个远方的临江。而那些陌生的小镇，其实是另一个河头，我心中的临江其实也是河头的另一个版本。

进而理解，原来，河头的大河之名，是相对于镇域境内那些状若蛛网的小河而言的；原来，河头之说，从来都不与源头和尽头这两个特定词有关，它四通八达，畅流大江大海；而河头小镇，也与世界并无隔阂，更不闭塞，尤其是在经历了国家改革开放四十多年后。她地处沪宁线之间，身在苏锡常，仅仅凭借着这两个地理概念，无论是经济、文化、民众生活还是社会文明的状况，也不管是在今天还是四十多年之前，这个区域，说优越于国内百分之八十以上的城镇并不为过。你在河头期许临江，你不知道的是，或许有无数个临江，在期许你的河头。庙堂或江湖，全在个人的身心领悟。而在根本上，我们内心对生活的地方所抱持的期许，诸如交通发达，社会进步，文明昌盛，机会均等，世事公正，等等，这些均属外因。年岁稍长，我们就懂得改变自我真正重要的还是触动自己心灵深处的内因，培育或蓄养属于自己的品性和人格，如勇敢，正直，独立，真诚，勤奋，坚强的意志力和锲而不舍的韧性。我们被环境所塑造，归根到底是被环境中具体的一个个人、一件件事所塑造，被一桩桩触碰心弦的经历所熏染，包括被那一件件奇闻趣事所改变——所有铭记于心的往事，都曾作用过我们的心灵。当真正的自我在某一天终于形成，当一个人的人格终于成型，环境只是一件躯壳，但你也不可能弃之如敝屣，就像少年时御寒的一件棉衣，不再需要，然而永远对它充满温情的感念。打开中国地图，我们寻找江苏，在江苏的地图上，我们用拇指和食指撑开金坛的境域查看河头，当河头充满屏幕，我还会进一步放大，俯视自己生活过的村庄或街道寻找那些熟悉的田野和房屋。这时候突然发现，每一次探寻和回访，每一方处所都只是我们身体的临时寄居地，就像我姓孙但我的村子叫沈家村一样，我们自以为是的生活中心其实是我们灵魂曾经的栖居地，只是一定年龄段的精神重心。精神的寄居，意味着暂时和变动，也意味着深刻和难以忘怀。由此联想到，原来，河头这个由大河滋养的小镇，街道面貌会因时代之变而兴替，然而她的形象却始终因人而异。也就是说，每一个在河头生长、生活过的人，心里都住着另一个属于自己的具有精神特征的"临江"。就像莫言的高密东北乡，就像沈从文的凤凰古城，而我的"临江"，由于模糊到了极致，这虚构的所在反而越来越清晰，越来越明朗，就像马尔克斯的马贡多，福克纳的杰弗生镇。

十天前，云祥兄发来本书的电子稿，邀我为之作序。起先觉得难承其重，读完书稿，欣欣然，先睹为快之际不禁意趣盎然，情至深处，生发了如许感想。河头一地，在晚清即文脉昌盛，英才辈出。贡生汤蓉镜在龙兴寺坐馆授徒二十八载，先后培养了十多个秀才，名闻八方，连附近城东、尧塘和邻县里庄桥、皇塘的青年学子都慕名前来拜师求学；三代从医的李竹溪，礼佛作诗，造福乡民二十余载并有两部医书传世。据胡金坤先生的考证，汤蓉镜、李秉阳、于醉六等多位贡生还被选拔到京城国子监深造，名动天下，足见晚清名士栖居河头小镇的盛景。民国又有教育家徐养秋、革命者薛斌这样的杰出乡贤，为社稷育新人，为黎民保安宁，名垂国史，光耀桑梓。本书分古往今来、风土人情、名人乡贤、似水流年四个章节，不仅将先贤名流，前尘往事，梳理整合，尽数呈现，也将改革开放以来小镇的面貌变迁和当代能人细致记述，其中就有河头眼镜产业的创始者钱锁文、河头油嘴油泵产业的领头人黄达保，更有为乡村教育奉献一生、桃李满天的老校长许明志先生。一篇篇文章充满了丰沛的情感，一段段文字记述着河头的前世今生，史料可贵，史实丰厚。修史述志，表彰前贤，激励后生，存续文脉，造福乡梓，实乃积德行善的有功之举。

是为序。

2023年8月20日星期日

（孙慨，中国摄影家协会理事、理论委员会委员，江苏省摄影家协会副主席。）

目　录

古往今来

历史沿革　　　　　　　　　　　　　　　　　　　　　汤云祥 / 3

大河之头是故乡　　　　　　　　　　　　　　　　　　徐锁平 / 6

上塘大帝庙与河头集场　　　　　　　　　　　　　　　徐锁平 / 9

陇东庙的变迁　　　　　　　　　　　　　　　　　　　徐锁平 / 13

北渚荡：从上塘到下塘　　　　　　　　　　　　　　　许　卫 / 18

漫话莞塘　　　　　　　　　　　　　　　　　　　　　樊嘉华 / 22

透过文物看河头　　　　　　　　　　　　　　　　　　江　一 / 26

堰头村的历史　　　　　　　　　　　　　　　　　　　虞万金 / 31

中塘老街　　　　　　　　　　　　　　　　　　　　　贺国财 / 34

老家下泗庄　　　　　　　　　　　　　　　于先明　于　佩 / 38

记忆中的林梓巷　　　　　　　　　　　　　　　　　　杨国生 / 42

东星村　　　　　　　　　　　　　　　　　　　　　　徐木金 / 46

九　村　　　　　　　　　　　　　　　　　　　　　　钱根松 / 48

再修金沙虞氏德聚堂谱　　　　　　　　　　　　　　　虞金木 / 50

贺家祠堂今安在　　　　　　　　　　　　　　徐锁平　贺同财 / 52

黄族始祖居住河头考　　　　　　　　　　　　　　　　黄和平 / 55

蹬缸除恶帮	叶林生 / 57
"寄娘塘"的传说	叶林生 / 59
菩萨定庙堂	叶林生 / 61
上梁对联的由来	叶林生 / 64

风土人情

豆花娘娘	徐问道 / 69
梦萦牵绕菱子情	李凤英 / 73
儿时的美食	小 乔 / 76
蚕豆花开	樊嘉华 / 79
大自然的美味	樊嘉华 / 81
河头羊汤	胡金坤 / 83
毛头羊汤	金 平 / 86
河头月饼分外香	徐锁平 / 89
蒸出来的年味	樊嘉华 / 92
河头米猪	于建华 / 95
皮老虎	叶林生 / 97
送　春	叶林生 / 99
河头地区的农时记忆和农耕文化	戴裕生 / 101
劳动号子	叶林生 / 113
晒　场	樊嘉华 / 118
生产工具	叶林生 / 120
农村砌新房	樊嘉华 / 122
上梁抢梁	叶林生 / 127

名人乡贤

逸樵夫子汤蓉镜	胡金坤 / 130
佛亦医亦诗人——李竹溪	胡金坤 / 133
一代鸿儒徐养秋	赵永青 / 137
我的外公	赵永青 / 140
河头的孩子	赵永青 / 145
诲人不倦领航人	许菊兰 / 149
黄达保与油嘴油泵	李 茄 / 153
钱锁文与河头眼镜厂	李 茄 / 156
碧血辉金沙　忠魂埋茅山——追忆金坛县抗日民主政府县长薛斌	黄晓春 / 158
抗日双雄	樊嘉华 / 162
慈善为怀	周苏蔚 / 166

似水流年

风雨老街	徐锁平 / 170
柴墩人	景迎芳 / 175
青　麦	徐问道 / 180
芦花鞋	徐问道 / 186
父亲的路	汤云祥 / 188
父亲的行当	汤云祥 / 191
带着乡情去呼吸	周苏蔚 / 194
第一部电话	王加月 / 196
大沙庄外婆家	樊嘉华 / 198
儿时家门口的小河	樊嘉华 / 201

后符婆婆家	樊嘉华 / 204
上泗庄中学记忆	小　乔 / 206
堰头村的大河	虞建民 / 209
童年的快乐	小　乔 / 211
一条路的变迁	程维平 / 214
我的长辈们	汤云祥 / 217
追忆六七十年代的生活	于先明 / 220
河头首届科普节	李锁福 / 225
在河头小学做导师的那些日子	陈　文 / 227
塘间野趣	葛汉民 / 229
桥的印记	李凤英 / 232
难以忘怀的乡情和乡愁	王　霞 / 234
后　记	汤云祥 / 237

古往今来

历 史 沿 革

汤云祥

原河头镇位于金坛县城东约8千米处,东经119°31',北纬31°14'。南临钱资塘与岸头乡隔水相望,东界尧塘乡,西连城东乡,北与丹阳市里庄、皇塘两乡接壤。

相传南宋末年,本地区主要集镇只有陌聚街(后来的麦穗村)。后金兵入侵,街道毁于兵乱。人们即到陌聚街附近的河头小村做买卖,年长日久,遂形成镇。因其地处大河尽头而得名,故名河头。

据《金坛县志》(辛酉)载:"唐安乡(在县东,唐武德初置时,即设此乡),都四(一都、二都、四都、五都),里十六(今散为村庄巷四十七,皆非故名)。"

唐安一乡,为镇者三,为图二十有五,为村三百三十。曰:河头镇所属石、大、宇、汪、张五图(辖一百一十四个自然村)。曰:中塘桥镇。所属添、洪、阅、列、被、草、及、四、恭九图(辖八十五个自然村)。曰:尧塘镇。所属源、身、地、宙、盈、五、寒、黄八图(辖一百一十一个自然村)。

民国初年,仍沿用清制。民国十八年(1929),县以下设区,原唐安乡分为小乡。本地区划为石字、太平、宇汪、洪列、添阅五乡,属二区管辖,区公所设在民觉庵。1933年,石字乡与太平乡合并为河头乡。

1949年4月24日,金坛解放。5月8日,金坛县人民政府决定:各区、办事处改名区、乡人民政府,并派员进行接管。河头地区设河头、柘荡二乡,隶属金东区。区人民政府设在河头镇。1949年10月,区政府迁到尧塘乡西下村。同时,废除保甲制。乡以下设行政村。1949年底,金东区划为10个乡。河头地区辖河头、中塘、龙塘、城塘乡的全部及陇东乡的大部分。

1956年5月4日，金坛县撤区并乡。龙塘乡、陇东乡的大部分并入河头乡，隶属水北区；城塘乡、中塘乡并入柘荡乡，隶属环城区。1957年8月25日，金坛县撤销区建制，改行大乡制。原河头、中塘、龙塘、城塘乡的全部和陇东乡的大部分隶属河头乡，乡人民政府设在河头镇。1958年9月11日，河头、尧塘二乡合并成立尧塘人民公社。公社管理委员会（亦称乡人民政府）设在尧塘镇。原河头乡设河头、龙塘、陇东、中塘、东星5个大队。1959年2月22日，尧塘人民公社又分为尧塘、河头2个公社。

1983年6月15日，河头公社管理委员会更名为河头乡。1986年3月6日，金坛县人民政府决定，经江苏省人民政府批准，河头乡改名为河头镇。

河头原有一条长173米、宽4.4米的老街道，路面是以60厘米长条石铺垫，无下水道。两侧房屋短小，西街有私人四层更楼一座。为防盗匪，东西出口处设有东西栅门，早开晚闭。街后居民住宅多为草屋。街镇有170多户，600多口人，大小商店近70家，经营棉布百货和铁木竹等手工业。

1971年，沿夏溪河建了一条长380米、宽12米的新街道，后浇成柏油路面。除公社办公楼、工业公司、供销社、信用社、粮管所等53间二层楼房外，其余均为平房。1978年，新建了一座拥有1051个座位的影剧院。1986年，建立了自来水厂。

1986年下半年，集镇土地规划面积1平方千米。新建北商业大街，大街长500米、宽25.5米，横街长100米、宽12米。地下排水道长450米。主、横街自来水管道总长1200米。新街中间高压线、低压线、路灯三者装在一杆上，长度500米。1987年已建成房屋：二层楼76间，三层楼80间，四层楼16间，厂房154间（包括仓库）。部分单位、商店已迁入新街办公营业。

河头镇境内，有4条主要河流，即大河、南尧塘河、柘荡河、白龙塘，与20世纪70年代开挖的河网化河道，组成本镇境内整个水道系统。

大河，县城北运河（现为丹金漕河）支流，东出钟秀桥（大中桥），停蓄北渚荡，又东流出莲珠桥（联合桥）至河头，俗称大河。1970年冬，经疏浚开拓，与尧塘河连接，称为夏溪河。流经本镇境内长约5.6千米，是中部最大的水系。

南尧塘河，丹金漕河水出钟秀桥，又一支流东折而南，出思墓桥，经本镇南部，流至尧塘，称南尧塘河。该河在本镇境内从毛墩村西至后潘村东，长约3千米。

柘荡河，在丹金漕河东，河埂有新闸（柘荡闸，在现城东蒋家渡）通水入内，积水灌田。在本镇境内从刘庄桥至榨底坝，长约4.5千米，原为内河。1978年10月，从夏溪河畔的小下云至大东干，开挖了长约2.5千米的薛庄河，使柘荡河与夏溪河连接。

白龙塘，是本镇东部与丹阳皇塘镇合有的内河。有许多支流流入本镇东明、洪家等村，灌溉农田。

1970年至1980年，公社组织民工开挖了主干河、河东河、东明河、红星河、大新庄河、大沙庄河、莞塘河、东光河8条社级河道，组成了东片河网。从夏溪河（河湾里）开挖至坂头村的东光河的尽头，建造了一座红光翻水闸。

2007年3月，撤销河头镇，其辖区并入金城镇。2015年1月，原河头镇辖区和城东乡部分地区从金城镇划出，设立东城街道。原河头镇区域现分为河头村、明星村、中塘村、五联村、华兴社区5个村、社区。

河头村位于金坛区东部，南与尧塘接壤，北倚丹阳皇塘，是金坛的东大门。全村区域总面积5.5平方千米，共有14个村民小组及华阳居委会。2014年动迁后，现有河头集镇、小下云安置小区、东南庄安置小区、代管香格里拉山庄、珑庭花园两个商住小区，户籍人口5000余人。近年来，河头村始终秉承着"和美千家，幸福源头"的服务理念，通过整合优化资源，服务阵地共建共用共享，积极打造"新时代文明实践站""夕阳红居家养老服务中心"等一站式服务平台，坚持以党建为引领，以网格化管理助力基层治理工作，以文化惠民与志愿服务为突破，不断满足群众多元化、多样化需求，着力打造便民、利民、惠民、助民服务新阵地。

大河之头是故乡

徐锁平

"一条大河波浪宽,风吹稻花香两岸。我家就在岸上住,听惯了艄公的号子,看惯了船上的白帆……"每每唱起这首歌,家住河头的大爷大妈们,就会情不自禁地回想起昔日河头老码头的繁荣景象。

"来啦!来啦!"一条装着各种货物的木质大船,缓缓地抵达了用块块条石砌成的码头。不待船工们系牢船绳,码头上早已准备好的搬运工就一拥而上,开始为供销社装卸货物。大到各种装油的大油桶,袋装米面,小到各种农用工具,锅碗瓢盆……

家住河头老街西边,80岁的管火林,依然记得当年供销社板船靠近大码头时的热闹情景。他指着门前的那棵高大的白果树说:"当初码头就在那个位置。"

那时,河头到县城不通公路,运送物资主要靠水运。一条10多米宽的大河,直通到他的家门口。那时,他在码头的阵阵喧闹声中醒来,在老街的点点变迁中长大。

每逢河头集场,船儿从码头一直排到了一里外的上塘桥。沿街的河边停满了各式各样的小船,一只紧挨着一只。上街卖货的、购物的、吃早点的、喝早茶的……挨挨挤挤,摩肩接踵,将宽敞的码头挤得水泄不通。人流涌进平静的老街,顿时像煮沸的大锅,变得热闹非凡。

那时板船的动力,来自摇橹、撑篙、背纤、张帆,船上的货物,历经一两天的周折,才能从金坛县城运达大河尽头的码头。

船头有一人拿着一根长长的粗大的竹竿,不时地左点右撑,控制着船头前行的方向。船尾,则有两个船工摇橹。橹的一头系着一根绳,橹中间的凹槽则搁在船尾处突出的圆球上。摇橹也是一门技术活,只需要在橹的握手端施加不大的力、摇动很小的角度,在摇过去搬回来之间,就可以使船前行。他们操作自如,犹如舞姿般优美。那船桨,哗哗地,在水中左右游动,就像一条摇着尾巴的大鱼,推动着板船不停向前。

如果遇到顺风,就可以挂上船帆,这样省时又省力。船工们最怕的是逆流而上,那时就需要有人上岸去拉纤。在高高的桅杆上系上一根长长的绳,另一头则系在拉纤人的纤板上。拉纤人身体向前倾斜,弓着背,竭尽全力,沿着河岸,步步踩稳,步步向前。天热时干脆光着膀子,汗珠顺着脊背不住滑淌,后来才渐渐地用装有柴油发动机的机帆船代替了板船。

1969年,全县民工聚集在河头,开通了河头至尧塘、夏溪的夏溪河。全县每个生产队都派出了10多名壮劳力。从冬季开始,万余名民工前来做挑河工,奋战了半年,终于打通了夏溪河,创造了水利会战的奇迹。民工们每天天不亮就出工,到天黑了才收工,中午也只是稍作休息。那时每人每天按两斤米定量。早晨吃的是米粉团子,大到一两一只,饭量大的可以吃八两至一斤。中饭吃的是白米饭,菜只有青菜,隔一两天才能吃上一回肉。他们要将河底的污泥挖掉后,再往下开挖,要开到有螺蛳的地方,远远超过泥炭皮层,一直开下去10多米深。光是一个斜坡,就有10多米长。最终,河面拓宽达60米,可以自由地行驶机帆船了。现代年轻人肯定难以相信,这么一条又宽又长的大河,竟然是人工开挖出来的。

管火林依然记得,当时没有现代机械帮助,开河主要靠人力,用钉耙锄头,铁锹铲子,靠着肩上的一副副担子,挑起一担担河泥,一步一步,爬上高高的堤岸,需要的是强壮的体魄、顽强的意志。湿漉漉的河泥,粘在钉耙上,粘在畚箕里,得使出更大的力气,才能将它们倒下。用人工挖河,吃住都在工地里,风餐露宿,凭着勤劳的双手,战天斗地,修建水利工程,创造了一个个奇迹。

管火林当时刚从上海工程兵复员,身强体壮的他就加入挑河工的队伍。他历经了各种辛苦,双手磨出了老茧。当时,工地上红旗招展,高音喇叭里歌声嘹亮,播音员不时插播工地上的先进事迹。整个河工上人头攒动,热火朝天,你追我赶。劳动号子此起彼伏,掀起了社会主义建设高潮。

挖出的河泥，堆在两边的河堤上，抬高了河堤，起到防洪蓄水的功能。各村也修起了四通八达的沟渠，保证了旱涝无忧。因为当时河流不通畅，一下大雨，尧塘那些低洼地中的水排不出去，经常被淹。遇到大旱，河水抵达不到尧塘，造成严重旱灾。夏溪河的开通，解除了困扰老百姓几百年来的水涝旱灾，做到了旱涝保收。

　　随着夏溪河的开通，原来通往河头老街的河流，在现在自来水厂处就被截断了，码头也随之废弃了。"河头"这一名称的由来，也渐渐地淹没在老人们悠长的记忆之中。新码头也建在了原河头桥旁。河面上，天天有机帆船啪啪啪啪地来来往往。宽阔的耸起的河堤上，开通了金尧公路。随着公路的开通，码头也冷落了。原来截留的仅存的一段河塘，也随着河头停车场的建设而消失不见了。那阵阵的摇橹声，也飘进了老一辈童年时代的歌谣之中，越飘越远。

上塘大帝庙与河头集场

徐锁平

每年农历二月二十三日,是一年一度的河头集场,吸引了来自四面八方的商贩,集场红红火火,热闹非凡。四邻八乡的百姓,呼朋唤友,扶老携幼,走亲访友来了,赶集购物来了。

放眼望去,人山人海,说笑声、叫卖声、讨价还价声此起彼伏。集镇中心地带,来自东南西北的商贩早在前一两天就把小商品运来,在街道两边摆开了摊位。商贩来自周边地区,有夫妻搭档,有姐弟配合,也有父子同行。摊位一个挨着一个,将整个街道摆放得满满当当。这里虽没有大商场里供应的高档货、名牌货,但都是老百姓居家生活必需的实用品,物美价廉。

解放前,金坛乡镇共有26个集场,每年最早的集场在儒林镇(农历二月初八),最晚的在直溪镇(农历四月初四)。这些集场大多集中在农历二三月间,正是春季耕种的时节。"集场排日,此散彼聚。"河头集场是东城街道辖区内唯一的一个传统集场,每年的河头集场,既有各种生产资料和生活用品的买卖,也有群众喜闻乐见的戏班唱戏等传统的文体活动,吸引着成千上万的赶集人。

事实上,集场自诞生之日起就和庙会紧密相连,一般各地赶集日也是依据传统庙会的日期而定。从前,一到庙会期间,周围数百里的善男信女们都会不辞辛劳,赶来庙里进香、许愿、还愿。这也是进行贸易的最好时机,经商者绝不会错过。因此,农民们又习惯称赶集场为赶庙会。

河头集场起源于上塘庙会。据《圣顺镇江志》卷六记载:"上塘庙在唐安乡。"河

头一带以前叫唐安乡，上塘庙又名祠山圣帝行宫，民间唤作祠山大帝庙，位于常州市金坛经济开发区河头村委上塘自然村（20世纪50年代用作粮库，即原河头粮管所）。祠山圣帝是"神佐禹治水"的水神，始建年代应早于清乾隆初年，清咸丰年间毁于兵燹。据《重修碑记》记载，最近一次修建是"光绪岁次丙戌年嘉十月"，即光绪十二年（1886）。寺庙坐北朝南，正殿七架梁，5间。北边沿正殿中轴线两侧为左右厢房。

上塘庙是祠山大帝的行宫，所以上塘庙又叫祠山行宫。4200多年前，祠山大帝一直在沈渎一带，为解决当地的水涝干旱，不辞辛劳，还曾辅佐大禹治水开沈渎河，有功德于民。自此，声望越来越大，管辖着苏州以西、茅山以东的大部分地区。大帝经常云游四方，为百姓做了不少好事。本地区百姓亦深感其恩而建庙祭奠，即祠山行宫。重建开光之时，民众撰写对联赞颂："河开沈渎，功德在民，千百年俎豆馨香永烟享祀；乡接长安，封疆各守，十万户鸡鸣犬吠共乐平成。"

"风枯社，雨上塘，庙贺巷，脚脚踏水塘。"这句顺口溜在民间流传甚广。据说每年农历二月二十三日，上塘庙会这天不是刮风就是下雨，每年如此。这些现象始终不为人所解。曾有一位老者去请教阴阳先生，先生听后说道："风风雨雨，有风有雨，风调雨顺也。你们这个地方一定是风调雨顺的吧？"老者答道："这倒不假。"老者又问："那为什么偏偏是一到这天总会刮风下雨呢？"先生问："你知道这天是什么日子吗？"老者答道："这天是上塘庙会的日子呀。"先生大声说："这不就对了嘛。别问了，天机不可点破，风调雨顺就好了。"说完飘然而去。大家明白了先生的话，是大帝保佑本地风调雨顺的征兆了。

有一年农历二月二十三日这天，轮流到上庙的村，人们忙着杀猪宰羊，大办祭品来庙里祭拜。来到庙门口，偏偏是猪和羊抬不进去。抬的人走一步退一步，就是进不去。大家你看我，我看看你，不知如何是好。大家来到大帝神像前烧香跪拜一番，回头来再往里抬，可还是抬不进去。这回大家慌了手脚，不知什么事得罪了大帝。正在无计可施时，有人似乎明白了什么，带领大家急忙来到神像前跪下祷告道："大帝恕罪，下不为例。大帝恕罪，下不为例。"祷告完毕，大家再次来到门口。说来也怪，这回竟顺顺利利把猪和羊抬了进去。大家都明白了，是大帝要大家节省一点，不要太破费。以后就不再杀猪宰羊，仅以简单的供品祭拜。

20世纪50年代后，随着河头集镇的发展，庙会就转移到了河头街道上。乡镇集场呈现出前所未有的繁荣景象。农民赶集场，不仅是因为热闹非凡，更重要的是有比平时更加丰富便宜的商品，还可以获得各种新的经济信息、新的农业技术和设备。集场之上的贸易和娱乐项目也越来越丰富，各种服装、鞋帽、日用品、家用百货、玩具等生活消费品应有尽有，图书、杂志、音响、游戏机等文化娱乐商品逐步增多。城里人到乡镇赶集的风潮，也就是在这个时期兴起的。

随着城市化进程的加快，小城镇发展迅速，各个乡镇的交通物流越来越便利，商品经济日益发达，内涵已悄然转变。现今，集场不再是农用物资和生活资料交易的场所，而是农村人际交往、乡俗民规的文化产物。

集场在农村人的记忆里，是最受欢迎的时节。每年的农历二月二十三日河头集场，城乡来赶集的人们踏着自行车、骑着电动车或开着小汽车过来喝酒吃饭，凑凑热闹，其热闹程度不亚于新年。如今，东城街道借助集场，实施送文化下乡、送科技下乡、送法律下乡，提高集场的文化内涵，使传统的集场焕发出新的生命活力。

据退休教师夏锁荣老师介绍：以前在河头境内有南北中3条河流。早先，中间这条河流源头在河头老街的西头，河头的名称由此而来。上塘村就在大河边上，村南边就有一座庙，青砖灰瓦，气派雄伟，人们叫它上塘庙。到底是先有庙还是先有村，我们无从知晓。但在元初《志顺镇江志》上已经有上塘庙的记载，这说明上塘庙已有六七百年历史了。

早先的上塘庙景况，都是听先辈们口耳相传。传说上塘庙里分别建有土地庙、大帝庙。庙文化主要是传承惩恶扬善，据说建有生死簿、上刀山、下油锅、锯离锯、磨里磨等雕塑。中华人民共和国成立前，每年的庙会由周边7个自然村轮流出钱主办，相当隆重，吸引了四方客商。

横跨在庙前大河上的上塘桥，原名叫玉秀桥。关于这座桥的来历，还有一个凄美的传说。上塘庙前是一条大河，庙前这段河面特别宽，来往行人靠摆渡往返，很不方便。当地百姓自发捐款造桥。旧时造桥，说是要有人捧桥桩，否则桥迟早要倒。也就是要在桥未造好前，在造桥处若是有人叫你的名字，你应了，你就是捧桥桩的人，不久必死无疑。这次造桥的石匠中，有一个当地出了名的恶棍，做尽了坏事。在河边摆渡的玉秀姑娘深受其害，姑娘从不搭理他，他却纠缠不息。一天夜里，大帝托梦给姑娘，授以一计，趁此人晚上前来看守工地睡着后，悄悄来到他的身边，叫他的名字。他在睡眠中不知不觉答应了一声，醒来后，已知上当。他将姑娘打翻在地，姑娘奋起反抗。一番搏斗后，姑娘趁黑夜逃脱，但也深受重伤。

作恶多端的恶棍死了。不久，桥就造好了，方圆几十里的人都赶来庆贺，庙前广场至桥上桥下的人连成一片。热闹几天的人们这时候才发现，一直都没见到玉秀姑娘的人影。这么多年来，姑娘为来往行人摆渡，为远道而来烧香拜佛的人提供方便，还为民除了一害，人们忘不了她。为寄托对姑娘的思念之情，给桥起名玉秀桥。嘉庆三年（1798）重修玉秀桥，人们踊跃捐款，捐款功德碑至今仍然存在。随着时代变迁，玉秀桥这一名称渐渐被遗忘，被上塘桥所取代。

上塘庙会于20世纪50年代迁至河头集镇，上塘庙也改作粮库，在20世纪90年代建起纸盒厂、水泥预制厂等临时工厂。随着东城街道开发区建设，上塘庙在原址重建。整个建筑坐北朝南，呈"U"字形，朝南为大帝庙大殿，大殿后为两排厢房。西边则为上塘土地庙，供奉土地菩萨。庙中有一副对联曰："先上巳一句燕语莺啼，铺出笙歌世界；后花期十日桃红柳绿，染成锦绣乾坤。"

现在，知道农历二月二十三日河头集场起源于上塘大帝庙庙会的人越来越少。2010年，重建的上塘庙被列为常州市金坛区文物保护单位，香火也越来越旺盛。那位为民排忧解难、兴修水利的祠山大帝，永远活在一代代河头人的心中。

陇东庙的变迁

徐锁平

解放前,在金坛县城往东南方向10多里处,有一座陇东庙,规模较大,一年四季香火鼎盛,香客如云。

那时的陇东庙,是大帝庙和土地庙的合称,以流过贺巷村、南北走向的一条五六米宽的长河为界。长河东边是大帝庙,坐北朝南,前后有两进房子。庙门前是一个1亩多地的椭圆形池塘。长河西边是土地庙,庙前有一堵照墙,只有一排高大的房子。

一进大帝庙门,迎面就看到两座看门菩萨矗立着,身材高大魁梧,样貌威武凶猛,身体向前倾着,瞪着圆圆的大眼睛,令人望而生畏。穿过看门菩萨,就是一个10多米见方的大天井。天井中摆放着一座直径4尺多、高1丈有余的大铁香炉,像高耸的宝塔。北边就是正殿,里面塑有大帝金身像,慈眉善目,保佑众乡亲四季平安,风调雨顺。它的四周还摆放着三四十个小菩萨,那是香客们供奉的。

长河西边是土地庙,庙前的照墙上有一个方形窗台,供人烧倒头香。倒头香,就是家中有人老去之后,家里人就起个大早,上庙敬香,保佑全家平安。每当夜里听到庙里有铁链响声时,就会有人来烧倒头香,因为一定是家中有人老去了。

关于这堵照墙,还有个传说呢。因为住在庙前贺巷村的储岳氏常常挑着大粪从庙前经过,前往土地庙北边的田地干农活。为了避免这种情况再次发生,村民经商议后就砌了这堵照墙,予以遮挡。同时,也方便村民从庙前进进出出,免得惊扰了土地菩萨。

照墙后面就是一排三大间的高大房子，正中一间摆放着土地菩萨的雕像。他右手拄着龙头拐杖，左手托着金元宝，慈祥地望着芸芸众生，保佑一方五谷丰登，六畜兴旺。土地庙的东西厢房，则供看庙的人居住生活。

陇东庙正处于河头与县城的中间地带，到河头也有10里路左右，过往行人常常在此歇歇脚后，再继续赶路。慢慢地，这里变得越来越兴旺，成了热闹的去处。附近逐渐开设有茶馆、豆腐坊、榨油坊、肉墩头等店铺，极大地方便了周围百姓。

"西枯社，风上塘，阴阴涩涩庙贺巷，脚踏水塘杨贺巷。"每年农历二月二十日左右，陇东庙庙会期间，大帝庙前隔着小池塘的戏场上，就开始搭起高高的戏台，唱开了老戏，一唱就是两三天，四邻八村的乡亲们蜂拥而至，走亲访友来了。

那时，大家特别爱看一些老戏，如《活捉张三郎》。戏文中唱的是：宋徽宗年间，沛县洪涝成灾，阎惜姣举家被迫流落郓州。为殡葬父亲，惜姣头插草标，自卖自身。宋江路过，赠银百两，让惜姣料理丧事。阎母为报恩典，将惜姣许配宋江。婚后不久，惜姣便与宋江之徒——张文远（三郎）私通。宋江得知后，杀阎惜姣泄愤。阎死后阴魂不散，日夜思念情人。某夜，惜姣索取三郎魂灵，以偿昔日夙愿。据说，惜姣的扮演者常常将那长长的红舌头伸到外头，血淋淋的，格外瘆人，吓得胆小的孩子都不敢看。

随着历史的变迁，原先五六米宽的长长的河道变得越来越窄，最后也只剩两三米宽的河沟了。

陇东庙是怎样毁败的呢？据贺巷村上86岁的于火小老人介绍：当时的日本侵略者和尧塘汉奸服务队经常下乡，在这一带活动猖獗，烧杀抢掠，无恶不作。来到陇东庙，他们就住进高大的庙里，要吃要喝。鬼子、汉奸还将抢来的所有物资都堆放在庙里面，找机会再向县城运。

鬼子汉奸白天祸害百姓，有时晚上还龟缩在庙里，易守难攻。新四军左思右想，不得不采取特别手段，决定将这两座庙烧掉，让鬼子、特务失去屏障，以绝后患。同时，也是为了鼓舞老百姓的斗志，警告一些软骨头不要为虎作伥。一位执行命令的新四军战士趁着黑夜的掩护，将两座庙一把火给烧毁了。

后来，周边各村陆续建起了民校扫除文盲，改变周边村民不认识字的现状。村民抓住吃过晚饭的空闲时间,来到贺巷村的蒋家祠堂,学习一些常用汉字。解放前,陇东办学较分散,是小规模的,大部分是办学点,开在庙巷村的王家祠堂,贺巷村的蒋家祠堂里。孩子们上的都是复式班,相当于私塾性质,一个老师教好几个年级。因为蒋家祠堂地方太小了,就在残垣断壁的土地庙中,建成了陇东小学,开设一到六年级复式班,有6名老师任教。由东往西,走过架在长河上那高高的骆驼桥,再向右一拐,就到了学校大门口。

残存的陇东庙,在破四旧运动中,难逃厄运,荡然无存。20世纪70年代,学校在此废墟中,利用碎砖,砌了前后两排校舍,建成了陇东戴帽初中,即一到七年级,解决农民子女就近读中学的问题。80年代改成完全小学。当时学校的施教区包括陇东大队、午巷大队和后潘大队。城东乡庄家大队的蒋家、向家、庄家三个村的孩子,在村上初小上完一到四年级,也来到陇东小学继续上五、六年级。到了20世纪80年代中期,这些学校就全部拆迁,合并到陇东小学了。陇东小学设有一至六年级八个班,一到四年级各一个班,五、六年级各两个班。

据今年87岁的退休教师储雪林介绍,他就是在陇东小学上完了完小后,到金坛上完初中,考上了金坛的师范学校,于1962年毕业做教师。当时国家处于三年自然灾害期间,所有毕业学生都没有能够分派工作。储雪林也积极响应党和国家的号召,回到农村支援生产第一线,来到办在堰头的午巷小学做民办教师。1963年9月,又听从组织的安排,远赴新疆教学。他于1980年9月回到家乡,来到陇东小学任教,直至1994年退休。

当时担任农村小学教学任务的大部分是民办教师,师范毕业生比较少。有一位汤壎校长,他是一位老师范生,多才多艺。在陇东小学工作了十几年,勤勤恳恳,任劳任怨,一直工作到63岁才退休。直到1985年,才有新师范生加入,为学校的发展增添了新的血液。

我于1986年8月来到陇东小学工作。学校前后有两排简陋的教室。校门东侧的围墙下,靠近河沟边,还可以看到许多断砖碎瓦。人们告诉我,那就是陇东庙的遗址。当时,学校大门朝南,一出门就是一条深深的水沟,终年有流水淙淙。学校东面就是庙上村,往南就是贺巷村,往西边就是庙巷村。

陇东小学的西边,有一排四开间的生活用房,作为学校食堂和教师宿舍。厢房紧

挨乡间大道，常听到拖拉机走过时发出啪啪啪的声音，震耳欲聋。宿舍地面是用砖头铺成的，窗户是水泥窗框。晚上办公，经常断电，点的是煤灯油。批阅作业或备课时，稍不小心，火苗就会将前额的头发烧焦，空中弥漫着一股焦味。冬天，只能从家中带来一些晒得蓬松的金黄稻草，铺在床上保暖。

那时，学校除了一条水泥路从前一直通向后排教室，其余全部为泥地。当时学校的办学条件很差，连一个像样的篮球架都没有。沙坑呢，则是教师自己动手挖了个坑，买上一点黄沙倒入，就成了简易的沙坑。

20世纪90年代，为了发展校办企业，学校也专门将多余的校舍拿出来，开办纸盒厂专门生产提供药厂的放针剂的纸盒子。周边的许多妇女在这里打工。当时糊一只纸盒子能挣到一角钱。一个熟练工，起早贪黑，最多一天可以挣到10多元。当时上班族，一个月也只能挣上100多元。

为了扩大操场规模，就与当时的庙上生产队多次交涉，征用了学校北面耕地1亩多。师生们自己动手平整土地，用乱砖建成了一个简易跑道。还花钱买来一副二手的水泥篮球架，立在了征用的农田中。可是，一到下雨天，整个操场就浸在水中，泥泞不堪。一定要等到天气晴朗，晒上好多天太阳，晒干后，才能开展体育活动。

为了训练田径运动员，我天天早上带领同学们跑上通向东边河头集镇的长长渠道，跑上三四里地后，在上泗庄小店处折返。由于训练刻苦，陇东小学在全镇运动会上获得了第二名的好成绩。

当时方圆十几里，居家生活、走亲访友购买物品，首选之地还是陇东庙。这里建有粮食加工厂、豆腐坊、油坊、肉墩头、南货店、理发店等，还有裁缝店，是一个闲逛的好去处。渴了，可以去茶馆坐坐，泡上一壶茶，听乡亲们谈谈"山海经"，听上一场书。饿了，可以来到小吃店割上1斤煮得烂烂的、香喷喷的猪头肉，沽上几两烧酒，与亲朋好友细斟慢饮，其乐融融。累了，可以到理发店里去，边理发边休息；可以到轧面店去，边等边歇会；可以到裁缝店里去，看看有什么新式的衣服，定制一件……不管是谁，来到陇东庙，都能够满足自己的所需所求。陇东庙，也俨然成了一个集市中心。最繁华的时候，这里还开办有河头信用社的分设点，方便老百姓存取款。塘口村的王志才老先生还开办了裁缝培训班，紧挨学校西南角，先后开办过好几批，培养了一大批技术精湛的年轻裁缝，为河头的服装厂提供了大量的技术工人。

当然，在那个经济不发达的年代，大部分人的日子过得是紧巴巴的，手头并没有多少余钱。随着经济的发展，在陇东庙开设店铺的越来越多。最热闹时，小商店有五六家，理发店有三四家，茶馆有三家，肉墩头有三家。特别是开小吃店的庄师傅，虽然腿有残疾，但每天一大早不辞辛劳，骑着三轮车到城里去批发各种蔬菜、豆制品和肉类，拿到陇东庙上贩卖，过上了不错的生活，还娶上一房媳妇。茶馆为了争夺生意，家家使出绝招，请来说书先生，免费听书，曾经红火一时。

勤劳善良的陇东人民，依靠自己的双手致富，养春秋两季蚕，养米猪，种蘑菇，渐渐过上了富裕的生活。到八九十年代，大多数农户都建起了楼房，上下班都骑上了自行车。

一直到2007年，随着金坛经济开发区的建设和发展，拆迁了周边村庄，陇东小学才彻底消失在了历史长河之中，踪影难觅。陇东庙这片热闹了几个世纪的热土也华丽转身，摇身变成一个现代化的工业园区。

北渚荡：从上塘到下塘

许 卫

很久以前，金坛东村（今属经济开发区）的南边、北渚荡北岸，有一块显眼的田地，高出附近农田1米多，生长了一片桑树林，夹种了些许蔬菜。岁月漫漫，连村里的老人也不清楚为什么临近水面会冒出一块高田，他们只知道祖祖辈辈即在此耕种。

1950年，当地村民在高田里深耕细作，刨出了一些形状齐整的石块，不像是自然侵蚀，有人工打磨的痕迹，还有一些碎陶片。这引起上级文物部门的重视。随即，江苏省文物工作队派人前来勘查。经过初步勘探，工作队判断这里可能是一处古文明遗址。当时限于条件，未曾深入发掘。

事情一搁就是20余年。1977年，金坛文管会与镇江博物馆组队来到这块高田，进行联合探掘。他们发掘清理了1.5万平方米的土地，出土了一批石犁、石锛、石凿、石箭镞等磨制石器，以及少量红砂陶釜、陶鼎和黑皮陶罐等陶器。最后，专家考证确定，该处是新石器时代遗址，距今约5000年，属于马家浜文化晚期遗址。马家浜文化时期的居民既从事稻米种植，也进行渔猎捕捞，北渚荡一带是十分理想的环境。并且，上古先民习惯择高而居、择高而葬，这也解释了为什么该处遗址高于周边农田。

值得注意的是，金坛西部有一处更著名的新石器时代遗址——三星村遗址。这两处同时期的遗址出现在一东一西并非偶然，而是由特殊的地理环境所致。金坛的地形总体呈马鞍状，西部是茅山丘陵，中部是低洼圩区，东部是高亢平原。金坛自隋唐以来，皆是围绕中部地带开展城镇建设。但在上古时期，水利尤欠发达，丘陵和平原才是先民们选择居住、耕种的最佳场所。北渚荡遗址和三星村遗址的发现，正好揭示了金坛先民的生活轨迹。

水流之处，可育文明。金坛是名副其实的江南水乡，河流湖塘，星罗棋布，然境内水系多受外来之水，西部丘陵承句容、丹徒之水，东部平原承丹阳之水，由北而南，往中部交汇，归于丹金溧漕河，又注入长荡湖，然后转奔太湖。面积最大的长荡湖，据说远古时北起丹阳云林、南及溧阳南渡，南北长70千米，可能是大洪水时代结束后，才在金坛东北部分化出柘荡和北渚荡。北渚荡最初是何模样，我们无法知晓。追根溯源，不妨从地名入手寻找北渚荡的过往。渚，水中小块陆地；荡，浅水湖。也就是说，北渚荡原本是一个中间有小块陆地的浅水湖。《金坛水利志（1995）》记载，北渚荡最广阔时，东西长4.2千米，南北宽数百米。清光绪《金坛县志》为我们描述了北渚荡的大概范围：西抵县城东北5里处的下塘桥，东则经莲渚桥（今连珠桥），至县城东北10里处的中塘桥。

但这都不是最初的北渚荡。元至顺《镇江志》对北渚荡有一个位置描述：在金坛县北唐安乡。古唐安乡在金坛东部，下辖尧塘、河头、中塘桥三镇。解放后，中塘桥并入河头镇。按照清光绪志所言，当时北渚荡的范围大致是从中塘桥至下塘桥。恰恰，在河头镇还有一个上塘桥。荡，在金坛地名中经常与塘字互通，比如长荡湖，也叫长塘湖，训诂学家段玉裁就自号长塘湖居士。河头北边的大柘荡、小柘荡，又叫大柘塘、小柘塘。所以，我们有理由相信，河头的上塘，就是最初北渚荡的上游。然而，日久天长，沧海桑田，加之人类水利工程的干预，这个上游的上塘渐渐与北渚荡分离了，只留下一个与之呼应、约定俗成的地名。

北渚荡作为浅水湖，尤其适宜莲荷生长，经年累月，满塘尽是"莲叶何田田"。唐代著名诗人储光羲曾邀金坛县令武平一到郊外游湖，即兴诗曰："花潭竹屿傍幽蹊，画楫浮空入夜溪。芰荷覆水船难进，歌舞留人月易低。""朝来仙阁听弦歌，暝入花亭见绮罗。池边命酒怜风月，浦口回船惜芰荷。"诗人没有指明游赏之处，后世多认为二人所游为长荡湖。我更愿意相信，这幅荷塘月色的景象便是北渚荡。从地理交通上考量，储光羲的家乡在庄城桥（时属延陵县，后归金坛），顺庄城河南下，入荆溪（后来的漕河），可直达金坛城北外的下塘桥，也就是北渚荡的下游，在此处与武平一会合，同游北渚荡，顺理成章。如果去长荡湖，以当时的交通条件，颇为周折，不太现实。

或许，正是储光羲、武平一开了先例，诗酒助兴，留下佳话。宋元之际，每逢莲花盛开的季节，金坛邑内的士大夫、文人也都喜欢来到北渚荡，三五知己，泛舟其

间,临流酌酒,十里荷香,芬芳沁心,杨柳翳翳,水天一色,令人怡然忘世。于是乎,就诞生了著名的金沙八景之一"北渚莲舟"。

很遗憾,今日无从得见宋元两朝关于北渚赏荷的文字。明代中期,金坛乡绅王臬有一篇《送李以德归北渚序》,是至今可见最早提及北渚莲舟的文章。但让人意外的是,王臬说当时的北渚莲舟已经盛况不再,莲荷稀少,人亡迹荒,唯有芦苇丛生,随风萧萧,三两渔翁,捕捞为生,文人雅士无复来此胜游者。

有趣的是,明代晚期,金坛官绅于孔兼所作"金沙八景"组诗,第一次明确了"北渚莲舟"的概念,诗云:"一渚波回作四潭,行来菡萏半擎含。轻舟缓棹濂溪水,漉酒频斟叔夜酣。十里香风披涧芷,一钩新月照花篮。元公以后知音少,岂是而今不足耽。"到了清代前中叶,于氏的后人于枋、于显鳞又相继作"金沙八景"组诗,对"北渚莲舟"分别有云:"昨听南洲笛,今看北渚莲。有香皆细细,无叶不田田。""红衣迎桂楫,柘影逐轻鸥。斜月银钩外,微风入棹讴。"

在两朝于氏文人的笔下,北渚荡似乎仍存有往昔的风情。这便引发了两个问题,北渚荡的莲荷为什么会在宋元之后衰败?明晚期之后,北渚荡的莲荷是否恢复了盛况?

首先,古代没有工业污染,北渚荡的莲荷不会因为水质问题遭毁坏;其次,人为采摘会有一定影响,但像北渚荡这样规模的荷塘,不可能因此灭绝。于是,在这里,我就要做一个大胆的猜测:北渚莲舟的消失可能跟丹金溧漕河的开通有直接关系。

从现在的地图来看,金坛的丹金溧漕河可上接丹阳,直达大运河。但在南宋之前,金坛的河道还没有连通大运河,地方输送漕粮只能先以小船运载到东北角的荆城港(荆溪上游),入丹阳境,再由人工挑运,翻过珥林、横塘两座堰坝,装上漕船,通过七里河,进入大运河。宋末元初,珥林、横塘的堰坝被拆除,丹金溧漕河才得以全线贯通。从此,丹阳的河水顺势泻流,再也不用迂回入境。同时,由于水利建设落后,金坛城北的低田经常被淹没。北渚荡正好靠近漕河入境分流的出水口,久受冲击,水位升涨,环境发生改变,莲荷的生长受到限制,逐渐萎缩。

明代之后,北渚荡的莲荷应该还有残余,但肯定不及宋元鼎盛之时。所以,我认为于孔兼、于枋、于显鳞三人对北渚莲舟的描绘,是虚实结合的文学想象,更多是为了发思古之幽情,一浇胸中块垒。

　　民国之时,北渚荡的一些芦滩也改作圩田。解放初,尚存水面1600多亩。1970年,开挖夏溪河,航道经北渚穿荡而过,再次改变了北渚荡的面貌。支离破碎的滩涂逐渐变成了农场和圩田。至此,作为人文自然景观的北渚荡、北渚莲舟彻底消失了。1990年,城乡大搞经济建设,致力于工业生产。即便如北渚荡新石器遗址周围,也是厂房环绕,高楼林立。从上塘到中塘,再到下塘,这里曾是金坛先民劳作栖息之所,只数十年的光景,几千年未曾大改的模样都换了容颜。

漫话莞塘

樊嘉华

莞塘自然村，地处金坛城东20里外、河头集镇北的常金公路南边，离公路直线距离不足200米，属于典型的江南农村。

莞塘村历史久远，1500多年前就有人在这里居住生活生产，有河头古镇最早源于莞塘的说法。据明末清初的奇书《读史方舆纪要》卷25常州府金坛县记载："莞塘，《志》云：梁大同五年（539），南台侍御史谢贺之壅水为塘，种莞其中，因名。莞，俗称席子草，雅称香蒲。"由此可知三点：其一，莞塘的莞的正确读音是guān而不是其他；其二，莞塘当年是一个治水营田的水利治理工程；其三，因莞的叶片可供编织，属于经济作物，说明莞塘开筑后，就有人在此居住生活生产。

莞塘村曾经作为行政村存在过，时间跨度不少于50年（其中人民公社期间改名胜利大队），莞塘行政村其下辖莞塘、柴墩、眭家、大沙庄、周塔里及西路庄共6个自然村。柴墩村最大、人数最多，人民公社期间村民四五百人，划分成4个生产队，其次是莞塘，六七十户人家300人不到，分成东、西、北三个生产队；西路庄以榨底坝为中心分散于公路南北侧，周塔里则完全位于公路北侧。除周塔里西路庄外，其他4个自然村被1977年冬开挖的莞塘河与大沙庄河从南北东三面包围住了。莞塘行政村早在20年前就被撤销了，先是并入洪家村委会，后又划归明星村委会。其间，眭家先被拆迁消失，西路庄一部分及柴墩紧随其后，莞塘近年来也被拆迁了一部分的人家，与河头其他被拆迁的村民一样，都被安置在金坛城区东部，仅金江苑就有上万人之多。

莞塘，普通话正确的读音是guān塘，河头人口中往往是wǎn塘，就如华罗庚的华作为姓正确的读音是huà,可除了正式场合或新闻报道外,金坛人一般还是读成huá,如经常挂在金坛人嘴边的华城开发区。令人奇怪的是,还有很多人将莞塘读成yū塘。从1977年下半年开始,中国政府曾经推行过第二版简化字,直到1986年才正式废止。那段时间里,无论是正式的政府文件,还是学生的奖状,包括刷在、贴在墙上的标语,莞都是写成"芫"的。那时候群众的识字普及率虽然不高,但"元"还是认识的,就顺着不识字的秀才的思路读下半部了,而在河头人口中yuán和yū确实是不分的,如袁世凯,往往念成yū世凯。

莞塘虽然有1500多年的历史,其间肯定也有许多值得记录的事情,但留下的文字只有只言片语,且大多湮灭在岁月的尘埃中难以追寻,只有近150年的历史还算比较清晰。

有两个故事一直流传在莞塘。有一户人家正在挖井,井已经挖得很深了,但还没有出水。忽然井底下的人听到有人说话:"张家婶婶,问你借一下升罗(河头地区普遍使用的一种量粮食的器具)用用好弗?"声音明显是从井下面传出来的。挖井人相信地下有十八层世界,以为他一不小心挖到另外一个世界里去了,就吓得慌慌张张地从井底爬上来。挖井人把听到的话如实告诉了一旁的其他人,大家一合计,就把井堵上了。有一个村民在树下休息,这棵树很高大,枝繁叶茂,亭亭如盖,这时他好像觉得有东西砸了他的头,站起仔细查看,发现是一块新鲜的鸡骨头。他左右查看没有发现附近有人,寻思半天,又绕着树认真搜寻了几遍,仍然没有发现有人。他疑惑地抬头朝树上看,突然发现浓密的树叶间好像有一双眼睛盯着他看。这个人吓得就往家里跑,到家里把刚才的事情告诉了大家,于是一群人拿着锄头钉耙、菜刀木棍一起拥到那棵大树下。在大伙的吵吵闹闹中,一个老太婆拨开树叶问:"长毛走了欸啊?"原来是一个小脚老太,据她说已经在树上住了3年多了,为了躲"长毛"。

太平天国战后的江南地区,人口凋零,土地荒芜。为了迅速恢复残破的经济,清廷于同治五年(1866)谕令各省招垦荒田。在清廷及地方大吏的督饬下,各州县先后设立了"劝农局""招垦局"或"开垦局"等机构,负责招垦事宜,从而引发了长达半个世纪的"下江南"移民浪潮。此次移民浪潮对金坛的居民结构和语言发展产生了重大影响,这个影响至今还存在,莞塘地处江南,自然也不例外。

资料表明,移民金坛地区的大多是苏北扬州、盐城一带的农民,当然也有少量移民是商人、手工业者。莞塘村的情况也大致相同。笔者的高祖父就是那时候一副箩

筐挑着两个曾祖从盐城东台出发移居到莞塘村的，到我这一辈是第五代。经过150多年的开花展枝，如今莞塘村这一支已经有了第七代。莞塘和河头大多数村子一样，都是杂姓村，这也说明了村民的祖先来源于不同地方。

莞塘原住民说的金坛话属于吴语太湖片的毗陵小片，苏北移民说的苏北话属于江淮官话洪巢片，又称江淮官话。100多年来，莞塘出现了金坛话和苏北话并存的双语现象。随着普通话的推广和教育的普及以及老一辈人的渐渐离去，苏北话开始慢慢从莞塘人生活中淡去，特别是改革开放以来的40多年。小时候，笔者还偶然在夏夜乘凉时听到父辈用苏北话聊天，但我们这一辈人已经听不懂了，更不用提说"江北话"了。

改革开放以后，国家将经济建设提到重要位置，莞塘村民也敏锐地嗅到了新时代的气息。由于临近常金公路，能够较便利地接触到外面最新的市场信息，加上莞塘人的聪明才智和辛勤劳动，莞塘村民很快摘掉了贫困落后的帽子，逐步走上了富裕的道路。到20世纪90年代中期，莞塘有95%以上的家庭都住上了楼房，电视机、洗衣服、电风扇几乎家家都有，新式组合式家具也有，不久电话机也出现在床头、堂前的横几上，基本实现了"楼上楼下，电视电话"的愿景。

近50年里，莞塘村有三次大的面貌格局改变。第一次是因为1977年冬季莞塘河的开筑，莞塘河位于村的北边、东西走向，将村子和北队的社房、晒场和生产队里大部分的农田隔开，一座简易的毛竹搭建的小桥横跨两岸，以供村民交通出入。莞塘河的开筑，使得几条小河、几十亩农田消失了，改变了原本村子的面貌格局。几年后，毛竹小桥就变得破旧不堪，桥面几乎不见了，剩下几根毛竹在苦苦坚持，严重地影响村民的出行和生产活动。不久，一座新的水泥桥代替了原本的毛竹危桥，水泥桥至今还在，只是桥下的河水不再清晰，淤泥堆积。第二次大的面貌格局改变发生在20世纪80年代中期至90年代中后期，由于经济条件的不断提高，莞塘先后出现了两次新建住房的高潮。不断新建的住房占用了村子四周大片农田，使得莞塘村规模与原来相比扩大了近三分之一。第三次改变发生在2016年前，为了修建村西边的G233国道，莞塘村西的七八户人家进行了拆迁。

莞塘全村为一条小河环绕。小河先自北向南，再向东蜿蜒，到达村最东一户人家的地方又折向了北，这条河是不是就是1500多年前谢贺之所修，不得而知，莞塘人称这条河为三角塘。三角塘并不是形状如三角，而是它有三个水深曲折、河草茂密的角，还有几条沟几个河湾，曾经不止一人因为不熟悉三角塘的布局走向，在晚上走迷失了不得轻易出村。小河斗折蛇形，几户人家沿河而居在幽竹绿树间。河边点缀着几个码头供村民淘米洗菜洗衣服，春天里河边绿树杂花环合，翠藤青蔓遮掩缠绕，也有几树桃花临水而照。

莞塘村通向外的路除了田埂路，较宽的只有3条，其中两条位于村北，一条位于村南。村北的路一条是去皇塘的，它过桥向东延伸30米左右直接折向北，先到杨树塘，再过荷花池，然后继续向北走上50多米就到了常金公路。这条路比较窄小，只是稍微比田埂路宽一点，拖拉机无法行驶，骑自行车也屡有惊险发生。另外一条无须过桥，从村北口向西一路延伸至榨底坝，就上了公路。它稍宽，可以通拖拉机，骑自行车走在上面也很安全，所以村里的重要物资都是从这条路上输送进来的，是村里最重要的交通干道，骑车上金坛、河头集镇也大多从这里走。20世纪80年代，这条交通干道还是一条烂泥路，坎坷不平，村民老是笑着说："莞塘到，屁股跳。"其实那个年代，基本上每个村子的路都是烂泥路，坐着拖拉机进村屁股都得受颠簸。进入90年代，这条路变成了石子路，再后来成了水泥路。它因为G233国道而被截去了大半，现在主路的长度不到150米，但如果加上连接各家各户的支线倒有几百米长，且都是水泥铺筑，汽车通行也很方便。

透过文物看河头

江 一

在原河头镇地界,曾有不少古建筑,有的在战火中损毁,有的因时间而湮灭。目前留存的文物不多,主要是几处庙宇、祠堂、民宅、古井。透过这些文物和遗存,可窥见河头深厚的历史沉淀。

上塘庙(区级文物保护单位)

上塘庙,又名祠山大帝庙,处河头上塘自然村(村庄已拆迁)。现有建筑建于清末,寺庙坐北朝南,正殿七架梁,5间,北边沿正殿中轴线两侧为左右厢房,左厢房边上还一间土地庙,与寺院连为一体。2010年,寺庙被公布为区级文物保护单位。

上塘庙历史悠久，根据碑刻记载上塘庙又名祠山圣帝行宫，曾重修于嘉庆年间，碑文中有"乾隆初因故庙易新之迄今六十余"字样，如此说来，该庙始建年代应在清乾隆之前。清咸丰年间毁于战火，碑文记载"光绪岁次丙戌年嘉十月"，即公元1886年秋再次修复。

上塘庙的碑文

上塘庙供奉的祠山大帝，名张渤，上古传说中的人物，是长江中下游地区最具代表性的治水神，由于张渤的主要功绩是治水，故被称为"禹后一人"。经过传说演变，祠山大帝成为苏浙皖交界一带信奉的道教神仙，所以上塘庙属道家寺院。常州地区保存了诸多古庙，但被列入文保单位的祠山大帝庙，或许仅有上塘庙一处。

上塘庙前就是漕河支流大河，西接金坛城、东通夏溪、南连水北，河头这一带是典型的鱼米之乡。据民间流传祠山大帝很灵验，水乡的丰歉，需要水神的保佑。上塘庙的香火一直很旺，尤其每年农历二月二十三日的庙会盛况空前，至今不衰。后来二月二十三日也成为河头传统集场，庙会加集场，前后三天，河头集镇人山人海。

上疁庄51号民宅、上疁庄古井（常州市一般不可移动文物）

上疁庄51号民宅是民国时期建筑。现存正房三间（东西厢房各一间），乱石墙基、青砖墙体、小瓦屋顶、木门、木窗、木楼梯，有风火墙、天井，是典型的苏南农家二层小楼。原本是村上一张姓地主所建。20世纪50年代土地改革，此民宅分给汤寿林（1910—2002）、林美英（1918—2007）夫妇。汤氏夫妇1939年入党，曾负责大小柘荡地区地下交通站，是金坛东部抗日武装负责人薛斌的地下联络员。

上疁庄51号山墙

51号院落西首有口古井，建于明万历年间，井水清澈，仍可使用。

上疁庄古井

2012年，老屋和古井一起被列为常州市一般不可移动文物。

贺家祠堂、尚武村古井（常州市一般不可移动文物）

贺家祠堂在原河头尚武村25号东侧，清末建筑，3间5架梁，砖木结构，青砖扁起。尚武村贺姓众多，此祠堂是贺氏家族祭祖、议事的地方。解放后收为村集体资产，曾作村小学使用，后年久失修，破损严重，但内部木质框架完好。2022年，东城街道出资对祠堂进行维修，恢复祠堂原有面貌。现作为村民议事，弘扬传统文化的场所。

贺家祠堂修复前

贺家祠堂修复后

尚武村古井离贺家祠堂百米左右，也是明代古井，现已废弃不用，村里对井栏加封保护。贺家祠堂、尚武村古井2012年被列为常州市一般不可移动文物。

河头一带目前查明的就这5处文物点，以明清建筑为主。目前，政府已加强对文物巡查和保护，并做好相关资料的收集、整理和挖掘，充分利用好历史遗存，作为地方文化传承的支撑点。

堰头村的历史

虞万金

我村正北约2000米,有个古时人工开挖的大水塘,新塘加旧塘约300亩水面,解决了周边20多个村、5000亩地的灌溉。配套工程错综复杂,其中向南一支九曲十八弯,流经七八里地到达我村北龙坝。"坝"者,堰也,堰到头了,我村居于此,当然称堰头了。

也曾听长辈说过另一个版本:宋朝迁都杭州,苏南六族家谱都有关于虞氏频繁迁徙于杭、嘉、苏、锡、常及太湖周边的记载。武进鹿野堂谱中明确记载,虞氏有两支曾往返于金坛与武进之间。

吴语中"虞"字发音与"堰"字谐音,十分相近。由此推测,也许我们的先人刚落地不久,当地官老爷将我们"虞头村"录成堰头村了。(大凡虞氏相对集中的村都叫虞家头,湟里有虞家头村,庄城桥有虞家头村,建昌有虞家头村……我村元祖刚落户时,当然也叫虞家头了)

我村周边十邻八村像我村这样姓氏单纯的实不多见。我村除钱氏外,其余姓氏实属一家。北房有一支无传,就把大纪庄汤姓外甥承顶名下,这一支汤姓就逐渐在我们村扎根繁衍。后来,我们村又加入了钱氏和魏氏外姓。太平天国运动前,我村也曾有刘姓人家,就居住我村祠堂正北。太平之乱初始,刘姓举家逃荒避乱,哪知外面更乱。金坛光复,大家返乡时,刘氏几乎全死在外乡,仅存一人回家,因为年幼,无依无靠只得投靠亲戚去了。人死完了,房子被太平军烧了,土地也荒了。所以刘家的宅基、田地我们虞氏就平分了,祠堂以北,我们每户都多一二分桑田,就是平分所得。

就规模而言,我村在周边属最小的村落,不足百户。毛墩、午巷、贺巷、庙巷……

这些村都有近200户。古时,邻村大姓氏也相对集中,除贺巷蒋氏、庙巷王氏有祠堂,其他村都没祠堂。特别是前、后潘的庄氏、蒋氏中不乏有相当多的大户人家,因为人心不齐,终究没建成祠堂。而我们村则不然,百年前虽只有区区10多户人家,却干起了十里八乡少见的两件大事:一是架起了两架宽大石桥,一架是往金坛城方向,一架是往庙巷方向;二是兴建了3间外加大天井的大祠堂,还砌3间瓦房安了两副大石磨。细算一下,10多户人家,200多亩地的收入,省吃俭用多少年才能完成这么大的工程?每当我看中央电视台《乡愁》节目时,总会想起我们的虞家桥、大祠堂、大磨坊……

祠堂西南侧有一近3米高的土墩。由于村里人长期用土,形成了一块近百平方米的平地。1954年,汤友根的雇工,毛墩村傻子小根子在那地上准备种菜,无意中锄地翻上来不少如水泥板的片状物。每片厚10厘米,层层叠加越凿越硬,挖土的人也增加至七八人。

后来才知片状物是古时用糯米汁和沙石灰调和的黏合剂,类似当今水泥。经两天一层层凿开,七八米深时,一个棺椁出现了。揭开棺椁,是一个大红且十分秀气的棺材。打开棺盖上面的天花板,墓志铭就在簿板上。当时家父也从中塘粮站赶回看热闹,识古文者非他莫属,据他说:墓主人是金坛曹氏一烈女。死于明朝年间,推算距当年已近400年了。上面明确记载了金饰品的件数,有七八件。村里人按图索骥,取了首饰,当时陇东乡长以掘墓不文明且辱没了古人、有伤风化为由,要将饰品充公。乡亲们当然不肯就范,争执惊动了金东区区长葛日峰,葛区长实地走访后说,饰品可以归发掘者,变现后不得挥霍,更不得赌博,只准用于添置农具兴修水利。后来金东区出具了证明,才可以去银行变现。金饰品兑现近800元,在当时是个天文数了,当时一强壮劳力年收入不足百元。据说,当棺木打开时,四周人吓得倒退几步,棺材里的美女肌肤饱满、鲜亮,没半点死人的样子,仿佛是一个在演古装戏的大美人。但不足1小时,女尸肤色变暗转黑,眼睛也凹陷下去了。

棺木打开时村里弥漫着一种类似大蒜味的恶臭,村里人难受了几天。葛区长出于安全考虑,还派来消毒防疫人员,挨户消毒。事后,村里挖墓人将女尸原棺葬在沙滩河边上,后又移葬于村北牛角湾坟地。

我村有两口古井,一口在虞留庆家门前,另一口在叫野田里的荒地上。旧时,贫穷人家是打不起井的,那两口井肯定是富庶人家所用。留庆门前的水井档次一般,村北野田里那口井虽未见井栏圈,但井壁是专用井砖砌成的八角形,井壁光滑如新。我们反复分析、推敲,得出以下结论:我村灭于太平军的不光有刘姓,可能还有树林宅基上那户和野田里那户。

我村有公堂田近40亩,其中监生会六七亩(全村人所有),虞氏祠堂田30多亩。也许是因为太平军所灭的人家的田地成了我村的公产,所以我们村虽小,公益事业却有声有色。

历史进程神秘莫测,朝代更迭时有发生,亘古千年不变的是我们对先人的敬重。重温旧事,可以启迪和激发后人奋发图强的精神。

中塘老街

贺国财

中塘居于金坛城东外10多里,在河头乡镇的西边,早年也是中塘乡治所在地。中塘有老街,有医院、供销社、粮管所,也有码头、菜市场,还有中小学、幼儿园。

中塘老街,百米来长,2米多宽,大青石铺路,街两旁清一色的青砖瓦房,以平房为主,偶有二层小楼,临街有剃头店、茶馆、杂货小店等。待我懂事,再回忆这条老街时,发现其实当时的老街已经繁华不再,脑海里只依稀留存茶馆的印象。也许只有茶馆里,尚有些固定的茶客,品茶闲聊,聚集人气。或许也只有大青石能够默默诉说其中的故事。

中塘桥码头,全部用花岗岩条石建造,每块条石长约1米许,宽约半米,一层台阶由两三块条石铺就,摆得稳,放得平,一层一层台阶,一直向河中央延伸。长期浸泡在水中的条石,边上长满青苔,更显出历史的厚重与沧桑。河两岸用石头进行堆砌,牢固而结实。码头旁边,河水清澈,少许浅滩,芦苇丛生,鸟雀低飞,鱼虾嬉戏其间。

曾几何时,这儿突然冒出许多龙虾,更是引得孩子们蜂拥前往。一只只龙虾或潜伏在河底滩涂上,一边爬一边觅食;或躲藏在水花生丛中,露出两只大螯爪;或静静地在码头上,舒服地晒着暖阳。"只拣儿童多处行",放学时间到了,河岸旁,码头边,挤满了快乐的孩子们,有的孩子已经迫不及待地把竹竿伸入水里钓起了龙虾,更多的孩子只能做观众,当一只满身通红,摇头晃脑的大龙虾被钓出水面,往往会引来大家的阵阵惊叹。个别胆大的孩子,甚至脱下鞋子,光着脚,下水去抓龙虾。如果不小心,被龙虾的大爪子夹住,往往会痛得直甩手。龙虾则顺势逃入水中,又会引来大家的阵阵惋惜。

码头西边，就是中塘供销社。20世纪80年代的老建筑，两层楼房沿河而建，10多间一字排开，一楼主要是货物区，二楼栏杆镂刻花纹，主要是生活区和办公区。主大门是四开大门，实木为主，中间镶嵌白色玻璃，主门两把铜把手，无不彰显建造单位的实力。记得小时候常随着大人卖完公粮，到供销社购买生活用品。若遇到大门没开的时候，喜欢透过大门玻璃，张望里面琳琅满目的物品，当时只恨自己的零花钱少。主楼后面，是购买农资产品的门市部，如各种化肥、各类种子等。尤其是化肥紧张，需要凭票购买的年代，这儿更是熙熙攘攘，人流如潮。后来，随着社会发展，中塘集市转移到公路两边，中塘供销社生意越来越冷清，也越来越萧条。后来进行改制，最终消失在历史的长河之中。

码头北边，就是中塘粮管所，前后三进，左右以水泥主干道分隔。大门右手边是营业部，卖粮农民首先要在此进行登记，领取票据，卖完公粮后再进行核算，公粮之外的粮食进行议价收购。一般来说，交完国家定购公粮，农民多下来的粮食也会卖给粮管所，这是当时农民的主要收入之一。大人在这个窗口拿到钱后，才可能有机会给孩子零钱花。

记得有一年，粮管所开始收粮了。天才蒙蒙亮，爸爸就叫醒了我，让我帮着推板车，前往粮管所卖粮。板车上已经装满了粮食，一麻袋一麻袋垒得整整齐齐。拉板车是力气活，也是技巧活，既要靠手劲用力抓紧板车把手，压稳把手，借巧劲往前走，靠套在肩膀上的麻绳，拉着板车努力向前走。爸爸在前面拉着板车，我在后面用力推。从尚武老家，一步一个脚印，一路丈量前行，虽然很苦，但心里还是乐呵呵的。因为卖了粮，爸爸才会给我一点零花钱。"莫道君行早，更有早行人。"还未到中塘医院，离粮管所还有100多米呢，前面密密麻麻排满了板车大军，全是卖粮的队伍。等到粮管所开门后，大家肩拉手推，顺着车流向前涌。进入粮站大门，大庭院里也挤满了人，临近中午，才轮到我们。一位工作人员过来验谷，手拿一种验谷的专用设备，木头制作两面吻合，中间留有齿纹。抓少许稻谷放入其中，用力一转，再打开，轻吹掉谷皮，雪白的米粒就呈现在眼前。后来，才知道这玩意是用来查验稻谷水分的，如果稻谷含水量过大，就不容易把稻谷碾出来。很不幸，我家稻谷的水分超标，粮管所不收。只能把稻谷摊放在院内地面进行晾晒。这样一折腾，直到太阳落山，才把稻谷卖完。

码头再往西，不到百米，就是中塘小学，是我1996年师范毕业分配、工作的第

一站。学校大门朝东，两扇普通的铁皮大门，门旁红砖立柱挂着一竖匾"金坛市中塘小学"，7个楷体大字非常醒目。后来知道，这字就是时任校长钟发正所写，端庄中不失大气，娟秀中不失洒脱。进入大门，左手边是红砖铺成的自行车棚，顺着水泥大道就是3间老师办公室，房子低矮破旧，坐南朝北，每间屋子不足20平方米。最东边那间，就是我所在的办公室，6张办公桌，把这间小屋挤得满满当当，中间勉强留下一条过道。南窗顶着隔壁单位的后墙，几乎终日见不到阳光直射。在这间办公室里，我整整待了5年，直到学校新造了教学楼，我们教师办公室才从这儿搬走。

教师办公室是第一进，从南往北还有二进房子，中间还是用水泥大道隔开，变成4幢独立的房子，只有东面的一幢房子稍微新一点，看得出是红砖瓦房。办公室对面的教室最矮最旧，两间屋子，只有前门无后门，前墙和后墙各有一个窗户，而且还是那种老式窗，木头窗框，木头栅栏，窗户永远开不到边，靠一种小钩子来钩住。有一年，我教五年级，就待在这个教室，教室里挤着49个孩子。从讲台上往下看，全是黑乎乎的小脑袋。前面的孩子紧靠讲台，后面的孩子紧靠后面墙壁。由于没有后门，后面的孩子出教室尤为不便。但这间教室最大的好处是后面没有黑板，因此也不要出每月一期的黑板报，这是我当时的自嘲。后来，班长对我说，别的班级都可以出黑板报，我们为什么不出？我们也要出。孩子的智慧是无穷的，没有黑板报，我们就出"学习园地"，专用彩纸围成黑板大小的一圈，再把孩子的优秀作业贴在上面。每更换一期，总能引得孩子们驻足观看。

刚到中塘小学，教师年龄构成非常特殊，多数是45岁以上的中老年教师，少数几位就是刚工作几年的年轻老师。当时，教师之间关系特别融洽，老教师把我们年轻人当成自己孩子一样。记得一位臧老师，还有一位王老师，家中有待字闺中的女儿。比我大几岁的男老师，课余总会打趣，喊她们"丈母娘"。开始她们还有些嗔怪："到家里张过八月，才可以喊，什么时候来张八月啊？"后来，也就慢慢习惯了，喊的人张口就来，应的人顺理成章。后来，我也加入了这一行列，也喊起她们"丈母娘"。

记得1998年发大水，河水以看得见的速度在涨，不一会儿，中塘码头被淹了，进入老街的主路被淹了，中塘医院开始进水了，供销社开始进水了……中塘小学地势稍高，最高水位虽未淹到学校大门，但进出学校的街上唯一一条主路被淹，最深处近50厘米。虽然学生已经放假，但老师还要到校值班。我骑着自行车，想蹚过水路，骑到一半的时候,自行车在水中阻力极大,实在骑不动了,只好下来推着走。实际上,除了个别人能够骑过去,多数过往群众只能老老实实地推着走。还有一些人爱护自行车,竟然把自行车扛在肩上,扛过去,着实令我佩服。

中塘老街地处低洼,春夏之季,每逢大雨,总是担心河水倒灌,实际上也是3年一小淹。记得有一年,中塘菜市场旁边主路被淹,我女儿听说后,她特意穿上大雨鞋,到被淹路面上玩水,玩得不亦乐乎。后来,政府大力整治,低洼处原地填土抬高,近年才不再受淹了。

随着经济的发展,原中塘小学移地新建,在许巷村后面建造了新的校舍。也就在那一年,我工作调动到了河头中心小学。老中塘小学,也就成为我心底最难忘的回忆。

中塘老街,挥洒过我青春的汗水,印刻下我成长的足迹,也留下许多难忘的甜蜜回忆。虽然它早已失去往日的风采,淹没在滚滚历史潮流之中,但对于我而言,是一本耐读的书,每每打开,总有新的感悟,新的启示。

老家下泗庄

于先明　于　佩

　　古老的下泗庄自然村，在河头街西南，东临尧塘镇，与尧塘镇徐庄、红庙头等自然村接壤。下泗庄村是金坛东门外贯穿东西、南北方向的主要交通要道。尧塘人由东门进城，若不愿绕远，势必要从下泗庄村西的花坟村及陇东庙经过。

　　村南面是金坛重要的水上通道——贯通东西的大河。大河，名副其实，水道漫长、水面宽阔，很有一番气势。旧时两岸的村民互称对岸为"河对过"。两岸来往，摆渡是最为便捷的方式。凡是经过岸头西大门渡口往返河头的行人，必得途经紧挨大河北岸的后潘村、下泗庄及下泗庄北面的近邻上泗庄。走的次数多了，行人便与村民熟识。那时条件艰苦，只有杂草路、泥泞道，路很不好走，赶路的人若是累了，便在村中歇脚，享用一杯好客的村人端上的热茶水，休整一番，扫去路途的奔波劳碌，精神昂扬地再次启程。下泗庄人热情而豁达、开放且包容。

　　下泗庄村水系发达，村内外水沟、田塘纵横交错，为良田灌溉提供了极大的便利。村东首是呈三足鼎立之状的韭菜沟、塘井及东坝头三塘。其中，东坝头河长而面宽，河中央藏着两个不敢露脸的浅滩。水活而清，在盛夏是村中孩童的避暑胜地、天然泳池、水上乐园，孩子们边游泳边翻木船，玩得不亦乐乎。胆小些不敢玩水的孩子，便站在滩上观看，也是乐在其中。东坝头上游连着东北向的马猪沟，下游连着直通大河的陆门塘。陆门塘与大河"龙舌头"相连大河向北延伸的一段沟槽之间，连接着一座年代久远的石缸桥，名曰泗庄桥。村西有近椭圆形的、一侧被竹林环绕的新塘，新塘通过一条蜿蜒曲折的沟渠通向村南的外河塘，外河塘又与陆门塘相接，最终通入大河。新塘和外河塘是天然的水上粮仓，鱼肥虾壮，村民常在此捕鱼捉虾摸河蚌，既能改善伙食，又能得些收益。下泗庄人淘米洗菜、洗衣浆衫，往往选择就近的河塘。村东选择韭菜沟或东坝头，村西选择新塘，村南选择外河塘。

村北有凹字形的葡萄塘、长方形的环林塘，两塘十字相接。环林塘周围环绕着无数生命力极强的杂草怪木，如长茅草、刺槐、枸杞藤、芦苇等，纷乱成林，故而得名。环林塘另一端与村东的韭菜沟相接，两塘相连的坝头便是夏夜里村民纳凉的好去处。每至夏夜，孩子们一片嬉闹，继续着白日里未尽的游戏；大人们卸下一日劳作的疲惫，摇摇扇子，聊聊家长里短，说说奇闻趣事。我的爷爷是位高寿的老人，每每这时候总能听到他肆无忌惮放声高唱不知起源的民歌，高亢明快的歌声揉进了庄稼人春播的希冀、夏耕的汗水、秋收的满足，裹挟了老人的漫漫一生，伴着凉凉夜风，洒落在王家的稻田、散落在于家的晒场、跌落进蒋家的烟囱，最终飘落到下泗庄人沉沉的梦里。

下泗庄村的河塘环环相扣，共同润泽着这片土地，哺育了一代又一代下泗庄人。下泗庄人感念于心，也用自己的辛勤劳作回报河塘。村中生产队不定期组织青壮劳动力"罱河泥"，以保持河道畅通。那时的河塘水清见底，水下鱼虾游动也可看得清清楚楚。而取之不尽、用之不竭的河泥，是滋养农田的极好肥料。儿时记得韭菜沟清泥打塘，看见村里人从河底中扒出许多古币，如铜板、铜钱等。"罱河泥"是江南一带农村中常见的农活，通过定期疏浚清淤，保持河塘与田地的生态平衡，村民也得以在土地上安居乐业、繁衍生息，这是千百年来中国老百姓大智慧的体现。

几十年前的下泗庄村中，名贵而古老的树木繁多，有经历百年风雨屹立不倒的榉树、妖娆多姿倾着蛮腰的垂柳、造型各异的榆树、状如巨伞的朴树、硕果累累的枣树，还有一些存在我脑海中却已说不出名字的树木。村中还有五六片大小不一、茂密翠绿的竹林，大的竹园有好几亩田地大。每处的竹子个头、形状各不一样，用途也不尽相同。竹园是孩子们的天然游乐场，伴着鸟语欢歌，或倚在粗壮的竹子后躲猫猫，或撑着结实的竹子翻跟头，或绕着竹子捉蜻蜓，如今每每想起，仍然神往。

下泗庄村有于、蒋、王、潘四大姓，共100多户人家，分为两个生产队，其中于氏约占四分之一。村东北是"高场上"，于家人居住于此；村东面叫"小村"，是王家人

的集聚地；村西南地势最低，被称为"下低场"，潘家人及部分蒋家人分布于此。村中心的大场，为于家所有，慷慨的于家人将此处作为村民活动中心，村中每逢搭台做戏、庙会、祀事等，都在此处开展。大场中的一口古井，井水清冽甘甜，也是供全村人享用。

从前下泗庄于氏有上百亩田产及专供农具存放、耕牛栖身的瓦房，这在当时无论在村里还是周边都是值得称颂和自豪的。距今约150年前，金坛于氏下泗庄分支十九世于炳礼建了5间崭新的二层楼房。勤劳的先祖于炳礼将灿然一新的5间楼房分给3个儿子，多年后不幸失火烧毁。家境殷实的于家在原宅地基上重建5间更为气魄的楼房，一直住到我们这代，直至1981年拆除。我家有一根历史悠久的毛竹，由上代传下，外观看极像一根阁楼横梁，表面上看它也确是起着横梁的作用，并不能认出是毛竹。我从爷爷奶奶那里听说，旧时社会动荡，村中治安很不好，天一黑便有强盗带着鱼叉从大河渡河进村，抢粮偷钱。都说于家富有，然而这帮匪徒却从未抢到过于家的钱财，他们翻遍于家也找不着钱财在哪儿，只道于家是虚有其表。其实不然，奥秘就在这根毛竹之中，智慧的于家人将毛竹中间打通，将金银钱财存放在里面，外观伪装成横梁，实则用作防盗防窃的储蓄罐。

另外值得一叙的是，村南约300米，紧挨外河塘处，有一座大坟地，老人都称"大坟上"，面积有十几亩，金坛于氏先人中有地位、有名望的，大多安息在此。"文革"时期，老坟全部遭毁，挖出的棺木保存极好，棺盖、棺侧、棺底都是整块木头做成，油漆色彩依旧鲜艳，未曾腐烂。同时挖出的还有体积巨大、刻有文字、可用于建造城墙的方砖和用于建造墓门的弧形砖。据传下泗庄于氏定居于此，便是为了守护这片于氏先人安息之所。

下泗庄于氏虽未曾出现声名显赫的大人物，但绝大多数子孙读书识礼。上代人读过私塾，都有些学问，有做账房先生的，有替人写状纸打官司的，有名望的主持买卖田产、分家。如今这一代子孙，从事教师、医生、警察、公务员、经商等各行各业，在各自的岗位上发光发热。

随着时代的发展，2004年修建了金武快速路，从下泗庄村中间穿行而过，村中拆迁40余户人家。2008年，整个村子全面搬迁，两个生产队的田地被征用。下泗庄原址上，金武快速路贯穿而过，路北建造了亿晶光电，路南建造了众泰汽车制造基地。下泗庄村在历史进程的淘沙中不复存在,却依然在以另一种形式为金坛的发展付出。作为生于斯长于斯的子孙,对下泗庄村的深刻记忆早已融入我的血脉。只是若干年后,时过境迁,后人有谁能知晓曾经的故事,遂将对下泗庄村所存印象记录在此。

记忆中的林梓巷

杨国生

我的故乡在河头的林梓巷村。我离开这片土地已40多年了,但记忆中的故乡常常会浮现在脑海……

林梓巷地处河头老街西边400多米处,西邻龙背村,北与麦穗村隔河相望,南边是农田。林梓巷村不算大,只有40几户,200多人。村里的道路呈十字形。尤其是东西道路,是出村的主要道路,东到河头,西去县城。

历史上的林梓巷曾经较大,因毁于战火而重建。据说早年的河头街、林梓巷、麦穗村形成三足鼎立的局面,麦穗有麦穗街之称。林梓巷村后的大河边,有一个河湾叫东河嘴的地方是码头。村民老宅有一个特点,均是用乱砖砌成,说明当时倒塌的房子不少,乱砖很多。记得小时候经常看到爷爷挖以前遗留下来的老墙脚,也说明这一点。

林梓巷还留下了一些美丽的传说,并广为流传:什么"龙头宝地""刘伯温来过""出能人的地方"等。"龙头宝地"的说法,主要是村西就是龙背村。另外,在开挖村西的10亩塘时,有这样的说法,就是今天开挖好的塘,第二天早上又恢复为原样,天天开天天平,后来有高人指点说将开挖工具,如铁镐、钉耙收工时插入土里,第二天来看时一塘红水(似血水)。后来说动了龙身了,这样10亩塘得以完工。

村中社房南边有一个砖屑堆一直是个谜,直径有20多米,高3米多。据说是这里建过"文昌塔",塔倒塌后留下残渣。1972年,村里把这个砖屑堆平了,并进行了开挖,挖出了一些城砖,上面还有字。据老人讲,历史上村里还出现过秀才、进士。

林梓巷的由来,据说村的东边有一片竹林,枝叶繁茂,郁郁葱葱,是"杞梓之林"。加上村子与河头街连成一片,当时青石板铺路到村里,村中有许多短街小巷。因此,从清朝末年得名沿用至今。这片竹林于1937年12月日本侵占时遭掠夺性砍伐,他们在河头建立据点,砍伐这片竹林用于建隔离护栏。竹林遭到了毁灭性破坏后,就慢慢衰败了。1970年,村民在上面建起了几幢房子。

林梓巷还有一个村名叫"林龙",这是1953年分片普选时的产物,当时上塘大队将林梓巷村和龙背村划为一个选区,取名为林龙片区。后来,"林龙"就沿袭下来了,建立生产队时分为林龙东队和林龙西队。

村里有一口古井和一棵野橙子树,也算是地标了。古井在村的中间位置。特别是井圈留下的绳痕有3厘米多深,而且有三四条之多,说明年代久远。橙子树在村的东边、去河头路的右边,生长茂密,一到夏天村民就会在树下乘凉。树径70多厘米,蓬径近15平方米,树龄在百年以上。据现在90多岁的一位老人讲,他童年时树径就有20多厘米了。

"小桥头"是去河头的必经之路。实际是一座石板桥,年代久远。听我太婆说她小的时候就有了,应该是清朝年间修建,在村东约100米处,桥面是三块花岗岩条石做成,桥面宽近2米,长约3米,桥墩是石块砌筑,下面基础是打的木桩,枯水时可以看到。桥的施工质量很好,一直未维修过。后来考虑汽车进村的安全,桥面在出村方向的左边又加了一根30厘米宽的水泥梁。

村的西南150米处有一个叫"老头坟"的地方，据说是大户人家的墓地，有过石碑、牌坊。记得小时候只看到上面有几棵有年代的柏树很大，已不见坟墓，直到"文革"破"四旧"期间，棺材板被挖出来再利用，称之为"解放板"。在"老头坟"，村民用钢钎探寻，找到了葬棺的位置，并进行了开挖，发现棺材的四周由砖砌墙，石板封顶，出土的棺材很完整，板很厚，油漆还没掉，开棺后衣物整体可见，但出土后就风化了，尤其是一些陪葬品都没有收集，当时只关注有没有金器，缺乏考古意识，现在回想起来真可惜。

村民的房屋大多是坐北朝南，唯独有一户是坐西朝东。记得房屋翻新分两个阶段。一个是1972年前后建平房，二是1986年前后建楼房，掀起两次建房热。建房上梁习俗十分隆重，主家都要请风水先生看吉日。上梁的时候抛高粽、蒸糕、糖果等，大家都要去贺喜，十分热闹，并由瓦工师傅（称作头），讲好话，当时建房匠人中瓦工为大。

村里1964年办过学校，叫"林梓巷民办小学"。起初的老师是杨老师，后换了周老师。记得周老师是外地人，需到同学家轮流吃饭。当时一至三年级在一个教室上课，称复式班。到四年级再转河头小学就读。校门朝西，门前有篮球场的，篮球场的南边是水泥乒乓球台。记得那时候篮球运动比较盛行。"林龙篮球队"实力比较强，参加各村组织的锦标赛时常得到名次，也是乡村文化生活的一道风景。

村里的土地不是很规整。村前村后都有土墩，面积都在10亩左右，村前的叫大坟，村后叫桑树田。水田南高北低，便于灌溉。主要种植水稻、小麦和油菜，旱地主要是桑田。全村大小河塘有20多个，为农田灌溉所用，东有杨树坝，西有十亩塘，南有八亩沟，北靠夏溪河。大部分塘边有个土墩，估计是挖水塘留下的。尤其是杨树坝印象比较深刻，杨树坝因在河道上筑起拦水坝而得名。杨树坝在村东南方向约250米处。坝的上游河道很长，有4000多米，由东南庄、西南庄雨水、溪水汇入小河。河宽约20米。坝下游是沟塘、沼泽、滩涂，全长约400米，上段叫凡罗，下段芦沟来这段与夏溪河贯通，以小桥头为界。

杨树坝是用土一层层打夯堆建而成，坝顶部宽3米。但每年汛期，由于上游水多流急，都要将坝冲开一个口子。那时可能是经济条件的限制，没有修建水闸，所以年年都要修坝。

杨树坝的水主要是浇灌村东、村北的一方农田，当时称"大河边"，有80多亩土地。

从杨树坝开始经"小桥头"至"小池塘"有一条渠道，形成了这个区域的灌溉系统，水源充溢时自流浇灌，但若是枯水期，只能用车水工具——龙骨水车调水。"龙骨水车"因身形似龙骨而得名，是历史上有名的灌溉农具。

据老人讲，杨树坝车水用过水牛带动水车提水，在坝的右边有一个叫"牛车棚"的东西，就是牛转龙骨水车。解放后拆除，改人力用脚踩龙骨水车了。后来，农村通电用上水泵抽水。现在，"龙骨水车"只能在旅游景点看到它的踪影了。

村里的姓氏不多，主要有王、张、汤、吴、魏姓人家，杨、刘等姓只有几户。村东边住的姓张，南边住的姓王最多，西边住的姓汤，北边住的姓吴，村中间住的姓魏。

记得20世纪70年代初，"战双抢"是种植双季稻的代名词，也是农业生产最辛苦的阶段，没日没夜出工，还有稻田上"挖暗沟"种麦，种麦子的土块要很小，称"鸡蛋块"。

苗猪生产，称之为"养猪婆"，也是村里搞副业的一大特色，几乎家家户户都养，当时也是家庭经济收入的主要来源。

随着城镇化建设的需要，林梓巷于1993年拆迁，村民已移居城区南环二路的金江南苑。林梓巷这个名字已成为历史，如今该地块已成为工业园。若以上塘庙为坐标，追寻原来林梓巷，应该在双龙路和龙湖路之间的金坛神湖机电有限公司的位置……好了，让林梓巷保留在美好记忆中吧！

东星村

徐木金

东星村的名称是1958年大跃进期间定的，意思是东方的一颗明星，璀璨辉煌，光芒万丈。它的前身是由尚武初级社、珠巷初级社、周家塘初级社合并而成的。后与薛庄合并，再后来与九村、许城合并成现在的五联村。

东星村的南面有一条东西走向的河流叫柘荡河，西连接丹金漕河，由西往东，河面越来越窄，经过后庄村、溪庄村、柘荡村、塘家村、下曒庄、西前阳村、塘下村、东前阳村、珠卷村、贺家村、尚武村、朱庄村，到白马庙为尽头，全长10余千米。河面有柘荡桥、曒庄桥、塘下桥、城塘桥、六一桥。河里盛产河蚌、鱼虾，水流充沛，灌溉上万亩良田，养活上万人。

东前阳村的西面，解放前有一座庙宇名叫"土地庙"（也叫"为己庙"）。关于这座庙的建造有一段传说，说开始修庙时有一台"天香炉"，这天香炉坐落在哪儿庙就要选建哪儿。刚开始有人抬着天香炉走到西前村的东边、小星村的西边时歇下来看时，觉得离柘荡河太远，菩萨用水不方便，然后抬到东前阳村的西南面（离柘荡河约有100米处）歇下来看时，觉得离河又太近，发大水可能会殃及菩萨不妥当。再后来又抬到东前阳村的西头停下来看时，这儿离河足有500米，后来就再也抬不动了，大家说："这也奇怪，菩萨就要把庙造在这里吧。"最终就决定把庙修建在这里，说是天意。

据说这土地庙的菩萨管辖三个社：珠巷村贺家村为一个社；东前阳村、小星村为一个社；西前阳村、塘下村为一个社。每个社有一幅菩萨轴子，上面画有菩萨像，每个社有一户保管轴子，一年一换户主，更换的时间是每年的正月十八上午，到时村里人举旗打伞，敲锣打鼓，从旧年户主家中将轴子扛出，围村转一圈，送到新年户主家中，新户主热情接待，并给送来轴子的人们吃上粉汤喜米团，以示来年吉祥平安。保管轴子的人家在这一年里大人不能做缺德之事，尤其女人平时不能出口粗鲁、仪表不规，不然菩萨会生气，家中多不太平。

快到过年时，村里人都会带着供品到土地庙里祭祀、烧香磕头，庙里有"看庙佬"负责庙外打扫卫生，看管祭器供品不让坏人偷盗。每隔两三年，三个社的负责人就会请戏班子到庙里唱戏，说是给菩萨"开光"。方圆几里路的人都来这儿看戏，人山人海、热闹非凡。

说起东星小学，它的前身是前阳小学，前阳小学坐落在东前阳村的西侧，原来的土地庙内。解放初期，前阳小学只开设一至四年级，有两位老师负责教学，后来由于学生人数的增加而扩充至六年级。由于前阳小学的位置偏在东星村的西南角，北边的周家村、东边的尚武村的学生也跑到学校上课。因为路程太远，学生太苦太累，家长也有意见，后村党支部根据广大群众的要求，决定将校址搬迁至珠巷村北边重新建造，即现在的东星小学校址，这里处于东星村的中心位置。

九 村

钱根松

九村大队是由原来的中塘大队分离而得名,九村大队由原有的九个自然村组成而命名为九村大队。即后符村、大黄家村、曹家村、小黄家村、后巷村、宋家村、毛科村、塘头村、周家村九个自然村。整个大队东起城塘桥西侧,南与原来的许城大队和爱国大队接壤,北沿柘荡河畔,西至城东的李家大队。

后符村有路王庙一座,钱家祠堂一座,后符小木桥一座(现已完全消失),小黄家村有祠堂一座,后收为九村小学的校址(现在的五联村村委会),塘头村有祠堂一座、塘头桥一座(现已完全消夫),周家村有周家祠堂一座(后改为周家小学),有桥梁两座(东木桥和西木桥,现东木桥已改建成水泥桥,西木桥消失)。毛科村北有暸庄桥一座,因年久失修后迁移至现在的后巷村,北与西前阳连接。

九村小学最早是解放前的一所私塾,只有一个私塾先生,几个学生,地址是在后符村的路王庙里,后因村霸争夺,迁址于小黄家村的祠堂,直至解放后才办了一所初级小学,只有一二年级,一个老师执教。直至1952年,改为一至四年级的初级小学,两名老师执教。至1964年升级为一至六年级的完整小学,有四至七个老师执教。至1976年由于学生人数激增,改成带帽初中,即一至七年级,学生总人数达到260多人。截至1981年,由于学生人数减少,又恢复了一至六年级的完小。1992年,由周志荣和周志文两兄弟捐款新建了新的九村小学的教学大楼(由原先的九村小学迁移至小黄家的南面,原校址留给了九村大队部)。直至1998年秋,由于学生人数不足,完小改成一至四年级初级小学。至2005年秋学期,由于国家政策要求,规模办学,对人数较少的学校进行撤并,整个河头镇只剩下河头中心小学和中塘小学两所小学,从此九村小学就停办了。九村小学的教学大楼也就是现在的五联村卫生室,原来的九村小学校舍由周志文先生出资建造了现在的五联村村委会的办公楼。自从有了九村小学,这所学校也为国家培养了很多人才。

  九村原来就是一个穷乡僻壤的穷地方,解放前就是这样。这块土地虽然穷苦,土地上的人却勤劳勇敢、勤奋好学,出了许多的能人。比如宋家村的周氏两兄弟周志荣和周志文,他们家庭原先都比较穷苦,住在宋家村前柘荡河沟边的周家棚上,一共只有3间土坪草棚,生活非常艰苦。但周志荣、周志文的父母再苦再难都把自己的儿女送进学校读书,几个孩子都考上当时的初中、中专和普通高中。周志文先生初中毕业后就参军,在部队他仍然勤学苦练,并提升了军官,后转业到南京下关区任区干部。国家实行改革开放后,周志文也响应了国家的政策,弃政从商,经过艰苦奋斗和努力,走上了发家致富的康庄大道,成为我们九村最富有的企业家。他们财富自由后,没有忘记九村的父老乡亲。1992年,兄弟俩出资30多万元新建九村小学;拿出50万元把原来的九村小学改建成九村村委会的办公大楼(现五联村村委会);2022年,周志文先生拿了30万元为九村的乡亲们修了一条水泥大道(从中塘桥至九村大队部),同时又出资为宋家村新建了电灌站一座。周志文先生捐赠了100万元给金坛教育局作为奖励基金,为金坛的优秀学子及家庭困难的学子提供帮扶,同时还每年不断地增捐。在国家发生自然灾害时,周志文也通过捐款为灾区人民送温暖。像周志文先生这样的优秀企业家值得我们每个人学习和赞扬,同时也是我们九村人民的荣耀。

再修金沙虞氏德聚堂谱

虞金木

金坛城东南八里有个村庄叫堰头村,村前、东、西面均有河流环绕,此河连接长荡湖一直流向太湖,大河中央有许多星罗棋布的芦苇滩,春天郁郁葱葱,秋天芦花白了像银子一般。

村后东西两头各有一个池塘,盛夏季节,水是满满的,是顽童天然的游泳池。寒冬腊月一到,大人们开开心心抓鱼过年,随即就清塘了。小朋友常常会聚在池塘里玩耍,演"样板戏"。

堰头村是有祠堂的,中华人民共和国成立后改为了小学堂,那时的祠堂也就是复式班的教室,已经没了任何陈设,墙上只有黑板和宣传标语。村风淳朴,乐善好施,尊老爱幼,夜不闭户,路不拾遗,一直以来都是远近闻名、口碑较好的村落。村虽未有高官侯爵,但后辈们循规蹈矩、勤奋上学、辛劳农耕、诚信经商,能人层出不穷。

虞氏先祖南渡黄河,从河南陈留迁徙到风景秀丽、历史悠久的江南古城——金坛。他们定居金坛后,通过几十年的艰苦奋斗,宗枝繁茂,家族兴旺。子孙遵循祖训,发奋读书。自明弘治年起,金坛虞氏在科举取士中大放异彩,成为金坛的名门望族。明清两代,金坛虞氏英才辈出,成为政界名人、文苑精英、社会贤达、官宦大绅者众多,成为金坛科举世家的四大家族之一。

金坛虞氏有着优秀的家族传统和血脉,直至当代,金坛虞氏家族还出了我国第一代航空发动机专家虞光裕,虞光裕为新中国的航空事业作出了重大贡献。他曾出席全国科学大会和全国群英会,被选为全国人大代表,他的事迹被列入《中国百科大全》一书。民国时期的外交家虞慧生也是从金坛虞氏走出来的。

　　金坛虞氏在全县人口数量上称不上大姓,但在历史上不但能跻身为科举世家的名门望族,其在全国虞氏家族中也是出类拔萃的佼佼者。在百度上搜索全国虞氏名人录,总共只记录了13位名人,而我们一个小小的金坛县就有虞谦、虞景星两位先贤在列,可见我们金坛虞氏家族的杰出与辉煌。

　　一个家族得以延续的存在证明就是家谱,家谱是一个家族的发展史、生命史,是一个家族的百科全书,也是一个家族的历史文化汇总和历史档案。后人可由此了解家族的历史沿革、世系繁衍、人口变迁,以及本家族成员在社会生活中的地位、作用和事迹。通过家谱,可以更好地研究家族文化、传承和发扬先祖的优秀品德,慎终追远,继往开来,启迪后裔、慎身励志。

　　2016年4月17日,在大家不辞辛劳奔走和强力推动下,"金沙赐兰堂虞氏宗谱续修理事会"隆重成立,各位宗亲慷慨解囊,不足一小时,筹得会款7万余元。修谱工作意义非凡,极具价值,但也很枯燥,老谱失传,令人惋惜,无有用的资料参考。"德聚堂"虞氏后裔怀着敬宗睦、延续家谱、延承香火的责任和义务,积极开始续修家谱。在宗亲们的共同努力下,终于完成,即将付梓出版。这是金坛堰头村虞氏家族的一大盛事、喜事,值得庆贺。有了家谱,可以使族人凝聚亲情、尊祖敬宗、弘扬祖德,为虞氏家族创造更大的荣耀。

贺家祠堂今安在

徐锁平　贺国财

有人告诉我,位于河头尚武村的贺家祠堂修缮一新,成了金坛文物保护单位。我听了,心中迷茫。我在河头工作了38年,从来没有听说过尚武村有贺家祠堂。进一步询问,才恍然大悟,原来是尚武初小的所在地。

记得20世纪90年代初,我曾被派往尚武初小监考。经打听,才找到了一处普普通通的房子。从那粗大的柱子上,可以看出年代久远。当时,尚武初小只有一、二年级,三至六年级要到东星小学去上。

当时任教的是代课教师贺桐年,他40多岁,个子不高,长得精瘦,一副文弱书生样。他因偶然的机遇,做起了代课老师,一做就是几十年,虽然有多次机会改行,但缘于对教育的热爱,始终坚持着。即使当时代课老师工资不高,他也仍然兢兢业业,勤勤恳恳。

当时监考一年级是读一题做一题,在考试结束前20分钟读完。二年级通读一遍。我是第一次监考低年级,只得耐下性子,按照要求,给一年级小朋友读一题做一题,还得看着手表,掐着时间。尚武初小的学生虽然不多,但个个学习习惯好,安安静静地听,认认真真地做,工工整整地写。后来考试成绩公布,尚武初小一年级考了全镇第一名。这令我对贺桐年老师刮目相看。在贺桐年老师之前一位代课老师是于洪发,也是一位认真负责的好老师。

当时,全村三四十个孩子都挤在这间大教室里上课,一年级的学生坐南面,二年级的学生坐北面。一到二年级的学生合在一起上复式课,做到"动静搭配",即给一年级小朋友上课时,二年级小朋友做作业。上完课后就轮换,一节课可能反复几次。这样的复式课堂，孩子们的练习时间多，要求老师做到"精讲多练"，也间接培养了孩子们静心做作业，认真听课的习惯。一位老师担任了全部课程，语文、数学，以及音体美等，相当辛苦。后来，由于代课工资实在太低，难以维持生计，于洪发不得不辞去代课，回家卖水果，做生意。只两三年时间，就在村子东边路旁砌了楼房。

那时，我真的不知，这尚武初小竟然是贺家祠堂所在地。

2023年8月，我来到贺家祠堂。从尚武村东南角入村，西行100多米，来到尚武村25号东侧，就看到了修缮过的贺家祠堂。它像一位垂暮的老者，又焕发了活力。这是3间五架梁砖木结构，青砖扁砌，前墙上有4根裸露的木头柱子。东西各有1扇木门，每间前后各有一扇木窗。墙是灰砖，瓦是小瓦，屋脊两头做了小飞檐。前后屋檐有滴水青瓦，前檐向前凸出80厘米左右。西边山墙上有9根长锥形的搭钉，增加墙的牢固度。门前用灰砖铺地，并立了3根红白相间的隔离柱。

在前墙的西边，挂有一上一下两块金色的铭牌，上面一块书有"常州市一般不可移动文物[贺家祠堂]常州市文物管理委员会 二〇一二年二月一日公布"。下面一块书有"文物安全直接责任人公告公示 一般不可移动文物: 贺家祠堂 文物安全直接责任人: 蒋雪芹 文物安全管理员: 马健"等字样。

本着"修旧如旧"的原则，国家和地方加大了对文物的保护力度。贺家祠堂尽量保存了原有的建筑风格和外貌，"生逢盛世"，重展新貌。

透过窗户往里瞧，地面铺设的也是灰砖，立柱东边的粗大，西边的细小。可惜里面空空如也。在中间的窗户东边，还张贴着五张白色的A4纸，仔细阅读，原来是"东城街道小型建设工程安全生产自查自纠表"，表上标明"建设规模总投资18.2995万元，建筑面积78.88平方米"，修缮工程是从2022年8月开始。

据村民贺大爷介绍，以前的祠堂有前后两排，前排稍高一些，四周是木头花格窗户，颇具气势，里面供奉着10多本贺家族谱。族谱当时清晰记载: 尚武贺家，出自丹阳蒋墅贺氏，由蒋墅贺氏子弟迁居于此。可惜尚武贺家族谱在一场浩劫中，毁于一旦。对于迁居于此的贺氏始祖公，只有村里老人口口相传，再也未见具体文字印证，甚是遗憾。

据蒋墅奕恩堂《贺氏宗谱》考证并记载: 其为唐代大诗人贺知章的后裔。蒋墅奕恩堂贺氏为丹阳东乡名门望族，尤其是在明代，先后诞生了3位进士。清代，蒋墅

贺氏家族中诞生了著名女词人贺双卿，被誉为"清代李清照"。

《游居柿录》是一部日记体游记，明朝作家袁中道在书中写到了"载酒园"，具体描述如下："过蒋墅，贺氏诸昆住处。贺中秘虚谷及令子函伯，邀游篁川，去市可里许……"文中"贺氏诸昆"，是指贺氏各个后代。"贺中秘虚谷"，即贺学仁，丹阳蒋墅人，字知忍，别字虚谷。入太学，与汤显祖、冯梦祯交往友好。"函伯"，即贺世寿，字函伯，贺学仁之子，诗人、文学家。

贺氏诸昆，开枝散叶。尚武贺氏，崇文尚武。贺家祠堂，见证岁月。

贺家祠堂，曾是贺家祭祀、议事之所，解放后收为集体所用，后办成村小。从贺家祠堂，走出了无数学有成就的莘莘学子，其中担任教师的就有10多位，承前人之志，育多方英才。 尚武村的孩子是幸运的，曾经足不出村，就得到同村长辈们的开蒙启智，谆谆教导；贺家祠堂是幸运的，躲避了战乱和浩劫，得到了保存和修缮，留住了家族之根，传承了民族之魂……

黄族始祖居住河头考

黄和平

在河头偏西北，原变压器厂的公路西边，有个麦穗村。《黄氏族谱》记载："黄族始祖黄黼，随宋高宗南渡，居于金沙麦穗街……因迁徙靡常，世数久远，亲疏远近纷纭……"

黄黼，宋兴化军莆田人，后徙居余杭，字元章。黄隐曾孙。南宋乾道五年（1169）进士，后升迁至太常博士，累官两浙路转运副使，时浙东濒海之田时遇旱涝，黼捐漕计贷之。毗陵饥民取糠秕杂草根以充食，郡县不以闻，黼取民食以进，乞赈济，全活甚众。除侍御史，行起居郎兼权刑部侍郎。以刘德秀论劾，奉祠而卒。

毗陵是常州别称，印证了黼公常州赈灾一事。

麦穗街曾经是青石板铺的街面，南临河而建，东西向，集商贸于此。河边有码头，供贸易运输、乡村生活所用，是一个典型的江南小镇。到清朝中叶，才有上塘庙，既而有上塘集，市场是在麦穗街，有庙，有集，有街，浓缩了锦绣江南所有的繁华。

本人采访过麦穗村的村民，曾居住过黄姓人家。村庄拆迁了，现不知去向。始祖在此生活，修身养性，子孙守于兹，繁衍生息。麦穗村虽已拆迁，但《黄氏宗谱》载之备矣。

河头，顾名思义，河的尽头。"东望河头声相接，渔歌樵唱夕阳天。"河头老街什么年代修建的，无从考证。但到光绪辛卯十七年，本族与西阳社干合修谱时，其中记载有《社干村居即景诗四首》之《春景》："门外青山绿丝油，菱塘清浅日悠悠。提筐妇女挑春口，口学儿童作钓钩。不速客来唯近市，催祖吏过弗惊鸥。口口午倦浑无事，浊酒频浇匪为愁。"

这说明麦穗街已失去往日繁荣,已逐步形成河头老街。老街现还在,窄窄的一条小巷。原来是青石板铺的街面,现改为水泥板,也是东西向,一代一代的老街坊,仍然居住在那里。为什么光绪十七年不讲麦穗村,而提及河头呢?说明河头已经久负盛名,麦穗街已渐行渐远,淹没在时代之中。

传至第四世黄镛。黄镛(1230—1300),字器之,南宋莆田县涵江黄巷(今福建莆田市)人。宋景定三年(1262)进士,官至右丞相,参知政事、平章军国兼知枢密院事,加太傅,封涵国公。"镛公既殁,卜葬于后符之前,而子孙遂聚族于斯。"

河头九村后符村历史悠久,南宋时就有此村。黄氏迁徙到后符,久而久之渐成规模,因本族聚族而居,就得名后符黄家村。本人采访过黄家村,在后符村西边曾有祠堂、黄家坟,坟墓棺椁很多,材料比较优质。有一具套棺,在20世纪七八十年代平整土地时被发现,后被金坛县文化馆收藏。我到博物馆去查找过,查询无果,是不是黄镛棺椁,无从考证。

民国十六年(1927),本族重修族谱,设局于后符董家祠堂,民国年间,黄家祠堂迁建于里庄桥大河头村。黄家村,有三四十户人家,黄姓居多,是我同宗同祖的长辈,兄弟姐妹及小辈们。他们坚守祖居,守护祖根。后符黄家村,承载半部本族史。

柘塘北有个刘庄村,根据谱序,在南宋时就有此村,六世通公由后符迁徙此村,也是黄姓居多,是耕读之村,曾有几辈人纂修过家谱,他们世守于此,恩泽后世。

麦穗街是二公生活过的地方,有他们的足迹。时光的洪流奔腾不息,当年的遗迹已杳无踪迹。《黄氏宗谱》有关的文字记载永远存在,是不可磨灭的事实。

蹬缸除恶帮

叶林生

清光绪二十六年(1900)春天,河头村百姓遭遇多年未见的劫难,一伙来自里庄桥北的恶人,拿着伪造的契据上门,他们个个手拿刀棍,凶神恶煞,将佃主徐氏捆绑吊打,逼着陈氏家人拿出20担稻子。眼看陈氏几番昏死,邻居有人看不下去,上前求情说了句公道话,却被恶人一刀砍倒在地,接着他们见人就打,挨家扒粮。最后,恶人们强行扒走了10多担稻子,又放火烧了好几家房子,并扬言3天后他们再来收账,一时间村里人心惶惶,哭声连片。

危难之中,人们找到乡绅薛绍洲,希望他能想个办法对付这伙恶人。薛绍洲在河头是个有威望的人,他赶紧找来汤蓉镜、孙仲修、荆仲锡几个乡绅一起碰头商量,得知这伙恶人是一个帮,叫"红帮会",他们有20多个人,并且个个都是手段凶残的地痞恶霸,早就在金坛丹阳一带干尽了坏事,老百姓都怕。但如何对付这伙恶人,薛绍洲和其他乡绅一时也没有办法。

却说村里有一对名叫陈朝元和陈吴氏的年轻夫妻,他们年少离家拜师学艺,浪迹江湖,以演马戏为生,正好这天带着马戏班回到河头家乡。听说父老乡亲遭此劫难,夫妻俩不禁怒火中烧,想要与这伙恶人对抗。乡亲们都好心相劝,说那伙人个个凶狠,谁也惹不得,你们还是远离是非吧。可是夫妻俩说,我们从小长在家乡,现在父老乡亲们有难,自己能这样放心走开吗?我们就是死,也要和父老乡亲们一起应对这伙恶帮。于是,他们找到了以薛绍洲为首的乡绅们,说要为对付这伙恶帮出点力量。

可是,乡绅们见这对夫妻俩相貌平平,并无惊人之处,自然都摇了摇头:"那伙红帮恶人个个有武在身,还都持有凶器,你们两个花拳绣腿演马戏的,岂能是他们的

对手？还不如我们多约些拳徒和义士呢。"

陈朝元和陈吴氏微微一笑，胸有成竹地说："这太好了，有拳徒和义士的帮助，我们就更能对付那伙恶帮！"接着，夫妻俩对薛绍洲和乡绅们如此这般交代一番，众人听了虽是半信半疑，但觉得事到如今，权且"死马当作活马医"，便都点点头同意了。

当即，河头镇上贴出了海报，说后日马戏团将在河头西茶馆上演精彩马戏。与此同时，薛绍洲派人以河头乡绅会的名义给红帮会送去请柬，邀请他们前来会茶观赏马戏表演。

两天后，河头西茶馆里鼓乐阵阵，茶客满座。红帮会的人果然来了。薛绍洲和乡绅们一起笑脸相迎他们，并特意把帮头让座到前排中间。不过这帮人很警惕，他们20多个人不仅个个带着凶器，还左右两边护着五大三粗的帮头。

演出开始了，最精彩的节目是"蹬缸"。相貌甜美、身材匀称的陈吴氏，浅笑盈盈走上舞台，举手投足间露出一股迷人的风采。只见她半躺在蹬技座上，双脚脚掌朝天。陈朝元几个演员抬着一口百十斤重的荷花大缸放在她的双脚上。大缸在她的双脚上飞速旋转，如同一个轻巧小盆、小罐。正转、反转，侧转、竖转，灵活自如的蹬缸看得帮头目和那些恶徒个个目不转睛。

陈吴氏双脚蹬动的那口大缸快速翻转着，突然凌空飞来，缸口朝下，不偏不倚扣住了帮头。帮头想要挣脱，怎奈被那大缸牢牢扣住脑袋、压住身子，头钻在里面怎么也挣脱不出来。一时间场上大乱，红帮恶人们发觉不对，有的手忙脚乱地替帮头脱缸，有的举起了凶器扑上前去。

擒贼先擒王，说时迟那时快，没等恶帮们缓过神来，陈朝元飞步踢倒恶徒，踏步压住大缸。陈吴氏蹬缸的千斤腿和铜包头、铁包跟的道具鞋，更是横扫一个个恶徒。此时，早已准备好的拳徒、义士和百姓趁势一拥而上。恶帮见势力不妙，纷纷往镇外的北渚荡逃窜，可众人穷追不舍，哪肯放过？一场搏斗下来，帮徒被打死十几个，还有几个被人们捆绑起来，押上船送往金坛县衙处置。

这场巧除红帮的事件大快人心，很快从河头传往四面八方。后来，还被县城戏班编成了一出名叫《大闹河头镇》的京剧，在金坛、上海、杭州等地演出。

"寄娘塘"的传说

叶林生

金坛开发区东明村域内有个60多亩大的水塘,人称"寄娘塘"。"寄娘塘"看上去普普通通、平平静静,和别处的水塘没啥两样,然而自梁大同元年(535)后千年以来,这里却代代流传着一个龙性慈孝的动人故事。

相传,当年村东5里有个吴塘村,村里有个姑娘名叫善珍,生得眉清目秀,为人本分善良,自小恪守礼教。善珍的父亲吴游和母亲薛氏更是行善积德,家规严苛,为乡邻所称道。

这年开春,吴游和薛氏去杭州敬香,留善珍在家看门。一天早上,善珍去河边提水,忽见河滩边的草丛里闪出幽光。她上前一看,竟是一青一白两只圆圆的蛋,便顺手捡起揣进了怀里。不料,当她提水回到家后,发现怀里的那两只蛋却没了。善珍只以为是自己不小心掉在路上摔破了,也没去多想。

谁知不久后,就在善珍快把这事忘了的时候,她突然变得食不甘味,恶心呕吐。吴游和薛氏回家后,见女儿面黄肌瘦,心生疑虑,急急找来郎中细细一搭脉,顿时令他们如雷轰顶——女儿竟是有了身孕。姑娘尚未出嫁却已先结胎珠,这父母的脸面还往哪儿搁?吴游和薛氏羞辱难当,恼气冲天之余,每每对女儿棍棒相加,驱逐户外。而善珍呢,虽是千般冤屈,却也百口难辩,只得整日独自郁积,以泪洗面。

梁大同元年(535)五月十八日子夜,痛不欲生的善珍忽听腹中有两个婴孩在说话。一个说:"娘,别害怕,我俩是寄你肚中托生的两只龙蛋。"另一个说:"娘,龙当升天,请您快快张开手臂。"

善珍听罢若有所悟,忙将左手臂一抬,一条青龙"呼"地从身上跃出,她还没来得及细看,就见那青龙摆了摆尾巴,径自腾空飞去,转眼就不见了踪影;善珍再将右

手臂一抬，又一条白龙"呼"地从她身上跃出。然而，白龙跃出后却没有马上离开，而是摇头摆尾地亲昵着善珍。善珍对它说："龙当升天，你为何还不离去呢？"白龙眼里闪着泪光："娘，您因为我们的寄生，受了很多的冤屈和痛苦，白龙要报答你的寄养之恩，带着您去龙宫享福！"说着，白龙埋头卧下身子："请娘骑在我身上攀住我的角，闭紧双眼，龙宫会有戏吹戏打迎接我们呢。"

听了白龙的话，善珍就骑到白龙的身上，双手攀住它的角，闭上两眼。白龙驮着娘"呼"地腾空而起，凌云直上。善珍毕竟是一凡间之人，飞驰中忽遇霹雳震耳，狂风暴雨迎面呼啸，慌乱中她睁开双眼想看个究竟，顿时被惊得滑下白龙身背，从茫茫天空坠落而死。

白龙发觉后大叫着回头寻找："娘，娘……"它在烟波浩渺的荒原上跳跃翻滚，龙尾飞扫，滚得大地方圆72里塌陷，扫出东西南北72处沟坑，却再也没能找到寄娘的身影，最后只在其中一个巨大的坑塘里，发现了寄娘善珍的一只绣花鞋。

"娘——"白龙跪卧在寄娘的那只绣花鞋旁伤心痛哭，直哭得天上暴雨倾盆，塘里水浪翻滚。久而久之，龙母的那只绣花鞋竟浮化成了一个鞋状土墩凸现出了水塘之中（水塘中的鞋状土墩于20世纪60年代农田改造时消失）。

从此以后，每到农历的五月十八，这个水塘的上空都会刮一场风，下一场雨，有时候那风雨之中，隐隐还可以听到一声声凄婉的呼喊："娘，娘……"人们都说，那是白龙在哭它的寄娘。为了怀念白龙母子的遭遇和慈孝，人们就把这口塘叫成了"寄娘塘"。

话说梁皇闻知白龙母子的奇事后，即下旨赐地20亩，在"寄娘塘"北邻5里的白龙驮娘上天之处吴塘村（今皇塘镇高头行政村小界沟自然村附近），建造了慈感庙、白龙圣庙、龙母庙，庙内有龙母塑像，神态婉约，栩栩如生。清乾隆十三年，高宗皇帝又亲赐"普天行化"金匾大字，悬于庙庭大殿。旧时每年五月十八日，京城和晋陵郡、曲阿、金坛郡邑均奉旨差官来庙致祭，各方善男信女无不为白龙孝心所动，为龙娘遭遇而泣。如今，白龙庙、龙母塑像与"寄娘塘"依然遥望呼应，连成一景。

菩萨定庙堂

叶林生

河头镇东前阳村的西面，早前有一座庙，叫"为己庙"，庙虽不是特别大，可关于它的一段来历却传得很广。

明嘉靖年间，河头东前阳村有个叫何己的商人，在外面做生意赚了不少钱，家境十分殷实，夫妻也很和睦。可遗憾的是，人到中年仍未有生育。眼看万贯家财却膝下无子，何己内心非常焦虑。

何己笃信佛事，家中供有菩萨的像。这天焦虑之时，他在菩萨的像前焚香叩头，喃喃祈祷说："菩萨保佑！如赐何己得子一二，何己定建庙堂一座，以荐福报恩！"

说来真灵，不久妻子就有了身孕，十月之后果然产子，而且是一对双胞胎。何己喜出望外，感激涕零。为了还愿报恩，他当即就在村边察看风水，择定在近旁西前村的东边、小星村的西边买下一块建庙的地皮。这块地的前面有一条河，叫柘荡河，何己觉得庙也离不开水，菩萨肯定喜欢。随即，何己买来最好的砖瓦木料，请来当地最好的工匠师傅。为尽虔诚之心，他和工匠们一道夯基、铺石、砌墙……

谁知，当建庙的砖墙砌高到3尺之时，突然天降暴雨，洪水滚滚袭来，顷刻间就被冲垮。何己只得重新备料，再次动工。可是，当砖墙再次砌高到3尺之时，忽地又是一阵地动山摇，席卷狂风，霎时间就已连根倒塌。何己屡屡返工，情形依然如此。就这样春秋更替，年复一年，寺庙仍是未能建成。

后来有一天，何己从再次袭来的暴雨和狂风声中，隐隐听到有人在说话："欲建庙堂，当先去茅山请天香炉……"何己一怔，瞬间明白了，这是菩萨在指点自己呢。

于是，何己赶紧从茅山请铸了一只天香炉，然后雇了四个人抬往河头的西前村。那香炉不大也不小，三四百斤重，四个人都是身强力壮的大汉，何己陪着他们一路抬抬歇歇，还算顺当。

众人日夜兼程，抬着天香炉到了西前村的东边、小星村的西边时，大家累了，就小心翼翼地要搁下来。可奇怪的是，那三脚香炉却怎么也放不正、立不稳，歪向一边倒在地上。这咋行呢？如此几个反复，大家都迷糊了。

何己四下看看，心想可能是菩萨嫌这里离柘荡河太远，饮水不方便吧。只好让人把香炉抬往东前阳村的西南面，这里离柘荡河有30多丈。可是刚欲歇下来，那香炉仍是怎么也放不稳，依然倒在了地上。

难道菩萨还是不愿意？何己再前后左右看看，觉得菩萨可能是嫌这里离河又太近，发大水可能会被殃及，赶紧又让他们重新抬起往前走。

不一会儿，天香炉被抬到东前阳村的西头一块地方。这时大家都被折腾累了，于是就在一棵大树跟前停下来歇了一口气。怪的是这次香炉没有倒，一下子就立住了。可何己看这里离河足有45丈，离水太远了，而且这棵树也太大了，会挡在庙门前。于是就让大家再抬起来，挪个地方。谁知，四个大汉使出吃奶的力气，却再也抬不动了，那香炉就像生了根似的。他们使尽浑身气力，也没能将香炉再移动半寸。

这下大家都惊诧不已，说："咦，这香炉不肯走了，莫非菩萨是让把庙造在这里呢？"

何己站起身，围着这棵大树细细地打量起来：这大树冠如华盖，径达数丈。最奇的是这是棵合体树，3丈多高的主干苍老嶙峋，向上生长出榆、榉、柏、朴四根主枝，四主枝上树叶分明，树冠顶面排列整齐，浑然一体。如此一派仙风道骨之貌的大树，他还是头一回看到。接着，何己又仔细察看了这大树的四周，但见南北流向的柘荡河蜿蜒从树荫前经过，且将树荫树根覆盖延伸下来的土地，冲刷成一方三面环水的半岛，南、西、北方向各有一道坝头通向河对岸，整个形状犹如这只香炉。

看着看着，何己恍然大悟：眼前这般地形地貌，不就是最好的庙址吗？最终就决定把庙修建在这儿，说是天意。

果不其然,接下来的一切都十分顺利,庙堂于来年正月十八完工建成。雕梁画栋,飞檐翘角,庙内供奉着菩萨的雕像。人们一传十,十传百,都说这庙里的菩萨特别灵验,因此香火极盛,每年正月十八这天,四面八方的香客纷至沓来。至于为什么叫"为己庙",至今已没人说得清楚了。

上梁对联的由来

叶林生

过去乡村人家建房,十分看重上梁这个带有喜庆色彩的风俗仪式。金坛河头一带乡村也一样,在上梁时特别隆重,不仅要放鞭炮、撒点心、说好话,主家还总要贴上一副对联,对联上用得最多的是:"上梁正逢黄道日,竖柱巧遇紫微星。"据说,这副上梁对联是刘伯温传下来的。

当年,刘伯温在乡村里开塾馆做私塾先生,还经常帮做大事情的人家看风水、择时辰。这天,河头有户人家要建房子,房主照例也来请刘伯温看日脚,择定上梁时辰。刘伯温上知天文、下知地理,给那房主看了一个黄道吉日,却暗暗择了七煞星下界的凶时辰,这是一个最凶险、最不吉利的时辰。他为什么要这样做呢?原来他料算到,真命天子朱元璋恰巧就要在这天的这个时辰路过这里。这个料算,房主和其他人当然是不晓得的。

转眼择定的上梁时辰到了,房主正招呼工匠们动手准备上梁,就见从大路上匆匆走过来一个穿着布衣的陌生人,他对主人微微一笑,说:"过路口渴,请赐碗水喝。"房主一向好客,今天又逢上梁之喜,就随即客气地搬上桌椅,请他坐下用茶。那陌生人喝着茶,静静地看着工匠们起料上梁。

恰在这时,忽然一阵狂风刮来,面目狰狞的七煞星脚踏黑云、背着骷髅尸骨到了。瞬间,房梁和柱子剧烈地摇晃起来,房主和屋架上的工匠们不觉个个大惊失色。说来也怪,那七煞星正张牙舞爪,猛见在桌椅上喝茶的陌生汉子,顿时凶形全无,上前朝陌生汉子扑地一跪,然后起身就走,转眼消失得无影无踪。

见此情景,大家一阵后怕,老半天才渐渐回过神来。原来,这个陌生汉子是微服察访的朱元璋。待梁上好后，朱元璋就问房主："请问主家，今日的上梁时辰何人择定？"

"是附近私塾里的刘伯温先生。"

"刘伯温与你家可有冤仇？"

"没有，没有！刘先生乐善好施，与我家和睦相处，何来冤仇。"

朱元璋听了暗想，看来这个刘伯温非同凡人，就对房主说："不知刘伯温现在何处，还想烦请主家引我见他一面。"

房主这刻惊魂未定，也想找刘伯温问个究竟，于是就领他来到私塾里。

朱元璋见了刘伯温，把他上上下下细细打量了一番，然后就单刀直入地问他："房主上梁，不知刘先生为何择定方才这个时辰？"

刘伯温朝朱元璋施了一个礼，不慌不忙地回答说："实不相瞒，今日上梁恰是黄道吉日，但方才的时辰却是个凶时辰。不过我早已料定，此时会有紫微星从此经过，故而必能逢凶化吉，此乃最好、最吉利的时辰。果不其然，上梁正逢黄道日，竖柱巧遇紫微星啊。"

朱元璋听了这话，顿时大喜过望："我为寻得一位辅助良臣，几乎察遍天下，访尽人间有识之士，却至今未有合适的，此番意中人就在眼前呀。"于是，他当即道明身份，与刘伯温共叙长谈。从此，刘伯温成了朱元璋的军师。在刘伯温的辅佐下，朱元璋推翻元朝，建起了大明江山。

从此，那句"上梁正逢黄道日，竖柱巧遇紫微星"，就成为逢凶化吉、祈福迎祥的象征，被人们写成了上梁对联，一直传了下来。

风土人情

豆花娘娘

徐问道

那是很久远的事情了,久远得如同一个古老的童话。20世纪60年代初,我在金坛县城上初中,嘴里念着杜子美的《茅屋为秋风所破歌》,肚子却被饥饿折磨得吃了上顿巴望下顿。那年月,饥荒的影子还笼罩着故乡大地,学校一天三顿饭,也只能勉强填饱肚子。每当下课之后,本能的反应就是朝教学区后边的饭菜张望,哪怕走近闻一口饭粥香味,也觉着很受益。经过三年饥荒的煎熬,我对食物特别敏感,人坐在教室里听课,凭着从窗外飘进来的食堂气味,就能闻出学生餐的品种是菜饭还是白粥。菜饭里有青菜的气味,白粥只是单纯的白米清香。为了弥补肚子的空缺,每逢周六回家,娘总是煮上几个山芋,塞进我的书包。我带着熟山芋走进宿舍,便将它们藏在被窝里,生怕被别的同学发现。可是,山芋在被窝里捂上两天,就有了馊味,我却还是捂着,以便夜自习回宿舍啃上一个。周三之后,山芋啃光了,只好空着肚子读唐诗。我寄宿的学生宿舍在城区一座古庙里,跟县城北郊的校区隔着大大小小的街巷。夜自修结束,一般都是晚八点,回宿舍经过繁华的思古街,常有小吃摊摆在街头,卖些山芋、芋头之类的熟食。晚餐喝的稀粥,经过两节夜自修课的消磨,早已饥肠辘辘,路过夜市,总想找点吃的。一天晚上,我又跟往常一样,上完夜自修朝宿舍赶。刚走近老街街头,忽然听到远处飘来一阵喊。那喊声,与其说是喊出来的,不如说是唱出来的。女子唱的是金坛河头方言,带着浓重的吴越韵味,一声声唱出,竟是这般动人:

豆腐花来——豆腐花——

随着喊声,一个肩挑豆花担的女子朝街头走来,悠到十字路口,便歇下。此时,

早有几个吃客,朝担子围来。女子一手拿过一只红花小碗,一手握着铜勺,揭开盖着盖子的小铁锅,一下接一下劈起来。铁锅里盛着雪白的豆腐花,女子上下劈着,锅里的豆腐花,很快就盛到碗里,接着她放下铜勺,拿着一个类似耳朵扒子似的小勺,一下接一下朝作料碗里点着,辣椒、酱油、香菜,都像鸡啄米似的被她啄到碗里。最后一下,是掏香油,她将小勺朝油瓶里轻轻一点,旋即拔出,一滴油就盛进了勺子,放到碗里。

闻着豆花担飘来的清香,我再也挪不动腿了,就像是被女子施了定身法。这天夜自习,我刚温习了苏联科学家巴甫洛夫的条件反射论,科学家说,一条狗如果闻到了食物,大脑皮层就会迅速产生反应,狗就会冲着食物飞跑。此时的狗,已经被条件反射所左右。可我不是狗,但我的大脑皮层瞬时也产生了反射。我的头一个动作就是将右手伸向上衣口袋。我的口袋里有3分钱,那是我这一学期唯一的积蓄。

我将钱送到女子面前。女子接过后,右手的小铜勺就伸进锅里,于是雪白的豆花就进了红花小碗,一份份作料,也纷至沓来。女子像一个从容的指挥官,调动着那些五颜六色的作料。最后一个动作,就是掏香油。此时,她将手朝空中轻轻一挥,手中的小勺就直插瓶颈,一滴明晃的芝麻香油滴到碗里。

女子将碗端到我面前。女子左手三根手指托着碗底,大拇指压着碗口,将小拇指翘成了一朵含苞的兰花。女子端碗的造型,本身就是一幅水墨画,浓重的夜幕,便是背景,她的头发梳成一个发髻,罩在黑丝网里,腰间围着一条蓝底白花的围腰裙,围裙的系带是胭脂红。系带的须头,被夜风吹得飘飘曳曳。

我头一回吃豆腐花,买的是小碗,大碗我买不起,大碗要5分钱,可是我口袋里只有3分钱,吃了这碗豆腐花,我就是身无分文的穷光蛋了。

我已经不记得那碗豆花是怎么吃下去的,豆花好像很滑润,喝到嘴里,还没有来得及品尝,就咪溜一下进了肚子。好像是一口气喝下去的,因为豆花太嫩太滑了,没等舌头碰着,就一下全化在嘴里。在昏暗的路灯下,红花小碗里的豆花飘着一层轻雾般的香气,我将脸埋向碗口,恨不得整个脑袋都埋进碗里,可是碗口又太小了,容不下我的半张脸,我还是朝里埋着。我的吃相太难看,这怨不了我没有教养。上中学之前,娘曾不止一次地教我,吃饭要有吃相,端碗要有端相,不许用手掌托碗底,掌托碗底就是叫花子讨饭。可是那个晚上,我将娘的话全丢到脑后去了,豆腐花太嫩了,太鲜了,也太美了。我端到碗,才晓得豆腐花是这般的白,像一朵花开在碗里。我都14岁了,才头一回吃这样的花朵,再说我也饿了,晚餐的两碗粥已经被满脑子的书本消耗了。我几乎没有用调羹,那把调羹就搁在碗口,我一口气就将那碗豆腐花吞下去了。

我喝光了碗里的豆腐花,就用舌头一下接一下舔起来。在家里吃饭,每顿吃完了,都得将碗舔得干干净净,我几乎把吃饭看成了宗教,舔碗就是宗教里的一个仪式。如果不舔碗,就得挨父亲的拳头。所以,这回我喝完豆花,就捧着碗舔,我的动作完全是下意识的。舔完后,才觉着有点失态,因为我看见身旁两个城里的吃客正看着我发笑。指指点点,窃窃私语。好像是说我真像是个叫花子。我却在不意。我双手捧着空碗,送到女子面前,轻声说道:"婶娘,你的豆腐花太好吃了。"城里口气的一个吃客讥讽道:"好吃怎么不买大碗?"我不好意思说口袋里只有3分钱,只是说道:"我人小,吃小碗就够了。"

女子接过碗,随手又盛了两勺盛进碗里,加了作料,道:"你吃吧。"我没敢伸手接,担心她会再收钱。女子将碗塞到我手里,道:"你吃吧,这碗是我送给你的。看得出,你是乡下来的小伢。听口音,你好像是河头西边人。"

"婶娘,我是中塘桥的。"我说。

"我也是河头人。"婶娘说,"我家离城近,算是城脚边上的。男的在家做好了豆花,再由他挑到城里,由我来卖。"

我接过碗,突然想起了娘的关照,便一手将碗端得很规矩,一手拿着调羹,很斯文地吃起来。这两勺豆花,是婶娘的心意,得吃出个样子给婶娘看看。我吃完后,双手捧碗送到婶娘面前,深深鞠了一躬。

我走进了通向古庙的小巷,走几步,就回过头看一眼站在豆花担子前的婶娘。

豆腐花来——豆腐花——

婶娘的吴侬细语在街巷回荡,穿过了古城的青砖黑瓦。

豆腐花来——豆腐花——

一声声喊,响彻在我的初中时代,可是我再也吃不起豆腐花了,更多的时候,当我上完夜自习回宿舍,路过思古街,就能听到婶娘的喊声,那个"来——"字,仿佛就是冲着我喊的。有的时候,婶娘是站在担子旁喊,还有的时候,是担着挑子边走边喊:豆腐花来——豆腐花——

我再也不敢走近豆花担了。那一头挑着碗碟调料,一头挑着小铁锅、锅底还燃着木炭的担子,配着那一声声喊,响彻在我的中学时代。每当夜自修结束回宿舍,只要路过那条老街,我总是悄悄顺着街沿行走,只敢在人堆里悄悄看上她一眼。有的时候,婶娘挑着担子沿街叫卖,我会悄悄跟上一阵。我一直没有弄清,婶娘窈窕的身子怎么挑得动那副沉重的豆花担。

如今,我这个当年的男孩已经人模狗样进了北京,在京城安了家。北京人称豆腐花为豆腐脑。可我总是觉着,还是豆腐花形象,也有诗意。豆腐开了花,要多美就有多美,要多鲜就有多鲜。我在北京不敢轻易吃豆腐花,因为吃来吃去,总没有上个世纪的那一碗好。那一碗,胜过了千碗万碗;还是因为,我总是担心豆腐花是转基因黄豆做的。如果因基不对路,做得再好,也没有当初的味道了。

一天夜里,我又遇见了当年的豆花娘娘,正挑着担子在思古老街叫卖,一觉醒来,发现是梦,可婶娘的喊声却是那般真切:豆腐花来——豆腐花——

百年之后,当我到了那个世界,就蹲到上个世纪的思古街头,等着豆花娘娘,每天买上一大碗,捧着吃个够。我总是这么想。

豆腐花,故乡的豆腐花。

梦萦牵绕菱子情

李凤英

金坛河头镇的西南边缘,有一个水乡村庄,这是我儿时成长的地方。村前有一条向外贯通的大河,虽比不上遍地野鸭和菱藕的洪湖,却也有沙家浜芦苇荡的气势,那纵横交错的芦苇滩水面上,留下了许多美好的回忆。

记忆最深的要数对菱子的怀思。它在春天里孕育发芽,菱芽在水中向上生长,而后菱叶次第从水中冒了出来,开始装扮着水面,菱盘渐渐地缀满那清澈的河道,满目碧翠。夏日里菱盘上就开出淡黄和乳白相间的小菱花,菱盘下面正在默默地酝酿着它的果实。等到河岸上田野里大片的水稻开始悄悄变黄,这时菱子也逐渐成熟。

那采菱的场景便是生产队里一道亮丽的风景。采菱是姑娘们最拿手的绝活儿,她们手脚灵快。采菱是既苦又累的活儿,坐进椭圆形的大木盆里,盘着腿,不能伸展,如此一天下来,腰酸腿疼,没有经历的人是很难体会到的。况且年轻妇女们劳动之余还需要带娃和做家务,而年轻姑娘精力旺盛,采菱的任务自然就落在队里的11位姑娘身上。

秋高气爽的天气,菱子开采,队长的哨子从村巷子南面吹到北面,边吹边分派任务:劳动力干啥,妇女干啥,喔头谷谷(当地方言:指年轻姑娘)翻菱子。各家的壮劳力会把采菱的大木盆送到大河边上,姑娘们在木盆里放上矮小凳子,一个个坐进木盆里,人一进,木盆就有了分量,木盆的后端微微上翘。她们双手各抓一尺来长的菱板作桨,左右划动,木盆在清澈的水面上朝菱面方向快速向前,然后依次排列有序采菱。她们左手翻开水淋淋的菱盘(地方语"采菱"称"翻菱",因为要翻过菱盘采),右手两个手指轻轻一掐,熟透的老菱就进了木盆。青色的四角清水菱,皮薄肉嫩。姑娘们偶尔会采嫩菱剥掉外壳露出白嫩的菱肉,放嘴里一嚼,清脆而甜津,滋润

着舌尖和咽喉。每次采菱,队里都会派一个水性较好的青年小伙撑船压阵,一是保护姑娘们的安全,二是木盆里的菱采多了就送进船舱里,这样往返着送菱。

姑娘时期最是无忧无愁的年龄,河风吹拂着年轻的面庞,她们一边采菱,一边笑语喧哗。"水面细风生,菱歌慢慢声。"唐代诗人王建这句诗是最好的写照,这种景象在河面上充溢着劳动和生活之美。姑娘们有时候腿发酸了就会慢慢站起,左右脚撑着木盆两边,木盆要平衡,胆大调皮的姑娘会用两脚左右晃木盆,让水的波浪冲向另一木盆,使木盆上下晃起,然后弯腰大笑。队里一个叫巧玲的姑娘正在晃着唱着:"中华儿女多奇志,不爱红装爱武装……"木盆失衡,咕噜噜!木盆翻身,巧玲掉河里,开始她还想向芦滩边上划水,因为姑娘们几乎都会游泳。怎奈菱藤缠绕动弹不了,渐渐下沉。此时撑船的晓星刚刚收完菱子撑着船躲到另一芦滩旁边看《水浒》去了。姑娘们齐声高喊:"晓星!晓星!巧玲掉河里啦!"晓星听到喊声赶紧撑船过来,一个猛子下去,又一个猛子,巧玲终于浮出了水面,姑娘们紧张的神经终于松弛下来。晓星把她托到芦滩边,两个姑娘划木盆过去上岸,一起用力把巧玲拉到芦滩上让她躺着休息。等巧玲慢慢褪去煞白的脸色,姑娘赶紧去船上拿备用衣服,把巧玲扶到芦苇深处帮她换上(采菱姑娘一般都会轮流带一身备用衣服放船上)稍作休息再继续采菱。

这样采一批菱需要四五天,每天按人口分,人多的家庭需要用稻箩去装,人口少的用篮子背。傍晚后,家家户户开始煮菱,村庄上空飘起了袅袅炊烟,洋溢出醉人的菱香。一时吃不完的人家,会把菱煮熟剥肉晒干保存起来,等到青黄不接时煮菱粥吃。也有的避开那些"眼睛"到河头老街的旮旯偷偷换来几个油盐钱。那肥肥大大又水灵灵的清水菱,在数着米粒下锅的年代里,帮助农民渡过了一次又一次的难关。一季采菱结束,各家会用桐油把菱盆漆得油亮。

那些来不及采,老透顶的菱便会脱离柄梗,晃晃悠悠掉到河底,和着乌黑的河泥,在隆冬的季节里被罱泥架夹起,罱泥人把两竹竿并拢,两手左右交叉用劲,"扑通"一声,一大坨污泥夹进船舱,然后再撑开竹竿下到河底。这样不断反复,等河泥积满船舱,再一木掀一木掀地送上河岸边的泥塘里,人们便挑个风和日丽的天气,背上竹篮子到泥塘里去摸菱子。别看摸上的菱黑乎乎、脏兮兮的。可是洗净煮熟,剥掉坚硬的外壳,吃起来却粉丝丝、甜津津。如果拿到河头小街上去卖,人只要先试吃一只菱就没有不买的,或两三分一斤或5分一斤,积起来也是不小的收入。队里有一位摸菱子的妇女能手,下午收工后都会去摸一会儿菱,而每次都是收获满满,她晚上煮熟后,一早到河头老街上卖完再回来赶早工,她说3个孩子的学费都是卖菱子换来的。

我也曾经跟着这能手女人庄婶去摸了几次菱,那是在读初中的时候,在冷飕飕的西北风里,我瞒着父母,偷偷脱掉了纱裤,那是奶奶用棉花纺出的纱,大姐为我织的。只穿上单裤,背上小竹篮来到泥塘边,我把棉袄脱下放在河滩的草地上,裤管卷了又卷,袖子朝上撸了又撸,幸好只有半泥塘污泥,我跟着她慢慢下到泥塘里,齐膝的泥,冰冷地包裹着我的腿,直入肌肤。庄婶说:"脑子里不要想到冷,多想着手伸到污泥的菱子。"跟着她运气不错,手摸下去都有菱在手上。傍晚时分,上了泥塘,顾不上瑟瑟发抖的腿,在大河边先淘洗好菱子,再洗脚穿鞋,背着我的收获往回走。看着篮内的菱子,饥饿、疲劳甚至挨冻的痛苦仿佛都被撵走了。我到河头街上卖菱是不用称的,在家里盛上一大碗,用秤称一下,一斤左右,两三分一碗,有时候看买的人少1分也卖,连卖带送,为的是要赶回学校里上课学习。有时也会趁个星期天去卖,那样就不会赶得急。我顺利地用卖菱子的钱换回来一本7角的字典。

那些没有被河泥架罱上来的老菱,安静地躺在河底休眠蓄势,等待来年生长,老菱连续两年可以正常作为菱种,但到了第三年就会裂变成小而坚硬的野菱,队里就会有两年一次的留种。等第一轮菱子开采时,采菱人会带一只小篮子放身后,采到老而大的菱会放小篮子里,然后收集起来放稻种包里,投放村后的小河里,等待来年发芽,长出了菱秆,再运到大河边撑船去放菱种。放种前先派几人用两根长竹竿把自然生长出来的菱棵全部绞起放到芦滩边上。菱种三五只一把间隔着放,等待秋季清水薄皮菱再次登场。

岁月的车轮已过去了几十年,生产队里那与菱相关的人和事,时常会从我的记忆里跳出来。每年秋天菱子上市,我都会买些回来,带回的是一份珍爱,一份特殊的怀乡之情。无论岁月如何更替,对菱子的一份情感始终萦绕在我的记忆里,萦绕在我的梦乡里。

儿时的美食

小 乔

在小时候的记忆中,几乎找不到关于美食的片段。从我懂事起,由于已经实行家庭联产承包责任制,粮食已经能够全家人吃饱,但乡下零食奇缺,加上父母也没有闲钱给我们零花,所以我的味觉器官相对比较迟钝。我读高中时,第一次喝到了雪碧饮料,顿时被这种"晶晶亮、透心凉"的美妙感觉给震惊了。

饭能吃饱之后,用来下饭的菜却不多,用来烧菜的油更是金贵。那时候定量供应食油,按人口计算每月4两,从1981年下半年起,每人每月增加至5两,逢到国庆、春节等佳节,每人外加5两。所以,全村再富裕的人家烧菜都不敢大方,节俭一点的更是用一块布在油壶里蘸一下,然后在锅底飞快地抹一下。

所以,那时候小孩子对过年热切的盼望也就可以理解了,因为只有过年的时候,家里才备上许多好吃的,比如小麻糕、京枣、水果糖、瓜子、蚕豆。相对于女孩子,男孩子对新衣服的欲望远没有对零食的欲望强烈。每次拜完年回来,我们小朋友都会从口袋掏出零食,看看谁的零食多,谁的品种丰富。有次一个小朋友,兴奋、神秘、小心地从口袋里掏出一个用好看彩纸包好的东西,告诉我们叫"巧克力",从没有见过的我们艳羡不已,口水流了一地。

过年的时候,平时没有油水的肚子可以趁机舒展一下。因为过年的时候,走亲戚时要在亲戚家吃饭,大人们一年积攒下来的食油在这个时候用起来都比较大方,菜肴也相对丰富。但在去吃饭之前,大人都要再三告诫小孩子,桌上的肉圆、鱼都不能碰。因为那时物资还不是特别丰富,村民都不富裕,桌上的一碗鱼和肉圆都是在亲戚面前装门面用的。

为了支援农业生产，乡里由供销社组织合作商店人员，先后在陇东庙、上泗庄等地设立双代店（代购代销）。实现家庭联产承包责任制之后，双代店不再收购废品，单纯为代销点。我们村民要买什么日用杂货，要跑3里路到陇东庙的代销店去购买。党的十一届三中全会之后，放宽了农村经济，个体商贩逐步恢复和发展，活跃了市场，方便了群众。我们村也开起了小店，主要经营南北山地杂货、饮食小吃。再加上村民经济好转，我们小孩子也过上了"幸福"生活，可以积攒零花钱买零食吃。

那时家里常备的零食只有一种，就是炒蚕豆。每年的四五月便是蚕豆成熟之时，在我们上学的路上，路边到处种满了蚕豆，遍地是紫色的蚕豆花。随手从路边摘一个豆荚，剥开肥厚的外衣，便能看到几颗翠绿的蚕豆害羞地躺在豆荚里，扔一个在嘴里，顿时那清甜的滋味便溢满齿间。

等到家里的蚕豆收获了，我们喜欢将煮熟的蚕豆用线穿起来，像佛珠一样挂在脖子上，想吃就摘一个，既好玩又解馋。晒干的蚕豆硬邦邦的，在农闲的时候，母亲会抓一些来放在锅里炒，有时母亲还在锅里洒点糖精水，这样炒出来的蚕豆就甜丝丝的。炒蚕豆吃起来嘴里咬得"嘎嘣、嘎嘣"响，很带劲，绝对是牙齿的试金石，每吃一个都是挑战。我们乡里的人一见面就从口袋里掏出一把蚕豆来，伸到你面前说"吃蚕豆哦"，就迅速拉近了距离。

有时家里没有菜下饭，母亲就抓一把蚕豆放在水里泡，泡一天后，蚕豆就软了，然后再用剪刀在豆子上剪一豁口，然后加入茴香、盐等作料放在锅里慢慢煮。因为被剪了豁口，豆子就容易烂，作料也容易进去。将煮熟的蚕豆放进盘子里，就成了像模像样的一道菜，吃起来香香的、粉粉的，既可下饭又可下酒。

在物资贫乏的年代，还有一种零食在冬天的时候温暖着我们的肠胃。当西北风一阵紧似一阵的时候，年关就将近了，这时村里就会从外地请师傅来炒炒米。我们放学回家，一眼看到炒炒米的泥炉子已经端端正正地架在打谷场上了，我们都会欢呼起来，扔下书包冲向打谷场。

晚上的打谷场炉火通明，人声鼎沸，热闹非凡，我们可以在这里尽情地打闹。大家端出早就洗净、晒干的糯米，统一送到炒炒米的地方，按照顺序依次地炒。炉子是师傅们临时用泥土做的，大铁锅架在上面，刚开始炒的时候，炉子往往还没有干透，呈褐色，但慢慢就干了，硬了，颜色也变成了浅灰色。有时炉子边上裂开一条缝隙，

红红的炉火就从缝隙里窜出来,如鬼魅一般。

大铁锅里盛着一小锅黑色的细沙子,师傅有时也往里加几滴菜油,一边炒沙子一边去摸沙子的温度,等到沙子热了,就将米倒入锅里,师傅操起一把大锅铲,抡开了膀子,使出看家的本领,只见他铲子上下翻飞,就像是一位杀入敌阵的将军一样威风凛凛。米炒好后,师傅把米和细沙一起倒进一个筛子里,将细沙筛下。但别以为这样就大功告成,这才是第一道烘焙程序,米的外形也没有发生变化。烘焙好的米又被倒入另一个锅里炒,在这个锅里,米才会脱胎换骨,变成了香脆可口的炒米。

经过一番烈火的折磨,坚硬、光滑的米粒变成了轻如柳絮的炒米,等到炒米冷却后,要用干净、不透气的袋子装好,然后用绳子将口袋扎紧,这样可以保存数月,要吃时解开口袋取一点。喜欢吃炒米糖的人,会在炒米刚出锅时,将准备好的麦芽糖放进炒米里,等遇热熔化后便全身沾满了炒米,一块香甜的炒米糖就做好了,这也是我们儿时最喜欢吃的零食。

蚕豆花开

樊嘉华

"春二三月草青青,百花开放鸟齐鸣。萝卜花开白如银,菜花落地像黄金,荠菜花开满天星。蚕豆花开黑良心,好像我岳父金学文。"这是锡剧经典剧目《庵堂相会》里陈阿兴的一段唱词,描绘了农历二三月江南农村的田野风光,很真实。

放学路上或者割草途中,田埂或者道路两旁、靠河岸一边,绿绿的蚕豆苗开出了一排排花,花冠暗红或白色,花心却总是黑色的,风吹过处,像蝴蝶在绿丛中飞舞,有蜜蜂伴舞。无心欣赏蚕豆花的风姿,每年此时都会残忍地摧残几朵娇嫩的蚕豆花,黑紫色花心撕开后,将剩下的花蕾放入口中,丝丝甜味,满足了味蕾的饥渴。

在上学放学的路上走了上百趟,每次都要盯着路边的蚕豆,看它开花看它谢,看它结果成蚕形,看它嫩绿转成深绿成熟,一串串挂在枝上,有一天终于忍不住出手摘下几颗,剥开蚕豆外衣,将嫩嫩的蚕豆抛入口中,放肆咀嚼,大快朵颐。

过不了几天,餐桌上出现了蚕豆子的身影,鲜蚕豆子烧韭菜是一道时鲜菜,新鲜味美。当蚕豆子伴着咸菜登场时,吃完后桌子上总有一堆蚕豆皮要收拾,而且一天比一天多。这时候的生蚕豆已经没有人吃了,生吃腥气太重。蚕豆子有时候会单独被煮着吃,好玩的孩子会用缝衣线将煮蚕豆子穿起来挂在胸前,好像《野猪林》里的鲁智深,边走边摘、边吃边炫耀。要不了几天,蚕豆不再青翠,躲在红色苋菜汤里的是黄黄的蚕豆瓣子,蚕豆瓣子偶尔也会与炒鸡蛋为伍,大多是家里来了亲戚。

蚕豆枝枯萎发黑,蚕豆壳也渐渐变黑,到后来黑色如墨,蚕豆枝终于还是躺在了屋檐下晒起了太阳,蚕豆壳还在。日起日落几次,到了分离的时候,蚕豆枝有的被扔进了羊圈,有的仍然晒着太阳并最终被塞到灶膛里化作一团火焰。摘下的蚕豆壳

在簸箕或大圆匾里继续晒太阳，直到晒得龇牙咧嘴，在连枷的拍打下，蚕豆壳已经无法再给蚕豆子庇护了，只得分手不再见。蚕豆子被装进了瓶子罐子坠落黑暗中，直到有人再想起它才重见光明，结局来得很快，要么被炒要么被浸入水中发芽，发芽的蚕豆子还会有被劈成豆瓣的奇遇。

　　下雨天，又刚好农活不忙家里孩子也在家，或者放暑假的孩子嘴忽然馋起来，想起床底下某个瓶子罐子里的干蚕豆，找出来倒入烧烫的铁锅里，在锅铲的上下左右的飞舞中，蚕豆不停地做无用的躲避跳跃，一阵的"噼里啪啦"声中，蚕豆慢慢变焦，发黄发黑，衣服也裂成了一道缝，又一阵"噼里啪啦"后，被铲到了升箩里或者簸箕里。假如这家小孩不想让牙齿受累，蚕豆的衣服裂开不久，有一碗水会被倒入滚烫的铁锅里，同时几粒粗盐跟着跳了进来，几声"咕噜咕噜"，水干了，蚕豆带着盐霜出来了。

　　三九隆冬，家家都烧火盆。先在盆底放些砻糠、瘪稻谷、木头屑屑，再从灶膛里铲出一些没有完全燃尽的热灰放在火盆里，这样一个可以取暖的火盆就成了。屋外天寒地冻，滴水成冰，屋内在火盆的努力下有了些许暖意。焐手暖脚，终究单调，得找点乐趣，最好这个乐趣还可以解馋。于是撕下一张作业本的纸摊到火盆上面，再将找出来的南瓜子、蚕豆子放在纸上。不一会儿，南瓜籽就咧开了嘴，立马被捡了出来；随着蚕豆皮的颜色由青转黄，"啵滋"一声，蚕豆冒出一丝白烟，衣服破了，赶快将蚕豆在纸上翻个身。当纸颜色发黄变黑冒起了烟，半生不熟的蚕豆也被捡出投进了孩子的嘴里。

大自然的美味

樊嘉华

"童年的零食,儿时的记忆。"那个年代哪里有什么零食啊,我们的零食全在大自然的怀抱里东藏着西掖着,得用心去找啊。

冬天陪母亲在河边路旁种蚕豆,呼啸的北风横扫衰草,广阔田野了无生机,十分寒苦。一铁锹或者一铲刀挖下去,手感到有细微的一震,耳朵却清晰地听到有根茎被铲断的声音,不顾母亲的催促把泥土掀开,一条白根须仿佛一节莲藕静静地躺在土里,拉扯出来放在衣服下摆上一抹,去了沾着的泥土后,放入嘴里,贪婪地咬吮,那甜味让我心动到今天。

冬天的茅草根可吃,春天的茅针也美味。初春,大地已透露出隐隐生机,草色遥看近却无。一场及时春雨后,被严寒压抑许久,隐藏在地面下的绿一骨碌全跃出来,整个大地被绿色覆盖浸湿,盎然一片。茅草一簇一簇,田边河岸、路旁路中间都是,长得特别快。如果拨开宽大滋润的草叶子可以清楚地看到草根底还有黄白干瘪的旧蔓叶,这时候的茅针才美味。茅针根根如针,仿佛盛夏晴夜里的星星般撒满大地上,不一会儿就能够拔到一大把。不用太小心,遍地有的是,剥掉暗红带绿的外面一层,一条绵长白软的丝线就露了出来,可以吃的就是这软软的洁白的丝线,放入口中细细咀嚼,爽滑、甜嫩,柔韧中带着甜味,草香中含着清冽,盈满口腔的是一团初春的味道。拔茅针主要是玩,再好吃的珍品美味吃多了也就不香了,所以拔来的茅针大多被放在口袋里带回家了,母亲洗衣服时掏出来扔掉也是常事。过不了几天,茅针开出了白色暗含紫红的花穗,已是味同干絮不再可口,但可以剥出来粘下巴上作白胡须扮"老爷爷"玩。

春风起，春水涨，春林盛，春风十里的河边浅水处，芦芽初短。攀着岸草拉着树枝小心翼翼移到河边，拨开高耸成排的、变黄发白的隔年芦苇，蹲下身子，新芦苇根部酷似竹笋，掰下一节，剥去绿色外衣，把里面细长有节、青翠的一段送到嘴里，轻轻咬，脆脆的，略有苦味，但不涩嘴。

暮春三月，江南草长，纸鸢飞天。挎着竹篮割草的孩童望着路两旁郁郁葱葱、绿意尽染的桑叶，是不会有"夹路桑麻行不尽，始知身是太平人"的诗人感慨，只惦记着的是桑果果紫了没有？甜了没有？好吃了吗？已经盯好几天了，天天钻到桑树林里用嘴察看。终于有一天在离地面不远的桑枝上找到几颗紫红饱满、个大肉厚的果果，摘下抛入口中，甜而微酸，汁水丰盈。接下来的几天里，天天到桑树林里吃果果，十个手指每天是紫红的，嘴巴上下每天也是紫红乌黑的，开始看到紫红的也吃，到后来非发紫发黑的果果就入不了口了。每每看到果色发白不滋润的桑果，一把拉过一旁正大快朵颐的伙伴，煞有其事地指着说："这个蛇吃过了，有毒！"从桑树林出来，口袋里很少是空的，带回去给家里人吃，可是这个时候谁稀罕呢，有时会把桑果果当颜料把自己的脸涂得一塌糊涂。村头那棵野生的桑树比桑树林里树的高大，枝叶也更加茂盛。据《三国志》记载：刘备"舍东南角篱上有桑树高五丈余，遥望见童童如小车盖"。我估计我们村头那棵和它不相上下。村头野生的桑树结的果多，但大多发红带白，或者是棕黄色，很少有发黑发紫的，甜味不足酸味较浓，形状也比人工桑树林里的长，而且长得有点夸张，有刺。

河头羊汤

胡金坤

一种小吃，如果前面冠有一个地名，比如德州扒鸡、西安泡馍、北京烤鸭、扬州干丝，这种食馔，它肯定优于其他同类，是当地或全国驰名的品牌饮食。

我们金坛，一个小小县城，也有几个小范围叫得响的美食，比如指前扎肝、儒村羊羔、仙姑咸鹅、河头羊汤。如今，满城都是大大小小的羊汤店，挂着正宗河头羊汤的招牌，一到冬天，生意便红火起来。

我在河头待了20多年，河头羊汤我是最早品尝到的。要说河头羊汤的历史，它并没有什么悠久和传统可言，河头农民差不多家家养母猪仔猪，养羊的不多，农民即使养一只羊，也都杀了留着自家过年。

河头羊汤大约是1972年兴盛起来的，在早先，人民公社吃大食堂，三年自然灾害困难时期，吃羊汤是一种奢望，哪来河头羊汤之说。农村形势刚有一些变化，街上几个头脑活络的人，发现杀羊煮羊汤可以赚钱，先是陈小狗、杨荣照他们几个人，悄悄做此营生，后来人多了，陆续开了几家，老街东头一家，西头一家，新街一家，电影院门口一家，汽车站旁边一家。

那时候，乡下农民缺乏市场意识，不懂市场行情，记得我们单位几个人，嘴馋了，到龙背村农户家买来一只公羊，在食堂大锅煮了一个下午，晚上，园子宿舍里几户职工，老老少少十多个人吃得肚子发胀，第二天将羊皮、羊肠、羊油卖给废品收购站，结果，一算账，一文钱不用摊，反而多余几毛钱，买了花生米分给大家吃。

那天，一只全羊，先吃炒羊肝羊杂碎，后吃羊肉，再吃羊汤，热闹场景，至今还未忘记。

河头的羊汤店一多，抢购羊的人多了，后来就有人用自行车或拖拉机到句容、丹阳乡下去收购，我认识一个叫王钖生的年轻人，他就是做这种贩卖的，他是河头复兴村人，现在还在西门菜场摆了羊肉摊位。

　　河头乃金坛东门外一个重镇，人口密集，我离开河头30多年，如今河头羊汤都开到了城里，满大街都挂着正宗河头羊汤的招牌，大有谨防假冒唯我独家的态势。

　　一到冬天，我还是想念着河头那老地方，去年，约了几个朋友赶去河头。车外夜色苍茫，看不见当年熟悉的村庄，我们的车停在集镇东边一个叫东明的村口，美美地弄了一顿地道的河头羊汤。

　　羊汤，讲究的是汤。我去过内蒙古，吃过希拉穆仁大草原蒙古包里的手抓羊肉，吃过呼和浩特马路边上的羊汤，吃来吃去，也不知道是大草原的羊好，还是他们的烹调技术好，只觉得内蒙古的羊汤才真地道，河头羊汤哪能和与其相比。单看煮羊的那只铁锅，就有乡下洗澡浴锅那么大，摆在路边，柴火熊熊燃着，满锅羊肉沸着热气，你找个凳子坐下，堂倌问你吃几斤？他是按羊肉斤两计价的，羊汤不收钱，大葱、香菜、辣子、盐、醋，各种调料在桌上任你自己加。盛羊汤那只碗，很大，粗陋，笨拙，满满一碗端上桌来，观其色，闻其味，就叫你口水直淌。

　　喝着喝着，我见其他食客加汤，我也想加些汤。据说那锅汤才是他们买卖的精华。这种大锅里的汤，叫老汤，卖家煮熬几年不换，汤稠如油，这种美味老汤，卖家一般舍不得给食客多加。

　　我在西安骡马大街吃羊汤主食是馍，在呼和浩特主食是焙子，都是一种面点，早年在河头吃羊汤都是自己带块烧饼去，去年在河头东明餐馆吃羊汤，店家给了一小碗银丝面。主食品种各异，不尽相同，都是填饱肚子的食材，世俗风情也。

　　假如你是一位领导，有天你相邀你下级去喝羊汤，我给你提个醒，千万不要疏忽怠慢任何一个职员。历史上有"一碗羊肉汤，亡了一个国"的故事，说的是战国时期，中山国的国君煮了一锅羊汤宴请宾客，司马子期在座，中山国君亲自为宾客分食羊汤，结果把司马子期疏漏掉了，司马子期认为国君小看了他，心里想，我再不行也是个上大夫，他一怒之下投奔了楚国，鼓动楚王起兵讨伐中山国，中山国君仓皇逃亡，叹道：吾以一杯羹亡国。

我们这些人，都喜欢喝汤，鱼汤、鸡汤、老鸭汤、骨头汤、羊汤，我不知道你喜欢喝哪种汤，依我的胃口，最喜欢的还是羊汤。画作有神品、能品、逸品之分，鱼汤为能品，鸡汤为逸品，羊汤才称得上神品。但我不多喝，冬天偶尔喝几次。古人云，非徒以徇口腹之欲，盖实于养生之道，若贪之过多，于身体无益。

据说中国人吃羊肉早在千年之前，那时只有国君和贵族才能享用。到北宋时期，羊肉价格还是很高的，朝廷里每天杀羊300多只。《东京梦华录》记载说，达官显贵根本不吃猪肉，都是吃羊肉。苏东坡下放到黄州，写有一首诗："黄州好猪肉，价贱如泥土，富者不肯吃，贫者不解煮。"苏东坡说，当地黄州的老百姓都不会烧红烧肉，还是自己教会他们如何烧的。

到明朝，羊肉价格才跌落下来，便宜了，没那么金贵。现在，我们国家的羊肉价格比猪肉高，国家每年杀的羊没杀猪多，猪肉虽然价格高，但羊肉价格比猪肉更贵。

金坛羊汤店的所有货源，一部分来自附近宰杀的鲜羊肉，还有一部分是空运来的冰冻羊肉。当地的都是山羊肉，外地运来的是绵羊肉，山羊肉与绵羊肉，优劣如何，说法很多，我那个朋友他有点懂，我俩一边喝汤一边闲聊，他说，山羊肉有嚼头，绵羊肉比较软嫩。我说，山羊肉胆固醇低，绵羊肉胆固醇高。他说，山羊肉口感不及绵羊肉。我说，绵羊肉是热性，山羊肉偏凉一点。这时，店老板送来一盘花生米，让我们去除一下口齿里的羊肉膻味。

有人掀门帘进屋，说，外面落雪了。

毛头羊汤

金 平

河头街上到处都是羊汤店,作为土生土长于河头镇的我,是没有办法绕开和错过这一舌尖美味的。所以,假如用简短文字描述我对河头的记忆,我会用"真香"二字,而这"真香"记忆的大部分,当然要拜河头羊汤所赐。

在我少年时,父亲农闲之余常在外做贩卖乳猪的生意。他一般清晨出门,半晌午回来。隔三差五的,他会从随身包里掏些零食出来,而冬天带回的,往往是一碗味道鲜美热气腾腾的羊肉面或羊杂汤。带回的四时吃食,都有奶奶的份,我端出小板凳,坐在廊檐下,和奶奶共同品尝美食,既开心又满足。稍长大些,父亲便不再往家带吃食,改为奶奶和我"亲自"上街吃。河头的集市五日一次每月六次,于我,频率刚刚好。和奶奶一起赶集,成了我的"生活大事"。

我们河头街上的房屋,大多为二三层小楼,有一些是80年代末从村里搬来的第一批致富百姓,他们的房屋,一般一楼作店铺二楼住家,店铺的经营,有水面店、小吃铺、日杂百货小超市、剃头店、裁缝店、糕饼店,大一点的,一般是独立主楼或独立小院,农村信用社、卫生院、学校、政府等一应俱全。而羊汤店是这些店铺中较特别的所在,它们大多参差在这些店铺中,几乎每一家都很"讲究"地在门侧悬挂一个灯箱,灯箱上标着"河头羊汤""老李羊汤""毛头羊汤"……冬天的傍晚,各家羊汤店的灯箱陆续亮起,一眼望去,错错落落,分为南北二排,分外醒目,它们一式地悬挂在店铺的门前,闪闪烁烁,散发着暖暖的红光。

工作后,和朋友小聚,每每提及去哪儿,思绪里第一个跳出的,往往总是家乡的羊汤店。"城里的大小羊汤店那么多,有什么不好?我就纳闷了,怎么就没有一个店是兄弟念想着的,非要赶到乡下去?"旭飞是我的好友,每每提及去河头吃羊肉,他总要这样调侃我。

周末,约三四好友,我们又出发了。及至河头街时天已擦黑,并不宽敞的街道两边店铺林立、灯光闪烁,我们直奔"毛头羊汤"。毛头与我年岁相仿,算是子承父业,父亲仍未退休,他俩总是"上阵父子兵"。父与子,齐齐的白净皮肤,壮实身材,挺拔的个子,像极了动画片里的熊大熊二,看他俩在玻璃橱窗里忙碌是一种享受,会没来由地使人生出妥帖和踏实的感觉。

掀开透明门帘,便看到主人带笑的脸,毛头边招呼着"自己上二楼哈"边继续着手头的活。待坐定后,已是每人一碗调料、一杯清茶摆在面前。服务员殷勤地递上菜谱,并端上怪味豆、花生米。大家边调皮地将怪味豆、花生米变着姿势和花样抛进嘴里,边如数家珍似的点菜。菜谱上,一式儿地从头至尾都是本店的特色"羊"菜,可我们从不需要看菜谱。

说笑间,羊糕、羊肚炒大蒜已端上桌,蘸点香醋和"毛头"牌手工剁椒入口,顿感鲜嫩可口,一点膻味也没有。第三道菜上来了:羊脑炖鱼头。吃着这鲜美的羊脑鱼头汤,不禁想起儿时猜过的字谜:鲜。这羊脑炖鱼头,从未负过我,每次吃,除了鲜还是名副其实的鲜!接下来,我们吃了羊肘、羊鞭,直吃得大家鼻孔冒烟,额头渗汗。不会吃辣的女士也不甘示弱,虽辣得眼泪鼻涕直往下淌,粉脸微红,嘴上仍叫着"过瘾、够味、爽"!

最后一道压轴菜——羊汤上来了,服务员端上热气腾腾的羊汤,再将用各式精致小碟盛放的香菜、姜末、蒜叶、葱花、油盐酱醋味精全部端上桌,酸辣咸淡任君调和。你可以边聊天,边加着作料,边剥着花生,边感叹羊汤的名不虚传。

香港著名食神,被倪匡评价"赶超魏晋风流"的蔡澜,有一次吃羊肉,说"差点吞掉舌头",可见羊肉鲜美到什么程度!

羊肉性温,味甘,具有益气补虚、御寒保暖、温中暖气、生肌增力等功效,可用于辅助治疗虚劳羸瘦、腰膝酸软、肾虚阳痿、产后血虚、手足发凉、腹痛等症,是一种良好的滋补美食。刘禹锡曰:"山不在高,有仙则名。"小小河头镇,因为羊汤店的红火而日渐闻名周边区市。

毛头告诉我，河头街上现有十来家羊汤店，去年好几家都到金江苑开了分店，生意都不错。毛头说，最近天热店里不太忙，就做些龙虾炒菜类的生意，可夏天一过，冬天眼见着不就来了嘛，到时候瞧好吧，再来吃，可不一定随时有你的位置喽。

是啊，不几月将渐入冬季，又将是每日成百上千位本区各镇和周边县市一尝为快的食客慕名而来，彼时，小小的河头老街，将会是沸腾的街、热闹的街、别街眼里羡慕的街。

河头月饼分外香

徐锁平

　　一到七月，薛埠中学的徒弟小盛就迫不及待地打电话问我，河头月饼有没有开始做？她想先买上几斤尝尝鲜。我笑称她是个吃货。自从前几年我带了几斤月饼与工作室各位成员分享，大家都爱上了河头月饼与众不同的味道。

　　其实，各地都有制作月饼的糕点房，月饼味道也是大同小异。但吃过河头月饼的人，都会情不自禁地喜欢上这种甜甜的、酥酥的味道，不像有的月饼硬而不酥，甜得发腻。

　　月饼制作由来已久。月饼，又称月团、丰收饼、团圆饼等，是汉族的传统美食之一。月饼最初是用来拜祭月神的供品。月饼一词，最早收录于南宋吴自牧的《梦粱录》中。月饼与各地饮食习俗相融合，发展出了广式、晋式、京式、苏式、潮式、滇式等月饼，被中国南北各地的人们所喜爱。

　　而河头月饼是典型的苏式，种类较多，常见有金腿、洗沙、蛋黄、葱油、果仁、椒盐、五仁等。苏式月饼，主要特点是"酥"，口感细腻，香甜可口，质料新鲜，色泽金黄晶亮，入口即化，弹牙绵软。河头月饼传统工艺传承至今，已有上百年的历史。月饼承载了人们"舌尖上的记忆与情怀"，是传承，更是寄托相思怀念家乡的媒介。目前，河头月饼店主要有百花、金河、红枫、红苹果、永波这五家，都采用家庭作坊式生产，规模较小。

　　据百花月饼的老板李建生介绍，解放后，河头月饼最早是由供销社独家制作的。他16岁就进入供销社当学徒，学到了手工制作月饼的技艺。2000年，供销社改制，他才进行家庭作坊式月饼制作。苏式月饼制作工序复杂，工艺考究，需要经过选料、初

加工、擦馅、制皮、制酥、包酥、包馅、成型、烘烤、包装等10多道工序。制作过程中不使用任何模具，单纯依赖手工制作。当然，每家月饼店都有独家秘方，形成各自略有差异的味道。

过去，一进入腊月，供销社就开始腌制制作月饼的火腿。选购优质的猪腿肉，放入直径1米多的大缸中腌制。进入农历六月后，就开始着手月饼制作的各项准备。

河头的老人们喜欢当地月饼并不奇怪，四邻八乡的老人们也钟爱河头月饼，这不得不说河头月饼肯定有独特的口味，也有独特的制作方式。月饼都是用普通的纸包装，时间一长，油会慢慢渗出来，提醒你要及时食用，保质期一般只有28天左右。绝不像有些月饼用精美的包装吸引眼球，金玉其外，败絮其中。

我曾带着学校黑眼睛文学的同学们来到百花月饼店实地采访。一群大妈围着案板，动作娴熟，有条不紊地忙碌着。她们取下一小块面团，粘上松子，嵌进陈皮，包入核桃仁，裹上各类馅料，称重后压扁。一一放入烤盒中码好，再送进烤箱烘焙。

同学们亲自品尝了各种口味的月饼，兴奋不已，至今仍记忆犹新。手捧刚出炉的温热的新鲜月饼，嫩黄的外表下，散发着烤熟食品的芬芳，情不自禁地咬上一口，层层脆皮，扑簌簌地往下掉，得张开手掌将它托住，松脆酥软，香甜可口。掰开金腿月饼一看，内容丰富，有松子、核桃仁、陈皮、金橘、火腿肉等，细细一嚼，满口留香。

这样风味独特的月饼究竟是怎样制作出来的呢？同学们细细地观察着，听着李建生老板讲解。那一团团淡黄色的面团，可不是普通的面团，那是掺入了煮熟后撕掉皮的板油反复揉搓而来的。它保证了烤熟后的酥软松脆，入口即化。猪油的高脂肪含量，让月饼皮更加柔软，且增香增味。用这样的面团，包裹各种原材料，方能制作出各式月饼。松子、核桃仁、陈皮、金橘、火腿肉、豆沙等原材料，一定要做到货真价实，馅料新鲜。这样，就从原材料上保证口味纯真，不用任何添加剂。包裹好的月饼，放入烤箱中烤上15分钟，就变得金黄诱人，香甜四溢。

现在，百花月饼申请了注册商标，并陆续开发了新口味。如开发的无蔗糖月饼，以香芋为主要原料，加入小麦粉、元贞糖、果脯等，就适合糖尿病患者适量食用。元贞糖，其甜度相当于蔗糖的10倍，而热量仅为蔗糖的8%。

如今，年轻人对食品的要求越来越高，对传统的河头月饼，不是太喜欢。但在七八十年代，经济不发达，生活条件拮据的情况下，一块二两重的月饼却是小孩子们的最爱。记得我小时候，父亲常常买上两卷河头月饼，让我和弟弟拎着到姥姥家。姥姥也特别知道我家的难处，只收下一卷，还客气地回赠上一包亲手烹制的芝麻馅油炸饼。回到家，四块月饼五口人，我和姐姐、弟弟只分得半块月饼。我舍不得一口吃掉，将这半块月饼，小心翼翼地用一张纸层层包上，放入书包，带到学校。嘴馋时，则悄悄拿出解开，伸出舌头舔一舔，或轻轻地咬上一小口，感受那丝丝的香甜味道。常常将那一根根红绿丝抽出，放入嘴里细嚼。最后剩下一小块火腿肉，也不忍心一口吞下，而是将肉丝一丝一丝撕下，一根一根品尝。那半块月饼，竟然也能吃上好几天。当然，最后，连一点儿渣渣，也聚拢在一起，一块儿送入口中，意犹未尽。那月饼的味道，铭刻在大脑深处，挥之不去。

初中毕业，我考上了师范学校，母亲怕身高体瘦的我饿着，还省吃俭用，特地买上2斤月饼，让我带上，饿的时候垫垫。每每回想起以前品尝月饼的种种经历，禁不住泪潸潸了。

一块小小的河头月饼，见证了时代的变迁。现在，一条100多米长的老街早就没落了，条条新街因势崛起，一座座楼房拔地而起。人们的生活富裕了，楼上楼下，电灯电话，早已经梦想成真。现在，还有许多乡亲购买月饼后，寄送给远方的亲朋好友，作为馈赠的佳品。

当你捧起这圆润而饱满、透出缕缕香气的河头月饼，是不是会浮想联翩，过往再现。"小饼如嚼月，中有酥和饴。"大家一起品尝月饼，与家人团聚在一起感受传统文化的魅力，畅谈幸福美好的生活。

苏式月饼制作技艺已被列入"非物质文化遗产保护名录"了。如何将这传统工艺发扬光大，传统月饼的技艺代代传承，形成品牌，创造更多的效益，留住这家乡的味道，也许，传承与创新才是一条光明大道。

蒸出来的年味

樊嘉华

过年做团子、蒸馒头是江南旧俗,自然也是河头的旧俗。一般是"廿四团子廿五饭,廿六廿七烧泡饭,廿八廿九肉汤饭,三十夜吃了馄饨就滚蛋"的童谣满村响起后一两天,也就是说,在腊月廿五、廿六后,河头人家家家户户有团子、馒头吃了。

过年做团子、蒸馒头,必须提前把食材、蒸具准备好,提前准备好的还有专门用于做团子、蒸馒头作为柴火的树枝、木头疙瘩等。所以刚到腊月,河头人家就开始为做团子、蒸馒头做起了准备。

遇上连续的好天气,阳光也有力量,主妇们趁着农闲空隙,先将精选的糯米淘洗,洗去灰尘,同时把混在米里的稻糠、虫卵还有小石子等去掉,再倒入阳光下的竹匾里任其风吹日晒。大人上工后,家里的小孩子负责在一旁看着不让麻雀过来偷吃,也有的在竹匾旁插一根竹枝,竹枝上缠上长长窄窄的布条,吓唬来偷抢的麻雀子。如果太阳给力,一个日头就可以将糯米晒好,否则,还得继续,因为晒得不到位的糯米会有异味,是无法做过年的团子的,而晒得好的糯米碾出米粉会更细腻,做出来的团子才香、好吃。最后,主妇们将晒好的糯米收到米袋里搁置高处不让它返潮。过儿天,将糯米送到大队部旁的碾米站碾成米粉,米粉到家还必须用米筛筛去没碾细的粗米粒。经过这几道程序,过年做团子的碾米就算成了。准备蒸馒头的面粉就简单多了,趁着上街赶集的机会直接到河头街西头的粮油站换就行。

过年做团子、蒸馒头前,专用的柴火早已经整整齐齐被堆码在房前屋后、猪圈一角或者灶窠旁了,那是家里的男人抽空找来锯子、斧头弄好的。它们来自屋子周围树的小树枝、早几年前被锯掉的树根桩,也可能就是家里一条无法修复的板凳或台子的腿。

准备食材大多是家里女人的活,前一天就准备到位了。干萝卜丝已经被浸泡清洗了,青菜被洗净煮熟剁到了恰到好处的粗细,且一一添加了作料被盛放在碗盆里。那时候主要的馅基本上都是以萝卜丝、青菜为主,豆沙做馅的也有,有的人家还会把煮熟的糯米揉好混入荤油加上酱油作为馅。经济条件好一点的家庭会特意做上半笼带点肉星星的团子、馒头,但在农村很少见,田地里青菜不够,用老腌菜凑数倒是常遇到。过年得吃点荤啊,怎么办?聪明的河头人就弄油屑包馅。油屑包馅好吃,但做起来很费劲,也要有一定的技巧:先将生猪板油切成小块,混入加水的糯米粉里,然后不断用力搓,一直要搓到生猪板油均匀融入糯米粉才行,搓得越均匀,油屑包团子就越好吃。

到了做团子、蒸馒头前一天晚上,一切准备就绪。除了准备好的各种馅,平时不用的蒸笼已经拿出来洗干净,稻箩也被洗好晾干,干箬叶从挂着的墙上被取下洗净,剪成一片一片浸泡在水里,堆放在外的柴火早早从屋檐下或者猪圈里被搬到了灶窠旁边,厨房里摆放着米粉、面粉,而且面粉又必须调好让其自然发酵。酵母有从街上买的,河头人家也有从自家酵母树上采下酵母用米粉包裹风干做酵母丸的旧例。台子板凳上、灶头边,甚至地上,各处都堆放着第二天要用的东西,但馅会特意被放在橱柜里用布巾蒙着,或者藏在锅里用锅盖盖着,生怕晚上猫狗捣乱,家里的主妇必定要一一仔细察看一遍才敢放心上床睡觉。

第二天天刚蒙蒙亮,一家人就早早起床,到厨房按事先安排的工作一一忙开了。锅里的水已经烧开了,搓的人将部分糯米粉(面粉)倒入面盆,浇上滚烫的开水和成糊状,一边搓,一边根据搓的情况添加米粉(面粉)一起搅和,直到搓揉成有弹性的米粉(面粉)团,再做成大小适中的坯子,一个看似简单的"皮子"这才做好。然后把各种馅包加进去捏好,再做好各样的记号,在预先准备的地方一一排放,最后集中移到蒸笼里,蒸笼里早已经铺上一层蒸布,如果蒸的是团子,蒸布上还必须铺放一张张箬叶,防止蒸熟的团子和蒸布粘一起。

作出不同的记号区分馅不同的团子馒头是河头人的智慧。团子一般用扁嘴尖嘴作标识,馒头就用褶子的不同花纹来区分。当然也有例外,油屑包团子做的时候,要先放在一两大小的酒盅里,用手掌按住酒盅口,用力摇晃挤压,所以油屑包团子做出来的形状是圆柱形,像秤砣,很好认。有的人家把糯米馅馒头故意做得长长的而不是圆形,实心馒头又特意做得小一些,也都是为了好区分。

团子、馒头一般是两笼一蒸,团子、馒头分开做。两个蒸笼都被摆满了,就被搬到了蒸锅上,当盖上蒸笼盖那一刻起,灶膛里的柴火就放肆地喷吐着红色的火苗,整个灶窠红光满照,蹲在灶窠里烧火人的脸也被映上了红光,灶头上热气腾腾,整个屋子雾蒙蒙一片,充满了浓浓的烟火味。

蒸熟的团子(馒头)出笼时,起蒸笼的人将蒸笼盖掀开,把脸侧一旁避开腾起的热气,然后飞快地把它从灶台上搬到另外一个地方放稳。如果出笼的是团子,还要用扇子使劲地扇,让团子加快冷却,一个个团子被扇出了透亮的颜色来,肤若凝脂、亮白欲滴,那娇艳,只有快速咬上一口才过瘾。馒头就没有这么复杂,不用扇,自然冷却就行。等团子(馒头)冷却到一定程度时,就一一被点上红,点了红的团子(馒头)看起来才喜气,蕴藏着化不开的年味。河头人家喜欢用蓖麻果给馒头盖戳代替一板一眼的点红,红艳艳的戳仿佛是一朵朵盛开的鲜花,比筷子点的小红点有气派,更好看。河头人家在为团子馒头点红时,也不忘给家里小孩子的额头上点一下红,所以在河头人忙着过年做团子、蒸馒头的那两天,随处可见额头被点红的孩子。

这一天,家里的早饭、中饭就不另外烧了,一边做一边吃,刚出笼的团子馒头实在太美味了,而且可以放开肚子随意吃,肚子里是放不下其他别的东西的。而且从这一天开始,每天的早饭基本上就是过年的团子馒头,拜年住亲戚家也是。

过年做团子、蒸馒头是河头人家生活中的一件大事,全家都动手出力,既和睦了家庭,也增添了年味。而今,年味淡了,虽然现在过年依旧有团子馒头吃,但没了当初那个味。

河头米猪

于建华

米猪即苗猪,又叫小猪。河头地区养米猪最兴盛,农民家家户户都是以养猪为主要收入。记得70年代中期,我家中一头老母猪病死,支柱产业的倒台,让老母亲为之大恸一天。

在河头,形成了特色"猪"产业链,有专门饲养公猪用于交配的"牵甲猪佬";有专门从事母猪买卖的经纪人"猪婆头";也有专门代理苗猪销售的"贩小猪佬"。乡下人的小本经济,也能成行成市,让小老百姓忙得不亦乐乎!

记得小时候,同学爷爷是个"猪婆头",戴着800度的近视眼镜,穿着中山装,左口袋放着半斤炒黄豆,右口袋放着老白干,走数十步就从左口袋拿出一粒黄豆,就着右口袋的白酒喝一口。他长年累月,行走在四乡八邻纵横阡陌中,谁家母猪刚交配,谁家母猪怀孕多少天了,谁家养了一窝小母猪,对数十里内每家每户的老母猪了如指掌,情报工作做得很细,堪称母猪"包打听",他就根据养猪户的买卖需求,提供相关合适信息,从中获得部分介绍费。有一回,老人喝着酒,眯着眼睛,蹒跚着步伐,掉进了干涸的沟里,结果800度的眼镜怎么也找不着。这时,有位养猪户看到这种情景,便来到他的面前,笑着问:"老师傅,你猜猜我是嗲人?我就帮你把眼镜找回来!"老人说:"讲讲你家猪婆是长得嗲样子,我就能知道你是嗲人?"以猪相人,结果真的说对了。

老母猪是市场经济的带头"猪",当地人称猪婆,头大额宽,多皱深褶;耳大下垂,形似蒲扇;毛色青灰,背密腹疏。母猪进入发情期,就可以寻公猪交配,孕期4个月,产乳猪10头左右。乳猪养50天左右,进行阉割,长至百余天,30斤左右,苗猪便可

以出栏,挑到金坛城东门"朱寺巷"小猪市场出售,周边江、浙、皖地区客商云集"小猪行",采购苗猪,船运、车载、肩挑回家中,再饲养成供人宰杀的肥猪。

金坛米猪之所以响彻江、浙、皖周边地区,是缘于饲养用米糠、麦麸、豆饼、山芋萝卜根茎、嫩草野菜,均为农家自然饲料,饲养期长,生长慢,使得其肉质细腻、肥瘦相宜、鲜香味美,是原生态猪肉。当时,有这样一句顺口溜:"金坛猪肉咬一口,神仙会把口水流;金坛猪肉香一香,和尚尼姑想断肠!"

游历海外数十年后,回到家乡,嗅猪肉香,想馋一口金坛产的猪肉,却发现苏南市场上卖的猪肉,早已不是金坛原产的米猪了,取而代之的是外来"多快好省"的改良洋猪种。

皮老虎

叶林生

　　皮老虎活动在金坛民间有200多年的历史,因其表演者以一块虎纹布裹身拟虎而得名。旧时每至农历腊月初八,人们便开始用猪头三牲供祭请神,然后所有参加舞皮老虎的人员集中在一起操练。到了春节尤其是正月初一,皮老虎就在乡村挨户串门,一是为拜年讨取年糕、香烟或红包,二是为预祝新年五谷丰登、六畜兴旺。

　　皮老虎的头是用牛皮或羊皮制作的(立模),虎的头部有9个瘤,形似虎头,有抓手可灵活舞动,较为轻便。虎身和虎皮是用棉花彩布、麻丝等缀成,花纹颜色与老虎相似。

　　皮老虎出行时通常要12人,即4人分轮替换着扮演皮老虎,4人伴奏(锣、鼓、钹、小锣),4人做收受赠礼等杂事。皮老虎在上门拜年时,表演时间较短,内容也较为简单,一般说些让主家开心的吉利话。如:"狮子玩得喜盈盈,好比刘海戏金蟾。长生不老大富贵,富贵荣华万万年。""狮子玩得喜洋洋,抬头进了新楼里。去年造好金银库,来年再修米粮仓。"

　　在公众场合表演,则先打开场子,翻身滚绣球,再用3张八仙桌和椅子等叠加在一起表演三桌半。三桌半的表演按以下步序进行:

　　1. 打地盘——翻空心跟头,"鸭子淘食",灯笼跟头,元宝跟头,穿八仙桌,穿三张凳子。2. 开四门——在八仙桌顶上翻跟头,磨四个台角,依次在台顶的四面翻跟头。3. 登高——从底层第一张台子开始,沿着四个台脚向上盘桓,直到叠上的第三张台顶。然后在台顶上玩一张长凳子,并在长凳子上翻跟头、倒立,然后再上第二张长凳子,在长凳上叠加一张椅子,在椅子把上翻跟头、倒立。4. 朝天一炷香——在

叠加的椅子上再加一张长凳子,并竖在椅子上,在竖立的凳子上翻跟头、倒立。5.落地——从最高顶同时跳落地面,跳落时同步翻一个跟头转身,表演结束。

20世纪70年代至90年代,河头地区皮老虎会在逢年过节时挨村挨户地上门拜年,企事业单位庆典、乡间人家婚嫁做寿、建房造屋等也请皮老虎表演助兴。现今,舞皮老虎的人少了,但当年的情景老一辈人还是记忆犹新。

送 春

叶林生

送春历史悠久，在当地的相关传说是：明朝朱棣篡权，叔侄残杀，引起天怒人怨，出现秋时里长江、黄河冰封三尺，七七四十九天不解冻。正值北边"胡人"大举侵犯边疆，几十万兵马和无数老百姓粮尽草缺。皇帝下圣旨，谁能把春送过黄河、长江，让冰封解冻，高官厚禄由他选。

江苏金沙府（金坛）冯君、冯梅两兄弟，在进京赶考时揭下皇榜。冯君、冯梅两兄弟，捧着圣旨出京送"官春"。皇帝特为他俩浇铸了一面13斤的大铜锣，皇后娘娘特地赐他俩龙凤玉板。他俩敲敲打打，唱唱叫叫，从长安城送到杭州府，从洞庭湖送到洪泽湖，唱遍了五湖四海的家家户户。冯君、冯梅两兄弟的"唱春"，让观音菩萨听得动了心，向玉皇大帝上了一本，玉帝听了也深受感动，命观音菩萨用起死回生杨柳水，速速洒向大地。即刻，大地上万象更新，百草发芽，百鸟齐鸣，长江、黄河解冻。各路粮船，纷纷送粮到京。皇帝大喜，要重赏送春人，但冯君、冯梅两兄弟没有选择高官厚禄，而是回到了民间。从此，送春走入金坛各地民间，代代相传。

河头一带送春艺人的曲调很多，变化也多。其曲目和内容，是"见花开"，即见到什么就即兴唱什么。"见花开"是唱春者死记硬背的必修课，它涉及"三十六大行，七十二小行"，天文地理，古今上下，花鸟虫鱼，等等，唱到哪样就要交代出它的根源下落。如看见老人就唱"寿星灵婆"，见到小孩就唱"神童遇贵人"，见到姑娘嫂子就唱"仙子下凡"，见到青壮者就唱"出相入将"……有了满腹的"春歌"，送春时才能应对自如。

唱春的内容，除了让人皆大欢喜的"见花开"，也有喻劝、警世和褒贬的唱词，

且明白易懂。比如喻劝类的"十二月懒汉"中唱道:"六月懒汉怕挑水,挑水只好一担头,挑多了缸里要长青苔,淹煞老鼠就脏掉水。"叹乞丐的词中唱道:"十年以前也不差,吃喝嫖赌像中了邪,田地房产卖干净,茶亭庙宇当作家。"常用的主要曲目还有《十杯酒》《十张台子》《十把枪》《十二月花名》《小花名》《二十六个码头》等。现今唱春的内容,也在随着时代的变化而更新。

送春的形式很简易,一般是两人搭档,一锣一鼓,一唱一和。每进一门,鼓弹13下,锣敲9声,鼓手行腔起调,锣手接唱应和。送春的走步有特殊礼节,前进必须前脚跟套后脚尖,不可跨步向前。撤出门户时,要慢步后退,不可掉头露出后背和臀部。接受府上的赏钱时,不准用手直接去拿,必须用铜锣或锣板去桌上磕迎,让钱移入锣板之中,因此送春者除了唱之外,动作上也要有高超的技巧。

送春艺人身穿道士服,道具为春锣(一种特制的圆形小铜锣,重2斤)、龙凤板(用以敲打春锣,硬木制成,板长8寸)、小扁鼓(双面蒙皮的一种打击乐器,现已少用)、褡裢(送春艺人安放钱物的布袋,用6尺整段蓝或深布斜角缝制而成,形成两头两个口袋,首尾袋口相接搭挂于肩上,送春艺人称之为"乾坤袋"或"龙袋")等。伴奏器乐为春锣、小鼓、龙凤板等。

送春者串村走巷,一般无固定的演出场所。在过去,江南丘陵贫苦人多,挨门及户地送春,索讨报酬以谋生计者为数不少,有"半月送春三月粮"之说。也有不少是"耍春"的,他们年纪轻,有一定文化,且擅长说唱,一送春二游耍,显示自己的"春才",有的近似于唱"曲牌"。

河头地区的农时记忆和农耕文化

戴裕生

河头地区属于典型的江南平原地区，土地肥沃，河网环绕，水资源丰富。由于受海洋性气候的影响，四季分明，日照充足，雨水充沛，无霜期较长，气候宜人，很适宜农作物生长。下面就按照一年四季的农时介绍一下河头地区的农耕文化。

春

立春是报春的使者，又称"大春""报春""咬春"。河头地区立春这天有许多气象农谚，如：立春晴，一春晴；雷公打立春，惊蛰雨纷纷；立春寒，一春暖；立春东风回暖早，立春西风回暖迟；立春雨淋淋，阴阴湿湿到清明等，这都是千百年来农民看天看地经验的总结。

立春那一天也很有讲究。如果在春节前立春，就是"长三春"，长三春利备耕，季节等农人；如果在春节后立春，就是"短三春"了，短三春就要抢备耕，火烧屁股催农人，搞不好就会"人误地一时，地误人一年"，这事就万万不可松懈了。

立春有着丰富多彩的民间风俗，又称"春文化"。古时，从皇帝到文武百官都要在立春这一天到郊外去"拜春""祭春"，举行"打牛"仪式。制作"春牛芒神"，用柳鞭去打土制的泥牛，牛背上贴有"春牛图"，然后进宫朝贺，接受皇帝的赏赐。

立春这一天，农家有吃春盘、春饼、春卷的习俗。春盘里要放各种应季蔬菜，如青菜、豌豆苗、菠菜、韭菜、冬笋等，还要生吃红白萝卜，谓之"咬春"。立春还要敬春神，即人面鸟身的"句芒神"，祈求神灵保佑一年四季风调雨顺、五谷丰登、六畜兴旺、全家平安。

春生、夏长、秋收、冬藏,春天是万物开始生长的季节,人们开始对麦子、油菜等小春作物施肥、排水、理墒等田间管理。在没有化肥农药的时代,河头地区主要靠猪囤灰、羊囤灰、罱河泥等有机肥料为主。立春之后,在三麦还没有发棵之前,要抓紧麦田的施肥与田间管理。到春分之后,麦苗起身拔秆,就不能下田踩踏了,否则会踩断麦秆,影响收成。

田间管理主要是修田埂、挖水沟、清沟理墒,预防春天桃花汛到来时"一寸不通,百丈无用",防止农作物发生水害;抓紧麦田的埠麦土,撩麦垅,培土壅根,追施农家肥、沟泥等有机肥料,保护麦苗的根部,增加肥料,促使分蘖。

春天也是积肥的大好时光,罱河泥、做草塘是积肥的主要方法。河头地区南邻钱资荡,河沟纵横,水资源丰富,为人们罱河泥积肥创造了天然的有利条件。做草塘是利用冬闲田种的红花草或抛荒地的杂草加上河泥或水、土进行沤制,制成优质的有机肥料。

有的村庄离田较远,要将村里的猪囤灰、羊囤灰等家杂肥及沟泥、草塘泥运到每块田里是一项繁重的工作。除了人工肩挑之外,主要的运输工具是木结构独轮手推车,这种手推车又有大小之分。大车又称双人车,一人在车前拉,一人在后推,其载重量可达700~800斤。还有一种小车,又称单人车,车前另有一个小轮子,便于车过田埂上的小缺口,也可由小孩或妇女帮助在前面拉纤,这种小车能载重300~400斤。推车手不但要体力大,还要有一定技巧,几乎家家都有这种车,有些妇女也能推车。

春天,也是播种的季节。河头地区有句农谚:春分有雨家家忙,先种瓜豆后下秧。春分之后,瓜豆等作物应该全部下地育苗了;清明之后,就要把冬闲田、红花草田耕翻过来,准备开始做秧田。做秧田的传统方法有两种,一种是劳力足,对种田比较讲究的农户,精耕细作。先将秧田用铁锹一锹一锹挖,将上面的熟土翻到下面做基肥,然后将翻到上面的硬土块用锄头斫细,上面再施上一层家杂肥作为面肥,等土晒透后再上水做秧田。另一种就是直接用牛耕或人工用钉耙将秧田耕翻、耙细,上面施一层肥料,等土晒透后上水耙平,这种方法比较省工省力。

秧田灌水耙平后再用锹或锄头分墒,每墒宽约1.5米,秧沟只有一只脚单行即可,节省秧田又便于施肥、除草等田间管理。再用木制的榔稍将秧板耥平,使整块秧田平整如镜,保持水平,以利于秧苗生长。

春天，气温回升，雨水增多，遇到下雨天只能在室内做一些整修农具及草作生活。草作生活是一个重要的工作，如每天干活要穿的草鞋、浸稻种的稻种包、耕田用的犁索、挑稻把麦子的担绳、盖稻谷的稻衣及畚箕索等。这些长短粗细不一的绳索及各种稻草制品都要在冬闲或春天将这一年要用的全部准备好，以备全年农耕作业之需。

每年的二月二十三日就是一年一度的河头集场。在解放前是和河头上塘庙庙会结合的大集场，直到现在一些老年人还称之为上塘庙集场。它是离金坛城最近的大集场，许多城里人和四乡八方的人都来赶集，非常热闹。有些在河头镇附近有亲戚的人，甚至过年都不去拜年，直到河头集场才一并去拜年带赶集。所以，河头附近的人家都准备了丰盛的好菜好酒，宾朋满座，比过年还隆重热闹。赶集是江南农村的传统风俗，也是农耕文化的重要内容。古时交通不便，出门不易，集场便是一个商品交流的机会，农民会趁此机会购置一些农具及家常日用品，以备全年之需。

夏

河头地区的农民与江南农村的情况基本一致，进入夏季，就要开始夏收夏种的大忙季节了。按那时的老习惯，立夏三天之后就要浸稻种，那时的水稻品种主要有籼稻、粳稻和糯稻。稻种下田之前，首先要催芽，将预先筛选好的种子装进稻种包内，白天丢到河里浸泡，傍晚再拿上来催芽。一般三天以后，稻种破头了就可落谷下秧。稻种撒在秧板上以后，上面要撒一层草木灰，以便于今后好拔秧。稻种落谷下田以后，秧田的田间管理非常重要，要根据天气情况及秧苗生长阶段进行水、肥的及时管理。

稻种下田之初，就怕下阵雨、大雨。老话说：雨打秧板田，秧苗出不齐。所以，看到天要下雨，要赶紧将秧田水灌满，使水淹没秧板，免遭大雨冲刷稻种。烈日暴晒时，要使秧板上有一层薄水，免使种芽被烈日烤晒。在没有天气预报的年代，农民根据经验总结出许多看气象的农谚，如"早看东南，晚看西北""满天云乱斗，风雨来临时""日落胭脂红，无雨也无风""乌云接日头，连夜雨愁愁""鱼在河里跳，鸡鸭不上窝，定有大雨到""久雨现星光，明天雨复旺"等。

在没有化肥、农药、除草剂的年代，农民都是用人工除草，拔去秧草，施肥都是以浇人粪尿为主。在拔秧前一星期左右，秧苗都要施一次肥，使秧苗健壮，便于拔秧，栽到大田里也容易存活。

进入小满，大麦已开始收割，小麦也已经乳熟，乳熟称之"小满"，完全成熟就是"大满"了。当然没有"大满"这个节气，所谓的"大满"就是"季节一到，不问老少"的"芒种"了，那就到了"黄金铺地，老少弯腰"的夏粮收获季节了。

在那四五十年前的困难时期，农民青黄不接熬春荒，到了小满就看到了希望。饥饿的农民等不及小麦熟透，纷纷下田挑先熟的麦穗撸下麦粒，回家用小石磨磨成麦糊。加上盐和小葱，做成香喷喷的"连麸倒"，成为江南农民度春荒、接新粮的一种特色食品。

河头地区有句农谚：四月南风大麦黄，忙过蚕桑又插秧。小满之后，南风吹，升温快，麦老一时。又到了"麦老要抢，稻老要养"的时候了。小满收大麦，芒种收小麦，真是节气不等人，一刻值千金。蚕室里的蚕宝宝，已是三眠之后，吃起桑叶一片沙沙声响，像是在下雨。桑园里，人们忙着采桑叶；田野里，人们忙着割麦子、挑麦把；打谷场上，连枷声有节奏地震天响；耕田的牛号子声声悠扬，农村处处一片繁忙景象。

那时，三麦收割全靠人工用镰刀割，割下后打成捆，再挑到打谷场上脱粒。一个人一天可割麦一亩田左右。麦子挑到打谷场上以后，要趁天好抓紧脱粒。在那没有机械化的年代，一切农活全靠人力和畜力。传统的脱粒方法主要是用竹制的连枷拍打。连枷是老祖宗留下的脱粒农具，在《齐民要术》和《农政全书》中都有记载："连枷，击禾器。"即利用打击麦子、豆类等果实脱粒的农具。

直到改革开放前的大集体时代，生产队的三麦脱粒都仍是以连枷拍打为主。那时，生产队的打谷场上，几十个人面对面一字排开，随着"嗨嗨嗬嗬"的号子声，在飞扬的灰尘中响起海潮般的声浪，一起一落，一重一轻的敲击，节奏整齐，火爆热烈。一场麦子打下来，个个汗流浃背，浑身湿透，满脸灰尘。而且，越是太阳毒，天气热，越是要抓紧时间，趁麦子晒得脆，容易脱粒。还有一种脱粒方法是用牛拉带棱槽的毛碌碡碾压脱粒，小农经济时只有大户人家才有牛。集体时代因牛在夏收夏种时要耕田、耙田、打水，牛力紧张，也较少用牛脱粒。

俗话说：稻上场，麦进仓，神仙就怕烂麦场。假如麦收到场上，连下三五天雨，麦堆就会发热、发芽、霉变。麦子霉烂后，猪都不吃。所以说到夏收，总离不开一个"抢"字。麦子收割后要抓紧趁天晴，抢收进仓。那时的三麦产量都很低，大麦一般只有150~200斤一亩，小麦在300~400斤一亩，万一遭受损失就更遭殃了。

芒种一到，不问老少，紧张的夏收夏种就开始了。芒种以后，是农民最忙的时候，这是个"眼睛一睁，忙到熄灯"的季节。俗话说："芒种芒种，样样要种。"除了五谷杂粮都要种以外，还要安排将收完麦子的田抓紧耕翻过来，趁天好将土壤晒透，还要将春季运到田头的肥料全部撒到田里，将水稻田的缺口堵好，等待发黄梅水时，蓄水插秧。

如黄梅天雨水不足，就要靠人力或畜力的龙骨水车为稻田灌溉。人力水车有三人轴、五人轴、七人轴、九人轴等几种。车水时，手扶绳杠，脚蹬车拐（又叫车水榔头），通过连轴的木齿轮，驱动长长的龙骨水链，由装在木链上的车板将河水刮入槽管，流入田里。

车水的人必须步调一致，齐心协力，才能车上水来。车水时，看起来是光着脚板在车水榔头上"走路"一样轻松、潇洒，众人随着车水号子时而慢悠悠，时而踩得飞快。龙口水花飞溅，渠里流水哗哗。但如果刚学车水，稍有不留神与大家步速不一致，就被车水榔头打疼了脚，大叫大喊被挂在绳杠上"吊田鸡"，惹得众人大笑。

遇到天旱，人们"车断脚筋，磨断轴心""头一伸，脚一蹬，白天车水夜里哼"，他们敲着破锣，光着嗓子唱着那如诉如泣的"数摘歌"的车水号子，伴着水车"吱吱呀呀"地呻吟，与老天爷抗争。

牛车棚是利用牛力提水的灌溉工具，原理与人力龙骨水车相似。它紧挨着河边，槽管的出水口（又名龙口）对着沟渠通向田里。它用6根石柱支撑着一个大圆顶的草棚，犹如公园里的草亭。

牛车棚中心竖着一根木头轴心，轴心连着牛车盘，盘边沿嵌着一个个木齿轮。牛拉着大转盘转动时，转盘边上的齿带动槽管上的齿轮，再带动槽板沿着槽管一直伸入河中，就这样一圈一圈周而复始，一板板将水提上岸，哗哗地流进田里。

那时，河埂上星星点点的牛车棚，成为江南水乡一道独特的风景。那时的牛车棚不仅是富庶人家的农业设施，也是穷人家纳凉的好去处。那些田地离家较远的农户，午饭都是带到田里来或小孩送到田里来吃，一罐大麦粥、几个大麦粯团子或一盆冷饭，就泡点开水。有的人甚至直接舀点河水一泡，就着去年冬天腌的烂腌菜或

几块萝卜干，就算一顿丰盛的午餐。饭后可在牛车棚转盘上睡个午觉，然后再下田干活。外面烈日炎炎，牛车棚内凉风习习，好不惬意。

直到二十世纪四五十年代，随着世界科技工业的发展，国外的柴油机及水泵引进国内，一种船载的戽水机开始出现在江南大地。它是最早进入农村的农业机械，成了农机的"领头羊"。人们称它为"洋龙船"，一条洋龙船的抽水量能抵上三四十部龙骨水车，能抵100多个壮劳力的工作效率，为农田灌溉和抗洪排涝作出了很大贡献。再后来，随着农村的合作化和农村逐步通电，集体建起了电灌站。龙骨水车和洋龙船才逐渐被淘汰。

芒种过后是夏至，夏至开秧门，是农民一年中一个神圣重要的日子，关系到稻谷秋后的收成。农民在这期间都争分夺秒抢季节，"头莳要抢，中莳要养，最好别插三莳秧"。头莳插秧分上下午，中莳插秧就分上下趟了，到了三莳插秧就黄秧落地减一成了。黄秧落地三分收，出莳栽秧减收成。说明插秧要越早越快越好。

一般农户夏至吃馄饨，稳稳当当开秧门。从前一些大户人家还要特地备一餐丰盛的酒宴招待一下大小伙计，希望他们抓紧时间加油干，争取早日"关秧门"。插秧是个真正"面朝黄土背朝天"，又苦又累的农活，又要有相当的技巧。在那小农经济时代，插秧每亩要栽15000棵左右。一个强劳力从拔秧、挑秧到栽秧，早上天亮到晚上天黑，大约工作14个小时，一个人可以栽好约1亩田。古人说得好，人生要知进和退，不能一味地向前，手把青秧插满田，低头便知水中天。身心清净方为道，退步原来是向前。

插秧是个技术性很强的农活，不但要争取横平竖直，手法上也很有讲究。一种是用两根手指夹住秧苗直插下去，俗话叫"蟹钳秧"，这种栽法的秧苗立得直，容易成活；另一种栽法是用三根手指捏住秧苗栽下去，称之为"拳头秧"或"露水秧"，这种栽法秧苗会斜贴在水面，而且根不直，不容易活棵。

栽秧接近尾声，栽到最后一块秧田时，即为"满秧田""关秧门"了。人们可以歇口气，庆祝一下了。按当地风俗，家家都会备一桌"洗犁酒"，犒劳一下。

小暑插秧结束，到大暑前，秧苗都已活棵，跟着就要进行推乌头除草了。农活一环套一环，不得松懈。推乌头又叫"耘稻"，主要是为秧苗松土除草，促进水稻的发棵分蘖。《农政全书》上介绍乌头：形如木屐而实，长尺余，阔三寸，底列短钉二十余枚。其上安竹柄,柄长五尺余。

推乌头除草是水稻田间管理的关键农活。乌头一般要推3次,头2次推过后,还要进行一次人工除草,用手工拔除推乌头未能去除的杂草。

进入大暑,水稻田还要进行一次搁田(又叫烤田)。将稻田的水放掉,将乌头齿用竹片或藤条编好,进行第三次推乌头,这最后一次的作用是将稻棵之间的土推平,防止搁田以后稻棵再次发棵,因稻棵第二次发棵会影响水稻的产量。

推过两次乌头以后,有些种田讲究的人家还要进行一次"爬行",在农业合作化的大集体时代,这是少不了的一道工序。"爬行"是水田作业最累、最脏、最苦的农活。"爬行"时,稻田里只留浅浅的水,农人弯下腰,双手不停地在稻行中抓、捏、挤、捋、抹,先将稻行中的杂草连根拔起,再将杂草塞进泥土中,然后将上面的泥浆抹平,使草在泥中烂成肥料,化害为利。

一年的农耕劳作中,夏收夏种是农民最辛苦的季节,所以又称为"双抢",即"抢收抢种"。这个时候,麦要收、秧要插、地要耕、水要车、肥要运、场要压、茧要采、豆要摘、磨要推、草要刮、草塘要挑……真是"丢下钉耙拿扫帚",一天恨不得有48小时用,一人恨不得多生几双手来赶忙场,哪像如今的农民种田不用弯腰,不用动刀,一个星期就将夏收夏种搞定了。

秋

立秋之后,"秋老虎"虽然仍十分厉害,但"早上立了秋,晚上凉飕飕",早晚凉快一些了。农人们"战酷暑、忙双抢"之后,相对而言,可以放松清闲一点了。

在那没有机械化、电气化的年代,农村根本没有电风扇,更别说空调了。据老人们记忆,那时天气比现在还炎热。立秋后,农事稍闲一些时,人们便利用早晚凉快一些,起早贪黑干活,中午避开烈日,午休时间长一点,在树荫下睡个午觉再下田。

秋天也是稻田病虫害高发时期。在那没有农药的时代,只能人工治虫。用剪刀去田里剪去带有稻苞虫、卷叶虫虫卵的叶子。还有一种土办法是在稻田里放一个盆,盆下用架子架起,高于稻苗,盆里放满水,滴上一点柴油或煤油;盆上做个三脚架,到了晚上点亮一种四面有玻璃的螟蛾灯,来引诱那些会飞的害虫"飞蛾扑火",撞击玻璃罩后掉到水里,被柴油粘住而淹死,起到杀虫的效果。

立秋之后，是稻苗旺盛生长的阶段，稻田的水肥管理是关键。稻田搁田上水之后直到成熟，就不能再断水了。每户的男劳力在这个季节，都要每天扛一把锹在田间转一次，查看田埂是否漏水，有漏洞要堵，水少了要添，看到稻苗长势不好就要追肥。那个时候没有化肥，人们空闲时到村边野外拾粪，倒到粪缸里与人粪尿一道发酵，浇到水稻田里进行追肥。

那时农村的牛比较多，拾到牛屎也堆在一起，可以与杂肥一道用于来年做草塘。那时牛粪还有一个用途，在那没有煤和天然气的年代，人们生活用的柴草也很短缺，他们就把牛粪堆在一起，调和成稀泥状，用手搓成圆球贴到墙上，使之成为一块圆饼一样贴在墙上。待到晒干以后，再剥下来，成为一块块牛屎饼，用它来当燃料烧锅，底火特好。用它烧大米粥，因与炭火一样，余温长久，烩出来的大米粥又稠又香，因此乡间就有"牛屎饼烩白米粥又稠又香"的俗语。有个笑话说，城里人听了这俗语不明白，还以为是用牛屎与大米混在一起熬白粥，怎会又稠又香？大惑不解，也想向乡下人要点牛屎饼回去烩白粥，结果闹出了一个大笑话。

立秋之后是处暑，处，去也。意思是炎热的暑天即将过去，但"秋老虎"的余威仍迟迟不甘退场。"处暑处暑，热死老鼠""大暑小暑不是暑，立秋处暑正当暑"，此时的中午仍闷热难当，只有早晚才有点凉风吹拂。

"处暑萝卜白露菜。"此时，也有许多农事要做，萝卜、白菜、荞麦等秋季作物要开始下种，棉花要摘，芝麻要收，苎麻要收。

白露秋分夜，一夜凉一夜。随着季节转换，日照渐短，冷空气开始南下，气温下降加快，天气转凉爽。白露三朝早稻齐。那时，早稻都是籼稻，它比晚粳稻要早一个节气成熟。寒露之后，就要开镰收割早稻了，冬小麦、油菜也要做好播种的准备了。秋收秋种的序幕即将拉开。

秋，是成熟的季节，是收获的季节。田野里，成熟的庄稼随风飘散着芳香，金黄色的稻穗沉甸甸地弯下了腰，随着那和缓的秋风一起一伏地荡漾着，一片丰收在望的景象。

寒露一到，水稻基本都黄了。"霜降一到，不问老少"，大批的晚稻就开始收割了。但"麦要抢，稻要养"，还要根据水稻的成熟程度分先后进行收割。

在那个年代，割稻全靠人工用锯镰刀一棵一棵割下来，一般一个男劳力一天能割约1亩田。割稻和插秧一样，是标准的"面朝黄土背朝天"的重活、累活。一天稻割下来，那种腰酸背痛的辛苦，没有种过田的人是无法体会的。所以，农民有句俗语叫"换一种农活要换一副骨头"。

割下的稻要放在田里晒，晒干以后再捆成小把，称之"束稻把"，再用担绳捆好挑到打谷场上脱粒。那时生产队集体劳动挑稻把时，10多个劳力要统一行动，同来同去。每个人在拣稻把打捆的时候都连跑带跳，动作迅速，不甘落后，犹如竞赛一般，不然别人都捆好了站在那里等你，就会觉得自己很无能，十分尴尬。大家都打好捆之后，领头者一声号子，大家同时起担，随着号子声步伐一致排成长队，如一条长龙一样奔向打谷场，蔚为壮观，成为秋收时田野中的一道风景。

水稻的脱粒在近百年中演变最快。最原始的是用"稻床"掼。稻床，顾名思义，就如床一样，木头架子上面用小竹子排成拱形的"床"，有三脚、四脚两种。三脚的较小，只能供单人使用；四脚的可供2-4人同时使用。掼稻时，将稻把高高举起，用力摔打在竹棂上，使谷粒脱落。在那小农经济时代，那些贫困农户的小脚女人在秋收时，都会到场上帮忙掼稻、晒稻，有的还到大户人家打短工。可见那时农民的贫穷与辛苦。

到了50年代左右，发明了一种脚踏脱粒机，由两个人用脚踩动踏板，带动一个装有铁齿的滚桶，将稻把放到飞快转动的滚桶上脱粒。后来又有用柴油机为动力的脱粒机，再后来又有了用电力的全自动脱粒机，现在又有了收割脱粒一体化的联合收割机，使工作效率大大提高，节省了人工，减轻了劳动强度。

在那时，还有一种古老的传统水稻脱粒农具，名叫"斛桶"，又叫"掼桶"，在古农书《齐民要术》《农政全书》中都有记载。掼桶为上大下小的一只四方形大桶，底部有两根船形大梁，俗称"拖泥"，便于在稻田里拖行。掼稻时，可以供四人同时使用。

稻谷晒干以后，如遇无风扬谷，就用风车来扇除稻谷中的灰尘和杂物。风车又叫风箱，是一个很大的木箱。粮食从上面倒进去，有闸门控制出口大小，用手摇动风叶，把灰尘、杂物从后面那个出口吹出来，前面那个出口出来的就是干干净净的稻谷了。

稻收上场之后，就要抓紧耕田，准备种麦了。那时耕田，主要靠牛，牛在农耕文明中，是农人不可缺少的帮手，牛就是生产力的标志。一直到近代社会农业尚未机械化之前，牛几乎包办了农村一切繁重的劳动。

霜降是秋天最后的一个节气。晚稻全部收割晒干进仓之后，又要播种冬小麦、冬油菜，所以是一个既收获硕果，又播种希望的节气，是一个总结一年劳动成果的节气。

冬

立冬时，秋收秋种基本结束，"种麦不过冬，冬季种麦不通风"。一般人家麦子也已种完，但也有少数缺少劳动力的贫困户，会出现三麦不能按时播种，要拖到小雪节气才能完成。

冬季，是收藏的季节，也是结账的时候。旧时农户们交完一年的苛捐杂税，再将平时所借的高利贷以粮食抵充归还后，还要留足下年的种子。即使"多收了三五担"，也所剩无几。剩下的口粮，无论麦子还是稻谷，在冬闲时都要加工成面粉和大米。在那没有机械和电力的年代，全靠人力和畜力来完成。那时，小麦加工面粉都是利用冬闲时牛力有空，可以用牛拉石磨将小麦磨成面粉。但那些自家没有牛的农户还是靠人工推磨。

将稻谷加工成大米，畜力就无能为力了，只能由人工进行加工了，而且工序和劳动强度都很繁重。首先，要将稻谷在土笼上进行剥壳，然后再放入石臼，用舂米榔头冲击，称之"舂米"。舂米榔头是一种特制的工具，一根硬木棍上装有一块中间有孔的鼓形石头，重约10公斤，下面一头包有铁块。石臼是个上大下小的倒锥形石桶，一次可舂米10~15公斤。舂好之后再用竹筛子筛去谷糠，一个男劳力一天能舂到成品米50公斤左右。这种工作比较劳累，人们形象地称它为"搬石头上天"，所以请短工上门舂米的工资要比做其他农活略高一些。

米舂好以后，就是要真正的"冬藏"了。那时储藏米的容器也都是农家自制的"土产品"。一种是用稻草混上烂泥做成两头小、中间大、半人高的泥瓮，晒干之后就像一个未经烧制的大陶瓮。另一种就是用稻草编制与泥瓮同样形状的草瓮，只有大户人家才用大缸或窝摺囤米。

到了"小雪"，又是农家收大菜"踏腌菜"的时候。"小雪不起菜，就要受冻害""小雪腌菜,大雪腌肉"。此时,村旁的大河旁、水塘边、码头上,女人们拿着晒蔫的大白菜在清澈的水里漂洗,到处回响着她们清亮的说笑声。白菜洗好晾干后挑回家,整棵放入腌菜的大缸里,铺一层菜,撒一层盐,赤脚站在上面踩实。一层层码,一层层转圈子踩,一直踩到缸满为止,再抬一块大石头重重压上。

这一季腌菜一家人可以一直吃到来年夏天,烂腌菜下大麦粥,是绝佳的搭配。大雪之后,大户人家又要忙着腌制腊肉、腊鱼,准备过年了。许多农家还会腌萝卜干、做酱油豆,准备一冬农家菜的"冬藏"。

冬至前后,是兴修水利、大搞农田基本建设、积肥造肥的大好时期。同时,要加强越冬作物的田间管理、清沟排水、培土壅根,做好作物的防冻、防水工作。对尚未翻耕的冬闲田要抓紧翻耕,以疏松土壤,增强蓄水能力,并消灭越冬害虫。

河头地区的农民充分利用河流池塘丰富的自然资源,抓紧冬闲时期罱河泥、积肥造肥。一些没有船的小户人家会用两只采菱用的大脚盆撬起帮来罱泥,谓之"罱排泥"。那时,苏北地区一些贫困农民还利用冬闲季节,划着船到苏南地区来打工,帮那些大户人家罱泥。对那些私家的池塘、内河,他们会用几个男劳力把船抬进去罱泥。罱泥是一项既讲技巧又拼体力的农活,一罱网河泥有五六十斤重,少一点力气也拎不到船上来。他们把自己的大腿作为支点,两根长长的罱篙作为杠杆,利用杠杆原理猛一使劲,河泥便"哗"一下倒入船舱。

小寒大寒是全年最冷的季节,常常是"千里冰封,万里雪飘",一片严冬的景象。此时,农民一般不在室外劳动,而是在家中做一些草作活,如搓草绳、织稻衣、打草鞋、编草垫等。农民一般都用马经糯的稻草,因这种稻草细长、软熟、韧性好。使用前,先要把稻草的叶壳去掉,打成捆放到石凳子上,用大木榔头捶。捶时使劲用力,使之软熟、皮实,用于打草鞋、绞担绳、绞犁索,坚实耐用,韧性好。

那时,草鞋是农民下地干活的生活必需品。有芦苇的地方,他们还会用稻草与芦花编织成靴筒一样的"芦花蒲鞋",这种鞋子又暖和又透气。鞋底钉上木板,又能当雨鞋,下雨天也能穿,经济又实惠。那时小孩下雨下雪天上学都穿这种鞋。

这时,还要做好耕牛的防寒保护工作。"牛是农家宝",农忙时牛辛苦了,冬闲时要加点料,给它吃点豆饼;天气好时,把它牵出来晒晒太阳,给它梳梳毛、捉捉虱子,使它冬闲休养长长膘。

"瑞雪兆丰年"。厚重的积雪覆盖大地，可使麦田保暖、保墒，既增加土壤温度，又增加土壤水分，有利于越冬作物的生长。另外，"冬雪杀虫"，冰冷的下雪天气，可冻死藏在稻根中越冬的稻苞虫、螟虫等害虫，有利于来年农作物的生长。还有因雪水中的氨化物的含量是雨水的5倍，有一定的肥田作用。

大寒是一年中最后一个节气，"大寒一过，快备年货"，人们就开始忙过"年"了。春节，是中国一年中最隆重的传统节日，也是农耕文化中民俗文化最重要的一个节日。进入腊月，就是迎接春节的前奏曲，在这个前奏曲中有着丰富的内容。俗话说："过了腊八就是年。"那时候，吃了香喷喷的腊八粥之后，年味儿就开始弥漫在农村的大街小巷，家家户户开始风风火火忙"年"了。置办年货、添置新衣、干塘捉鱼、杀猪宰羊、磨米粉、做团子、蒸馒头、炒糙米、做年酒、磨豆腐、炸肉圆、烧年菜、敬神祭祖……为过好一个丰盛、富足、祥和、欢乐的春节做准备。

腊月二十三"过小年"，就进入过年的范围了，大人就要管教小孩不准再讲不吉利、不礼貌的粗话、脏话了。家家都要掸尘除旧、打扫卫生、拆洗被褥，干干净净过大年。腊月二十四"祭灶神"，还要吃"谢灶团子"，送灶神爷上天向玉皇大帝汇报去了，企盼他能"上天言好事，下界保平安"。

"腊月二十八，过年洗邋遢"，一家老小都要洗个澡，干干净净过大年。那时，农村许多人家都有"浴锅"，都是在一只大铁锅里洗澡，下面可烧柴加温。没有浴锅的人家都会带一点稻草到有浴锅的人家去洗。

"大年三十"就要做好一切过年的准备了，水缸挑满、卫生搞好、各种荤素菜肴备好、瓜子花生炒好、对联贴好……中午，家家祭祖，吃团圆饭，晚上吃馄饨，稳稳当当过年了。

在外打工的长工，忙了一年，也该到清工结账回家过年的时候了。那时流传着这样几句顺口溜："廿四夜团子，廿五夜饭，廿六、廿七烧泡饭，廿八、廿九肉汤饭，三十夜馄饨吃了就滚蛋。"说明那时的长工多辛苦，要一直忙到三十晚上才能回家与家人团聚。

过完大寒就立春了，风和日丽，天气回暖，又迎来新的一年节气轮回。

劳动号子

叶林生

在原始劳作中，人们为缓解劳累而喘吁和哼唷的本能与生俱来。以前在河头地区，按照劳动内容和形式的不同，号子主要分为挑担号子、打夯号子、车水号子、乌头号子、耕田号子等；如果从音乐的结构来划分，又可分为长号子和短号子。而根据性别和劳动分工，一般来说青壮年男性多打挑担号子、车水号子、打夯号子之类快节奏的，特点是粗犷豪放、急促有力；青年女性则多打栽秧号子、乌头号子之类慢节奏的，特点是清脆甜美、婉转悠扬。号子内容，唱古代人物忠孝节义的有之，咏农家四季生活的有之，歌男女纯真爱情的有之。表达形式以一人领唱、众人附和为主，或一问一答，或一唱一和。现列举几种如下：

挑担号子

过去人们挑泥土、送土肥时，就用一根扁担套两只系缆绳的畚箕，以肩担起来回奔跑。由于挑担多为群体劳作，为了协调和统一挑担的步伐往返，同时缓解疲乏，振奋精神，活跃气氛，提高劳动工效，就按照挑担的节律哼出了号子。

挑担号子在解放后至70年代的农村大集体劳作中最为盛行。一般为群体劳作而又相对统一起落时，由前面的一个领头，众人呼应合和，声音高昂激越。如领头的起担领唱："挑起来呀！喂呀喂子走嘀！"众人则跟着起肩应道："喂呀喂子走嘀，号子么又来了！"途中，领头的唱："上前走啊！喂呀喂子走嘀！"众人则跟唱："喂呀喂子走嘀，号子么又来了！"如前面到了上坡，领头的就领唱："前面么跨上来呀！喂呀喂子走嘀！"众人跟着呼应："喂呀喂子走嘀！喂呀喂子走嘀！"当挑担到达目的地后，领头的一边倒下担子中的泥土或肥料一边唱：

"倒下来呀！喂呀喂子走嗬！"众人则跟着倒下担子，一边呼应："倒呀么倒下来呀！喂呀喂子走嗬！"其规律一般是领头的做什么唱什么，词意简单而带有提示，众人只是跟从呼和，不重在内容，而重在情绪和声势。

打夯号子

过去因筑路、筑坝或筑房基等需要，在填土平整场地时，为了防止日后坍塌，需要将原本松软的土地夯实。夯实的工具是一块厚重而下部为平面的石头，石头周旁留有抓手或绑有抬杠。打夯为多人操作。为了统一手力，使力点集中，同时也为了安全夯落，便由其中一人领喊号子，其他人呼应。打夯一般为两人或四人，打夯时，由其中一人领头喊号子，其余人跟着呼和。夯起夯落，既要有较大的合力，又要做到落点一致，还要保证安全，不致让夯石误砸了自己的腿脚，所以打夯号子特别讲究节奏。

节奏稍缓的如：（领）夯子么拎起来呀，（和）嘿呀嘿子哟啊！（领）大家么出点劲呀，（和）嘿呀嘿子哟啊……四人节奏较快的如：（领）四位将军，（和）嗨哟！（领）齐出动呀，（和）嗨哟！（领）高浪头上，（和）嗨哟！（领）加把力呀，（和）嗨哟！（领）转过身来，（和）嗨哟！（领）调过面来，（和）嗨哟！（领）缩脚当心，（和）嗨哟！（领）退步稳喽，（和）嗨哟……

多人而节奏稍快的如：（领）同志们啊，（和）夯哟！（领）加劲干哪，（和）夯哟！（领）齐点心呀，（和）夯哟！（领）出把力呀，（和）夯哟……

打夯者全凭嗓门和情绪，没有乐器相配。打夯号子比较粗犷，有近乎固定的曲调而没有固定的歌词。歌唱非常灵活、非常自由，看见什么唱什么，想起什么唱什么。眼边看，心边编，口边唱，随心所欲，不拘形式。

打麦号子

过去，麦子成熟后为了脱粒，收割后铺在平整的场地上，由男女几十个人面对面站成两排，各人手执一把连枷拍打场上的麦子。为了统一打麦子的节拍，以提高精神和劳动效率，就哼出了一种可以自由发挥但节奏统一的号子。

打麦号子通常是一领众和，并与大家手中打连枷的动作协调同步，节拍整齐统一，气氛热烈。其内容如：

（领）大麦上场小麦黄,哎嗨！(和)嚎嚎来,嚎嚎来！（领）嚎嚎嚎,来呀,小麦上场插秧忙。(和)嚎嚎来呀,小娘子哎,插秧忙哎,嗨嗨嗨哟嚎嚎嚎,呀来嚎嗨,嗨嗨嗨嗨嚎,呀来个哟嚎哟。

　　嚎嗨,嗨嗨嗨哟嚎嚎呀！嚎嚎来,（领）施肥除草迎春风么,（和）嚎嚎嚎来,嚎嚎嚎来,（领）嚎嚎嚎来哟么,开沟挑土么又拥土,（和）嚎嚎嚎来么又拥土,（合）我们干劲换来好年成么,嚎嚎嚎来么好年成,嗨嗨嗨嗨嗨哟嚎！

　　（领）轮到我唱歌歌不来喂,（和）吼来吼吼来,（领）吼来,歌在南山草棵里埋呀。(和)吼吼来呀,小野菜呀,草棵里埋呀,打来哟嚎嗨。（领）打来！(和)嗨吼！（领）打来！(和)嗨吼！打来,打来,哟吼嗨,嘿哎,哟吼嗨！（领）新打么大斧连树斩喂,（和）吼来吼吼来,（领）吼来,劈开南山放出来呀。小野菜呀,放出来呀,打来哟嚎嗨。（领）打来！(和)嗨吼！（领）打来！(和)嗨吼！打来,打来,哟吼嗨,嘿哎,哟吼嗨……

　　打麦子正值烈日炎炎下,男女劳动者衣着简单,头戴草帽、芦帽等。主要工具为连枷。连枷分两部分,一部分是手柄——长约两米的老竹竿,竹竿顶端有转孔。另一部分是掴板——用厚厚的若干块毛竹片条以牛皮、插销固定成一块长约50厘米、宽10多厘米的平面竹板,竹板一端用转轴与手柄连接,在手持者的作用下可以翻转180度,有足够的力量拍打在麦秆上。

　　打麦号子的群体性较强,因此曲调和唱词都非常简单,基本不重内容,而重在声调和合与节拍的整齐统一,重在号声与打连枷动作的一致。其号子的节奏与速度,也随打麦子的速度而变化。整个打号子的过程也就是用连枷打麦子的过程,其间男女劳动者还可以用表情和声调进行互动交流,能使现场的劳动气氛十分欢快热烈。当然,凡要和合打麦号子的人,必须能熟练使用连枷这一劳动工具。

车水号子

　　旧时农田排灌没有电力机械设施,遇旱车水抗旱,遇涝车水抗洪,车水就成了人们最重要的耕作环节之一,也是最经常的强劳力农活之一。为了缓解疲乏,提高车水速度和效率,劳作男女们在水车上你哼一句,我接一句,有的放开嗓门随意吼唱,从而自然形成了颇具地方特色的车水号子。

车水号子的曲调有的自由,有的较规整,曲调比较粗犷。号词比较固定的有叫"三声",有唱数计时的"数双",也有前引后接、一领众和等形式的即兴创作,并常用锣鼓伴奏。锣和鼓,悬挂在水车绳杠的一端,分别由专人敲打。其内容例如:

叫三声——大家(呀哈)来上龙车(嘞),哎嗨哎嗨,哎嗨哎嗨哎嗨哎,哎嗨嗨呀,喔嚁嚁呀,喂喂喂吼吼吼,吼吼吼,上勒呦欧吼吼吼嗨,上呀哎嗨嗨!(叫三声是放在车水前唱的,起着鼓舞召唤作用)嗨,一双嘿哎嘿,吼欧吼,嗨哎哎嘿哎呀,双了嗨哎,呃啊两来吼。

数双——来吼吼欧吼嗨……(依次循环)九双嘿哎嘿,吼欧吼,嗨哎哎嘿哎呀,双了嗨哎,呃啊两来吼吼嗨。哎啊我回头了,回头了,吼吼嗨!哎喂得喂,嗨嘿哈嘿(齐)哈嘿!

引接式——(引)风吹不动是只缸,两脚能走是个獐,(接)要得前言对后语,杨四郎失洛在番邦;(引)风吹不动是座桥,四脚能走是只猫;(接)要得前言对后语,张飞喝断当阳桥;(引)风吹不动是座坟,两脚能走是个人;(接)要得前言对后语,秦桧跪在岳飞坟;(引)风吹不动是座山,两翅能飞是只雁;(接)要得前言对后语,薛仁贵生下薛丁山;(引)风吹不动是个碑,四脚能走是只龟;(接)要得前言对后语,老令公撞死李陵碑;(引)风吹不动是块铁,四脚能走是个鳖;(接)要得前言对后语,李老君出世就打铁………

锣鼓合唱式——锣鼓一响闹哄哄,烈日高照把田种,只怪老天不下雨,车水吊在半空中。号子好打口难开,樱桃好吃树难栽,白米饭好吃田难种,巴巴(糯米粉做的糍巴)好吃磨难挨。

锣鼓单唱式——一早上起来雾沉沉,只听锣响不见人,掀掉乌云拨开雾,只有龙车六个人,男的好像杨家将,女的好像穆桂英……

领问众答式——(领)山歌好唱口难开,我把故人唱出米。人人都要加把劲,都车水来笑颜开。(合)嗨呀!(问)阵头公公是哪里人?闪电娘娘是哪里人?哪个做主做媒人?(众答)阵头公公是金坛人,闪电娘娘是海龙王家三侄女,张天师做主做媒人……

推乌头号子

推乌头是水稻生长中期的一项农活,属单个劳动,其动作也相对松散自由。劳动者在水稻田间推乌头时,为了舒缓心情,缓解乏闷,提高劳动效率,就随口哼出一种词意简单而又适合推乌头的山歌,被称为推乌头号子。推乌头号子通常为一人领头众人附和,也有一个单唱的,都没有严格的节奏要求。其内容如:

(领)山歌格哎好唱欧吼么嗨嗨嗨口难格哎嗨(和)欧吼吼开哟。

(领)我樱桃么好吃啊(和)吼吼树难栽。

(领)山歌好唱口难开,樱桃好吃树难栽,白米饭好吃田难种,鲜鱼汤好吃网难抬呀。(和)哎嗨嗨嗨!(领)怎么之为口难开?怎么之为树难栽?怎么之为田难种?怎么之为网难抬呀?(和)哎嗨嗨嗨!(领)先生教书口难开,高高山上树难栽,五黄六月田难种,东北风起来网难抬呀。(和)哎嗨嗨嗨!(领)怎么之为读书郎?怎么之为栽树郎?怎么之为种田郎?怎么之为捉鱼郎呀?(和)哎嗨嗨嗨!(领)白白净净读书郎,晃里晃荡栽树郎,脚穿草鞋种田郎,手拿丝网捉鱼郎呀。(和)哎嗨嗨嗨!

(和)啊风吹桃花万里香么万里香哎,啊满田么满野么锄头忙,啊锄去了杂草么长庄稼来,啊集体化道路么宽又广。啊一锄招来金丝鸟哎,啊一锄引来么金凤凰,啊要问呀谁是么带路人来,啊就是呀我们的共产党。

(单唱)一下桃园三结义,二下韩信追霸王,三下三关杨六郎,四下三关杨宗保,五下县里柳志远,六下六母李三娘,七下貂蝉戏吕布,八下关公斩蔡阳,九下莺莺烧香去,十下张生跳粉墙。

推乌头者衣着简单,赤脚,卷裤。乌头,一种农具,长尺余,阔3寸,底列短钉20余枚,其上安竹柄,柄长5尺余。

劳动号子在河头一带传承久远,千百年来生生不息,至今仍具有鲜活的生命力。它不仅表达了农民的思想感情,体现了农民丰富的想象力和创造力,也展示了他们的艺术才华与智慧。它的丰富内涵不仅是农耕文明的有力见证,也是江南地区文化原创性与特色之所在。随着当今农业生产方式的变化,它的实用价值也许会逐渐消失,但它的历史价值和文化价值将超越时空,具有永恒的品质。

晒　场

樊嘉华

每个生产队都有一排社房,社房边就是晒场。晒场是杠出来的,杠晒场绝对是个技术活儿,需要一两个劳动力前前后后花上几天时间,大有讲究。先将晒场地里的土用锄头钉耙翻开,再用五齿钉耙把土耙细;土耙细后,给地浇上水,等泥土半干不湿时,用草木灰撒匀;等风干得差不多时,套上小石磙来回碾压,一圈一圈细细碾压,直到碾平碾光为止,名曰"压场"。直到地面平顺,不积水为止。等晒场晒上几个太阳后,地面会出现龟裂,再用水浇注缝隙,用草木灰再撒一遍。这样,杠晒场才算大功告成。

晒场是打麦子油菜籽、脱稻谷用的,所以有的地方叫"打谷场"。麦子油菜籽打好、稻子脱完后,扬好晒干,或送公社粮管所或入社房。十天半个月后麦秸、油菜秆、稻草有的被整整齐齐堆在晒场边,有的被分到了各户人家,还有的放在社房里。

晒场上有亮亮的大灯泡、轰隆隆的机器声、正在脱稻谷扎稻草的大人。玩累的孩子们先后各自回家,洗个脸就独自爬上床睡觉,心里却惦记着大人的夜点心,新米烧的饭伴着咸菜。大人们也总会省下一部分,每个孩子都有,最小的孩子迷迷糊糊张嘴吃母亲喂过来的香喷喷的新米饭,眼睛也不睁开。

稻谷脱下来还没有扬干净晒干前都堆放在晒场上,男社员会轮流值夜看稻场。看稻场就是在稻场上睡觉,也算工分的。先将稻草把捆起来,堆出个窝的形状,三面都是厚厚的稻草捆,只留前面一小方口出入。耙子或稻叉横在上面,再放上稻草把子就算是顶,地上铺的也是一层稻草把子。拿上一两捆稻草将前面的出入口堵上,稻棚里就暗了下来,将家里带过来的被子盖上,看稻场就算开始了。赶上周六或者放忙假,小孩子也会兴奋地跟着去看稻场。

晒场也是放露天电影最好的地方。农闲时候,或者有什么大事情,晒场上会放露天电影。天还未黑,一块正方形镶着黑边的白色幕布就已经搭建好。孩子们早早带着自家小板凳抢占有利位置。天快擦黑,村里的男女老少带着手电、板凳向晒场汇拢。距离幕布有10米左右,一张桌子上放着一台放映机,旁边竿子上挂着电灯泡。大人们有的坐在板凳上唠叨家常,有的妇女会纳鞋底做针线活,时不时把针尖往头发上擦一擦,偶尔嘴里吐出一个线头。小孩们三五成群在人堆里钻来钻去,或者玩躲猫猫,旁边就是草墩。

进入本世纪以来,由于市场经济的高速发展,基础设施建设也取得了长足进步,随着城市化进程的加速推进、农村拆迁工作的顺利展开,很多村落消失了,被一排排厂房、办公楼取而代之,消失的还有当年的社房和晒场,那就让"社房和晒场"留在记忆里吧。

生产工具

叶林生

旧时，河头地区灌排多用水车（又名龙骨车）。水车为木质，由槽筒（亦称槽管）、榻枕、车轴、扶杠、水垫五大部件组成。分2、3、5、7、9人轴5种。车水时保持两端人数基本相等，依靠人体重量和脚踩之力转动车轴，带动连头车板，将低处水通过槽筒刮向高处，故亦称"踩水"。水车若用牛力、风力或人工手摇，则称牛车、风车或手摇车。各类水车功率大小有别，但一般每天可提水灌2亩以上。在水位落差小或无水车的情况下，只能用大、小粪（尿）勺攉水灌排，或用两人"扛水"（实际是两人攉水）。70年代开始有电灌站和柴油机带动水车提水灌溉。

长期靠木犁翻耕土地，亦有少数手工锄翻，传统木犁分犁辕、犁梢、犁底三大部分，全由硬木制作，装有铸铁犁头、犁铧，由耕畜牵引，人力操纵。1958年后制作新犁多为铁木结合，也有全部以铁代木者。70年代逐步有了拖拉机耕作。90年代后，随着土地连片整治，机械化程度不断提高。

耕地整地旧式工具，主要有直耙、弯耙、百齿耙、梁盖等，全部铁木组合，以木为主。使用时，由牛力牵动，人力操纵。弯耙这些工具如今已经很少使用了。

70年代前，收割稻、麦、豆等全部依靠镰刀和锯镰刀。80年代，出现收割机械。50年代之前，有稻床、掼盆等。稻床形若睡床，有木制床架，毛竹片作稻床齿，依靠双手紧握稻把在稻床齿上使劲掼打使稻粒脱落。稻床只能在场地使用。掼盆主要用于田间脱粒，亦可在场地、田埂、宅院使用，全部木质，方形，盆下装有"拖泥"，便于在田间移动。稻床早已绝迹，掼盆延续使用至90年代。

此外还有双人脚踏脱粒机，民国年间就大量使用，60—70年代双人脚机逐步为四人机、电动脱粒机或老虎机所取代。80年代小型脚踩脱粒机曾一度被农人再次使用。

连枷，传统的麦子脱粒工具，豆类、油菜脱粒也可使用。全部竹制，靠双手操作拍打作物，使之脱粒。70年代以来，随着机电脱粒机具的普及，连枷已基本淘汰。

还有许多小农具。场头用的有翻耙、扫帚、扬锨、稻叉、簸箕、筛子、竹匾、箩筐、扁担等；田间用的有锄头、钉耙、大锹、棉苗制钵器、粒肥深施器等；此外，还有粪桶、粪勺、畚箕、窝摺、桑篮等。

80年代后，农业耕作收脱已全部或部分为机械化、半机械化所取代；收割、插秧等难度较大的劳作，也逐步迈向了机械化。

农村砌新房

樊嘉华

在中国，砌房造屋是一个家庭的大事，是走向家庭兴旺发达极其明显的预示，大规模地砌房造屋则是国家经济好转、人们财富增加的风向标。对河头人家而言，同样如此。 在河头农村，中华人民共和国成立后大规模地砌房造屋有三个时期。

第一个时期是在1975年前后，有两个背景不可以忽略：其一，新中国成立后出生的人逐渐长大了，国家多年积极鼓励多生多育的政策效果明显，原来窄小的房屋无法满足居住需求；其二， 粉碎"四人帮"后，中国政府对内开始整顿经济，采取了包括下放经济管理权限、发展地方和社队企业等一系列措施，使中国经济有所好转。这个时期新砌造的房屋的墙大部分还是半砖半土坯，屋顶半瓦半草，一般是下部分墙砖（可能还是乱砖、块石），上部分土坯，前半屋顶瓦后半屋顶草，甚至就是土墙茅檐，新造房屋的内墙用麦秆烂泥做成的也有。砌造的房屋质量上没有大的提高，砌房原因大致有以下几种：或者是孩子大了，原来的房屋不够用，或者是房屋修修补补后也实在无法容身 ，甚至是一场不大不小的风雨后房屋直接倒塌了。这个时期，河头农村人家借钱砌房正常且普遍。

如果说第一个时期还是小打小闹、大多被动而为，那河头农村人家砌新房的第二时期算是全面开花，并且已经有可行的时间规划、一定的资金保障。那时是地处薛庄桥的河头砖瓦厂最辉煌的时期，厂长的办公室每天挤满了要批条子的人，厂门口天天不停有拖拉机进出，厂里的工人加班加点生产，即使这样，也无法满足当时河头农村人家砌新房的需求。于是，各地烧砖瓦的小土窑如雨后春笋一夜之间冒出来，甚至有的生产队也建起了小土窑，可见当年砌房造屋的规模有多大。这个时期进入尾声时，20多年规模没有明显变化的村庄基本上都扩大了很多，大片农田成了宅基地。不足5平方米的半间房住着全家五六口人，祖孙3代甚至4代晚上住一个房间的窘境由此改变，一去不复返了，河头农村人均居住面积大大增加，居住条件有了质的提高。结婚要有自己单独的房间，哪怕是半间，成了对男方普遍的要求。猪圈、羊圈也移到了屋外披间或另外的简易房。第二个时期在1983年左右达到了高潮，这时离推行家庭联产承包责任制已经有四五个年头，"包产到户"和"包干到户"政策深入人心，大大调动农民的生产积极性，较好发挥了劳动和土地的潜力，农民的收入有了大幅度的提高。自留地扩大了，家家养猪养羊养鸡养鸭鹅，逢五逢十的"赶陆"也恢复了，生产的多余农副产品可以正大光明地让农民的钱袋子鼓起来。另外，大队、公社的小工厂得到蓬勃的发展，吸纳了一部分青年劳动力，有的青年还在县城的工厂上班，收入更多。这些都为河头农村第二次大规模地砌房造屋创造了良好的经济条件。

从遍布河头公社各地的小土窑可以知道这个时期新砌房屋大多是砖瓦结构，房屋质量和安全性较以前的土墙茅檐房大大提高了。不但如此，以玻璃窗的广泛应用为特征，少量的现代建筑材料、装饰材料开始普遍用于农房建筑。玻璃窗一般是水泥框加上横横竖竖的几根细铁棒，铁棒上涂着红漆，一为防生锈，二为美观；有的玻璃窗最下排用的是花玻璃，图案简单粗劣，花玻璃的用途与美观无关，主要是为了保护家庭隐私。有的玻璃窗装了窗帘，一根细铁丝将窗上方两个铁钉连在一起，再加上一块花布就成了窗帘。

这两个时期河头农村新砌的房屋有一个共同特点：房子屋顶前后有明瓦窗，由一块或大或小的正方形玻璃担当司职，增加房屋的采光，让屋里更亮堂。但做工不好，下雨天雨水会从明瓦窗边流下，所以雨后天晴的日子，请瓦匠爬上屋顶补明瓦窗边的泥石灰是常有的事。从生产队也有小土窑烧砖瓦这件事情可以看得出当时的砖瓦质量不会太好，有的小青砖稍微用力一碰就断成两截，甚至三截的也有。在经验丰富的瓦工师傅看来，这个砖没有烧透，好的砖敲起来铛铛响。但没有办法，就连这样的砖也还是托人才买到的。公社砖瓦厂生产的八五砖质量当然好，但供不应求。

1984年公社解散后不久，小土窑也瓦解了。公社解散变成了镇的同时，河头公社砖瓦厂也改名为河头镇砖瓦厂。砖瓦厂继续红火了好长一段时间后，才慢慢衰落，最终退出了河头人的视野。

20世纪80年代后期那几年，在河头农村各地，经常会看到房前屋后，或东墙或西壁，高高竖着一排染了青苔的黄砖，被堆在脚边的几层瓦片紧依，丝瓜藤爬上去旁若无人地开黄花，高兴结几个瓜就结几个。丝瓜藤在秋雨里枯去，在北风中变干，做了羊草或在灶堂里吐一阵青烟噼噼啪啪热闹地化为灰烬。这些砖瓦是找人批条子才买到的，雇拖拉机运到村口，请村里或者亲戚中的劳动力帮忙从拖拉机卸下堆叠在一起。请人出劳动力不用付钱，只需一顿带点荤的菜、几杯水酒就可以了。

石灰石有用船从水路运到河边，也有用拖拉机送到村口，劳动力把它挑到预先挖好的深坑边倒下。这泡石灰的深坑应尽量靠村里池塘不远，因为泡石灰需要担水；深坑一头也必有一面积较大的浅坑，木片做的阀门将深浅坑分开。有临时挖的小浅沟将浅坑与池塘相连排放之用。泡石灰照例至少2人，通常还有1人专门负责担水（视坑离池塘远近而定）。并按照指挥用畚箕把石灰石倾倒浅坑里，指挥的人用五齿钉耙不停地前后左右拨弄那些石灰石，让石灰石可以充分没入水里。石头与水接触后龇牙咧嘴地分解，发出"咕噜咕噜"的声音。浅坑里到处冒着水泡，深坑浅坑被热气腾腾的雾气笼罩着，小孩远远地看，心里想着"要是放一个鸡蛋进去是不是会煮熟呢"，不一会儿石头喝足了水就没了原形，等水泡冒得差不多的时候，总有几块冥顽不化的石子被五齿钉耙从浅坑里捞出来放在坑旁边，黑色居多。木头阀被打开，泡好的石灰流进深坑。"哗"一声，浅坑里又倒入一畚箕石灰石，周而复始。随后的十天半月里，小孩子们小心走过石灰坑时往往会被坑里的水吸引，清澈见底，忍不住想喝上一口，但终究没有，大人交代得很清楚：有毒！再过上一段时间，坑里的水慢慢干了，当白白的石灰开始会咧嘴笑的时候，一张塑料油布覆盖在坑里，然后是草甸，然后是泥土。人可以在坑上正常走，推着重车走也没有问题。直到有一天，土被翻开，草甸、塑料油布被瓦匠扔到一边，还没来得及适应外面的阳光，石灰就被挖出来被掺入草茎，一顿粗暴地搅拌，洋锹把它倒入灰桶，瓦刀又挖出放调泥板上，它还没开始挣扎，立马就被瓦刀抹上了墙。开始还面黄肌瘦，过了一段时间倒变得越来越白净，让主人很是满意。被泡好的石灰在深坑里有的要蹲好几年，就是蹲上七八年也不奇怪，换了主人的也有。

1990年后那几年，预制水泥板开始作为重要的新型建筑材料渐渐登场了。那时候，河头境内只有两条公路，一条是常金公路自东向西贯穿河头南，一条是由南向朝东南方向的赵庄至尧塘的公路。但无论是哪条公路边的树荫下，还是通往各乡村的大道上，经常会看到以前少见的小毛驴。小毛驴拖着长长的板车，板车上躺着两块预制水泥板，预制水泥板被小毛驴运往各个乡村。江南农村第三次大规模砌房造屋时期已经来临。

这时，改革开放已经进行了十几年，社会经济开始腾飞，国有企业、乡镇工厂、民营公司都获得了很好的发展，家庭联产承包责任制对农业经济发展的推动日益明显，时不时有新的经济作物栽植在原来种植传统农作物的农田中，今天种草坪、丝瓜，明天栽药材、桉树。村民收入增加很快，另外中国农民有勤劳节俭的传统，所以很快就聚集了可观的财富。3层高的小楼房越来越多地在河头各地竖起来了。

第三时期新建的房屋以楼房为主，大多3层楼高，一时手头紧的人家也要建一间3层楼，即使暂时钱周转不过头来也要先建平台，但地基还是按楼房的要求先打好，等经济宽松时再建。楼房以砖瓦结构为主，楼板为水泥预制板，预制板由水泥和规格不一的钢筋组成；用水泥钢筋现浇的楼房也有，少，但后来也慢慢多了起来。扎钢筋工成了时髦的技术工种，吃香了一阵子。即使是砖瓦结构，也不用掺杂了草茎的泥灰砌墙，改用水泥。屋顶式样还是传统有坡度而非现在城市里普遍的平顶。往往有前后阳台，露天未被封闭。那时候前阳台主要用途是晒衣服，也晒其他东西，后阳台则被用来堆放杂物等。虽有3层，但顶楼通常不住人，前后仅留一玻璃小窗，需要的时候可以从小窗爬出去到屋顶，平时紧闭着，所以顶楼大多黑漆漆的，但会安置电灯供人偶尔上去的时候照明；顶楼多用来存放平时不常用的物品，包括农具。

从顶楼的用途可以看出，楼房不仅仅满足了人们居住的需求，基本做到了1人可以住1间。这样的房屋更坚固、更安全，窗更大，房间的采光性更好，天花板、新式窗帘使得房间更美观。与以前居住的房屋相比，最大的变化是马桶、尿桶被移出了卧室而有专门的地方放置，痰盂在卧室普遍使用。这些都可以看出农村经济条件的变化，人们生活水平的提高，充分体现了改革开放所取得的丰硕成果。

除了房屋的变迁，从屋中物件的变化也可以感受到农村已发生了翻天覆地的变化。第一时期新砌房屋中的物件与之前基本上没有变化，人们坐着旧板凳，老台子上放着旧油灯，破旧的棉絮被和衣裳存放在破旧衣柜里，昏黄的电灯泡还时不时跳闸。过年或者遇到婚嫁才添置服装。到了第二时期，多了八仙桌、新添置的五斗柜、大柜里有新的衣服，大床三面有竹篾编织带有对称图案、福字寿字的嵌席，除了瓦

匠，裁缝、木匠、漆匠、篾匠、雕匠一天比一天忙。家里新的东西慢慢多起来了，但基本上没有值钱的，除了自行车，有的人家会有缝纫机。这两个时期房屋的大门随时可以被卸下，钥匙大多放门旁钉子上，屋子里面确实没有什么值钱的东西。第三时期就有了质的飞跃。电视机、洗衣机、电风扇几乎家家都有，新式组合式家具也有，里面堆放着不少新衣新裤新被面。不久电话机也出现在床头、堂前的横几上。在进入本世纪前，河头农村基本实现了"楼上楼下，电灯电话"的愿景，这在十年前是根本不敢想的。

第三时期是河头农村最辉煌的时期，也是解放后农村人口最多的时期，所谓盛极而衰，直到今天再没有大规模的砌房造屋的情景出现。随着城市化进程的加快，农村人口大量锐减，特别是年轻人纷纷离开农村，脱离农业生产到企业、贸易公司上班，或者去城里街镇开店做生意，他们获得的收入远比从农田里获得的要多很多。如今，大规模砌房造屋的场景在农村很难见到了。

上梁抢梁

叶林生

历代民间都把砌房造屋看成是喜庆大事,主家和工匠都十分看重,特别是上梁的时候,更视为一种节庆时刻,有严格的仪式和规矩,并代代相传。而抢梁则是与上梁相呼应的一种风俗,图的是祈福和吉利。

过去砌新房都要选个日子举行上梁仪式。民居屋架结构中,正屋正顶一根桁条为"栋梁",一向被人们视为镇屋之梁而倍加重视,上梁就是指安装这根桁条。桁条和柱上挂红绸,红绸下垂清顺治铜钱一枚,取"平安和顺"之意。

上梁前先供梁,主人家要摆上鸡、鱼、肉"三牲"供品。主持祭梁的木匠师傅筛酒祭天、祭地、祭八方神灵。接着是烘梁,主人家拿上精选的芝麻秆、麦秆等,由负责上梁的师傅象征性地点着烘一下桁条。烘梁时,木匠师傅高声说好话:"烘烘木龙头,代代出诸侯;烘烘木龙腰,黄金通担挑;烘烘木龙尾,做官清如水;烘去再烘来,添喜又添财……"然后是浇梁,主人家递上酒,由负责上梁的大师傅浇洒在桁条上,并高声说好话:"酒浇木龙头,发财天天有;酒浇木龙腰,长衫换蟒袍;酒浇木龙尾,你家出千岁;这边浇到那边来,主家发福又发财……"

此时,主家人递上满满几箩筐点心、香烟和糖块、水果,由顶上的工匠以绳子拉上去,同时以红布或红被面,裹上两条云片大糕(喻步步高),由瓦木匠扛梁登梯。当然,那云片大糕里还裹着可观的红包(喜钱和香烟)。随着扛梁师傅一步步登高(由于桁条较重,桁条两头会拴着绳子,师傅在扛的同时上面还会有人在拉),家主燃放鞭炮,木匠在顶上高说赞词,如:"下有金鸡叫,上有凤凰啼,此时正上梁""添喜添财喜连连,富贵荣华万万年"等。家人、亲友和围观者齐声呼和"接口彩"。在扛

梁或用绳子拉梁慢慢上升时,梁的东端应高于西端而上,因东首为"青龙座",西首为"白虎座",白虎要低于青龙。

大梁扛(拉)升到堂屋脊上并待敲进榫内时,抢梁开始。瓦匠、木匠将主人准备好的点心、糖块和水果撒到围观的人群中,并又一次大声说好话。围观的男女老少边应和,边在地上抢拾。此时,鞭炮齐鸣,点心、糖果纷飞,人们热烈哄抢,气氛达到了高潮。当晚,主人家操办上梁酒,宴请工匠、亲友。

上梁是建房最主要的一环,应择于"月圆""涨潮"时辰进行,取合家团圆,钱财如潮水般涌来之意。上梁时如家人生辰时刻与上梁时辰相冲,必须避开。

上梁时还会贴"上梁喜逢黄道日,竖柱巧遇紫微星"之类的对联,有些地方人家用黄或绿色纸,忌用红纸。上梁盼雨,意"及时下雨,生活富裕"。上梁之日,四邻用红布作旗,挂在自家的屋脊上,以免被占风水。诸如此类禁忌,等等不一。

现今,农村建房造楼更加考究,但旧时的抢梁情景已不多见。不过,河头地区还有许多过去建造的房屋,有些房屋的梁上,至今还可见到当年上梁时挂着的红绿绸条呢。

名人乡贤

逸樵夫子汤蓉镜

胡金坤

河头镇上有一座古寺,叫龙兴寺,建于宋代,气势宏伟,飞檐翘角,雕梁画栋,寺西有一"芸草堂",是寺里和尚诵经修禅的地方。

龙兴寺有善男信女捐助的庙田,共有15亩,租给麦穗村河湾里的农户,收些租金供寺僧居士日常开支用。

河头乡的寺庙很多,解放时调查统计,全乡有寺庙19座,和尚10人,道士1人,尼姑2人。解放后,这些寺庙大多办了村学校。我们不说庙里的和尚,说的是汤蓉镜老夫子,说他借用龙兴寺坐塾授徒的事。汤蓉镜,贡生。贡生相当于今天北大、清华的学生,科举时代州府县秀才队伍里的优秀者,被选拔到京都国子监深造的人,进了国子监,离进士及第只有一步之遥。

汤蓉镜、薛绍洲、孙仲修3人是当时唐安乡的图董,图董相当于今天的村长、乡长、汤蓉镜是同治二年(1863)在这里坐馆授徒的,历时28载,收授童生无数,其中入胶庠者就有17人。胶庠是清代学校名称,胶为大学,庠为小学,这里指的是秀才。

光绪年间金坛像汤蓉镜这样的贡生,还有李秉阳、于醉六,他们这几位都被选拔到京城国子监深造,享受过清政府每月的津贴。汤蓉镜未能进士及第,仕途未成,便回来坐馆授课。他坐馆的私塾与城里试院挂了钩,每届试院开考,汤蓉镜都有生源送去应试。

晚清几年,河头乡一下子冒出十多个秀才,名声上涨,令人刮目相看。乡里的4名乡董,9名图董,大多是秀才担任,且大多是汤蓉镜门下的弟子。

龙兴寺在清代被用来办私塾，民国十一年（1922）为乡公所，同年办新学，后来被供销社当作物资仓库，也做过眼镜厂。我在龙兴寺曾住过十几个晚上，偌大一个寺庙院落，一到晚上，静悄悄，蝙蝠、老鼠我一点儿不觉得害怕，毕竟这里是僧人待过的地方，又办过私塾学堂，文明礼仪之地。

龙兴寺当年的住持是洁月和尚，汤蓉镜在寺里是教书先生，洁月诵的是金刚弥陀经，蓉镜读的是四书五经，各有自我，佛儒二家，井水不犯河水。

有天晚上，他俩坐在芸草堂，秋虫唧唧，凉风习习，院子里两株梧桐亭亭如盖。忽然一阵风起，几片叶子轻轻飘落下来。洁月问蓉镜："汤施主，你说，这叶子是风摇而落，还是叶动而下？"汤蓉镜知道，这是洁月试探人的悟性。蓉镜俯下身子，拾起叶片，看了一眼，人生禅悟，无论何时何地，不管行往坐卧，即便这片落叶，尽可体悟禅界。

蓉镜回洁月道："这两片叶子，在我看来，一片是风吹落的，另一片是它自落的。"洁月笑了笑，不置可否，说："《楞严经》有一叶一如来，一花一世界，你我今晚，无欲无求，也比得上这两片梧桐树叶。"

龙兴寺后来的住持，是六和尚，七和尚，民国时期是浩元和尚，浩元和尚的弟子是妙中，解放后妙中和尚还了俗，娶妻生子。我在河头行医的时候，给妙中治过胃病，妙中还详细告诉我龙兴寺当初的庙门、石狮、大殿、菩萨、和尚宿舍的布局模样。

龙兴寺汤蓉镜的生徒，一下子考取这么多秀才，影响很大，汤蓉镜名字响亮起来，自古名师出高徒，所以慕名来这里的学生很多，不仅有河头的，还有城东、尧塘的，甚至还有邻县里庄桥、皇塘的学生慕名而来。

河头城东这一地区，有一个文学社团，名叫"青云阁"，一批文人聚集，聘汤蓉镜夫子当群主，定期出个"同题"，有"洮湖夜月赋""三之日干耜，四之日举趾""王政，首在养老，足其衣食"这些同题，各自写好定期上交，由阅卷老师评述辅导，这叫"面课"。阅卷老师根据作品优劣，评述一番，在文稿上写段评语。汤蓉镜看到好的文章，给的评语十分精彩，"下笔如老吏断狱""如此奇才定当破壁飞去""一语抵百"等等。

若干年后，他的爱徒李源著有诗集《竹溪诗草》，呈汤蓉镜审阅，汤蓉镜为其作

序:"同治甲子吾始馆河头历至二十八年,其间从学诸生而以诗赋著者惟李氏李源为最,延至光绪丁酉,余老耄无能,而于诗文一事荒废已久,一日以竹溪诗草一卷细阅之,神味隽永,清而自腴,其诗脱胎唐宋。光绪丁酉岁暮逸樵乃占氏题。"

汤蓉镜晚年,撰著《逸樵夫子诗集》,李源为恩师做编辑。李源写道:"唐宋几支笔,先生一手持,今年夏五月,榴花照砚池,奇语警鬼魅,老笔蟠蛟螭,命源代编辑,源也何敢辞。"

汤蓉镜为学生作序,李源替老师编辑,师生情谊,跃然纸上。汤蓉镜写得一手好字,上塘庙《祠山行宫》匾额四个大字,金光灿灿,就是汤蓉镜的墨宝。汤蓉镜在光绪二十八年(1902),为汤氏家族"六和堂"续修宗谱二十七卷。

汤蓉镜死后,李源为恩师写挽联:"一别千古,心丧三年。"汤蓉镜没有画像留存下来,我估猜他,脑后有条长辫子,身穿一件长袍子,脚上一双布鞋子,干干净净,温文尔雅。

亦佛亦医亦诗人——李竹溪

胡金坤

李竹溪,字源,金坛河头人,生于同治五年(1866),殁于民国十三年(1924)。李源精诗词、工书法,著有《竹溪诗草》四卷,清末民初,在金坛风靡一时。文人评他"笔底驰驱有鬼神,几疑风格是唐人""吟罢竹草溪,骚坛独让君"。

李源出身贫寒,居大东南庄,因村子四周桑竹茂密,溪流潺潺,故取名竹溪。少年李源就读于龙兴寺的私塾。龙兴寺是河头镇上的一座古寺,寺内的"芸草堂"是李源与其同学的读书之处。坐馆的老师汤蓉镜,是为贡生,邻村番头人。光绪庚辰年间一个冬天,蓉镜贪杯沽酒于市。李源在寺前扫雪,良久才见老师醉醺醺踏雪归来,便疾步上前搀扶。师生一老一少、一前一后登上寺院阁楼。蓉镜推开轩窗,见雪花飞舞,乘酒兴随口吟道:"带醉上楼不用扶,凭轩四望影模糊……"李源在旁脱口而出:"连天拥地知多少,飞入池心一点无。"蓉镜一怔,如此敏捷联句竟出自一个14岁的学童之口。他一脸喜色,轻抚着李源的头:"后生可畏,孺子可教也。"

李源16岁考上秀才,正当踌躇满志时,父暴卒。他在守孝期间竟大病数年。光绪乙酉年(1885),19岁的李源住进龙兴寺,与僧同寝,钻研佛经。某年冬,天寒地冻,"芸草堂"芋火一炉,佛灯一盏,寺中洁月长老与李源围炉而坐。这时,佛殿鼓声响起,洁月长老问:"暮鼓晨钟里,消磨岁月曾?"李源答道:"不妨僧共榻,常为佛分灯。"洁月踱了两步,见炉火已灭,又道:"芋火一炉冷,茶烟半室凝。"李源听了,寒意顿生,忽见一只幼鼠从书桌上逃过,心想自己也和这只饿鼠一样,何时才可挣脱这个尘世,便回道:"也来饥鼠出,踏破砚池冰。"当晚,李源未能入眠,那只饥鼠不断在跟前来回晃动。 从那以后,他竟昏昏沉沉,一病不起。一日,他撑起虚弱的身体,

走到书桌前，提起毫笔，沾了点墨，写下："造物亦多事，胡为勿生我。生我二十年，胡为勿病我……"写到伤心处，泪垂稿前，一阵晕眩，躺到床上。

又是一年秋，李源当年在庭院栽下的两株梧桐已亭亭如盖。这夜，月光从梧桐叶的缝隙中洒落，凉风习习，秋虫唧唧。洁月拾起一片树叶，对李源说："你在蓉镜老师处，听说是问一答十、问十答百，这是因为你聪明过人。今晚这片落叶，是因为风摇而落，还是叶动而下，你能告诉我吗？"李源被问得茫然不知所措。从此，他放下"四书五经"，研究起佛家文化来了，他拜谒了许多寺庙高僧，写下许多儒佛并兼的诗词。

光绪乙酉年，李源乘舟至镇江，登金山寺。他在金山寺方丈的陪同下，眺望浩瀚长江。他被这里的山水气势震动，当即题壁："岳峙渊滓，山川劾灵。万邦瓯固，四海镜清。京口三山，吴楚之屏。上控岷峨，下接沧溟。东望海岛，波澜永平。"这就是当年誉满大江南北的《京口三山诗》。

李源中年时，正处于庚子国变的混乱时期，李源痛心山河破碎，他的字里行间渗透了对时局的不安。他在《联军入寇京城失陷感有赋之》一诗中百感交集，有"万国联军赴吉林，胡兵百万驻中华"的愤恨；有"将亡谁执三边印，谁能汗马早成功"的希冀；有"手无寸铁空惆怅，误国庸臣实厚颜"的怨愤。李源情操忠贞，关心国事，伤广东诸义士（黄花岗七十二烈士），吊秋瑾，惜康（有为）梁（启超）。民国建立后，李源还写下了诗句："阳历初颁新甲子，汉家重整旧山川。"

宣统二年（1910），李源年过40，他的妻子已于13年前去世，他一直过着"可怜子女俱幼，索母哀啼倍怆神"的生活。李源觉得仕途无望，开始寻找新的生活坐标。这时，瘟疫天花在全国流行。李源看见村里的天花患者一个个死去，他一是为求生计，二是存心救世，便毅然放下诗稿，钻研医术。李源对阴阳五行八卦之理本就十分稔知，学起医来，驾轻就熟。他以独特天赋，自学成才。未久，便受聘于河头"恒泰裕药铺"坐堂施诊。后来他自立门户，开了一家"人瑞堂药店"。再后来，又到金坛城里的小沿河巷开设诊所。数年间，求医者络绎不绝。

李源的医道和他的诗词一样出色，行医20年间，他积累了丰富的临床经验，并注意搜集秘方，整理出《中医秘方集》四卷，撰著《医门五经》一书，此书在民国初期出版，被北京图书馆收藏。

李竹溪一家三代，中医世家。那时没有体温表听诊器，靠的是望、闻、问、切，3个手指把脉息，1支毛笔开药方。当地百姓有"医不三世，不服其药"的说法，李竹溪的儿子李灵书、孙子李连生，都是继承父业，李灵书后来在公社卫生院中医科，李连生在医药公司河头中药店坐堂。

李竹溪除了行医，还上山采药。他有《采药歌为陈亚儒作》一诗，诗中借刘阮二人在天台采药遇仙女的典故，写得意境盎然："提筐脚踏白云走，一笑白云飞入口。从我采药其谁与，白猿在前鹤在后。忽然仙风天外来，飘然吹我到天台。刘阮相识不相猜，相与一醉卧瑶台。"

竹溪行医时，传染病天花流行，死者甚多。李竹溪写有一诗《咏痘》："昭关虽曰险，犹放伍胥逃。界初人鬼判，权竞生死操。灵药从何觅，踟蹰首自搔。"

李竹溪行医，忙于医药，少有时间写诗。冯煦七十大寿那年，李竹溪提笔，写和蒿叟冯煦步韵诗6首，其中写道："迟君出世十三年，十载悬壶愧药师，与君俱是不逢时，砚台久废切磋少，未敢逢人便说诗。"

河头镇上，中药铺有好几家，早年有王昌文开的药店，有恒泰裕药店、众德堂药店。中医也很多，有陈再金、薛善清、薛绍基，后来有徐荣年、钱德明、陈栋、庄中和、李灵书。

众德堂药店，在河头街上没开几年，民国早年，李竹溪进城发展，他李竹溪的名字仅用于诗集，医界的名字是李顺源，在小沿河巷开设了李顺源中医诊所。

城里这个医药林子比乡下大，中医很多，有宣致和、彭履初、贡肇基、陶鼎、雷周绪；老药店也多，有益寿堂、保安堂、许广生。李顺源挤入县城这个林子，他的名字逐渐被人传开，"秀才行医，白菜作斋"，即是说由儒转医，力省而功倍，容易成名。

李顺源的名字被载入史册，收录在李夏亭编著的《常州历代医家史志》一书中。李顺源医著《医门五经》一卷，被北京图书馆收藏。我收集有该书扉页上作者的照片。

李竹溪是著名诗人，著有《竹溪诗草》四卷，《金坛县志》《河头镇志》均有记录，行文也很多。不过，对李竹溪的研究，绝大部分都是他的诗词，介绍他医药成就的文字很少。早些时候，我曾写过一篇"亦医亦诗李竹溪"的文章，登载在《金沙周刊》上，介绍他的一段医药经历。

　　李竹溪去世后，葬于大东南庄。许多年后，百姓还扶老携幼，到他的坟前祭拜。文人怀其文，百姓感其恩。乡人哀曰："良医不易得，庸医实太多，公去苍生谁利济！"

一代鸿儒徐养秋

赵永青

徐养秋（1887–1972），字则陵，江苏金坛人，1887年农历七月二十日出生于河头。4岁入私塾，15岁远赴武昌进方言学堂，学习英语、算术等新文化课。1904年，返乡参加清朝最后一次科举考试，得中秀才，时年18岁。

1905年，清廷宣布废除科举考试，徐养秋先生返回武昌入博文书院。1906年入南京汇文书院继续学习西学，1910年入金陵大学，其间与陶行知先生共同创办《金陵光》杂志，被公推为首席中文编辑，发表了多篇针砭民国教育弊病、呼吁改良教育体制的文章。1914年与陶行知一起以优秀毕业生的身份在毕业典礼上宣读毕业论文，论文的题目是《中国文学之变迁》，获文学学士学位。1917年赴美留学，先就读于伊利诺伊大学研究院，1918年获史学硕士学位，之后入芝加哥大学攻读史学及教育学，1919年入哥伦比亚大学攻读教育学博士学位。1920年应南京高等师范学校之聘回国，任教授兼历史系主任。1921年在南京高等师范学校的基础上成立东南大学，徐养秋先生仍任该校教授兼历史系主任。1923年陶行知辞职赴京，徐养秋先生先后接任教育科主任并教育系主任。1927年离开东南大学，应安徽教育厅厅长韩安之邀，赴安徽任教育厅一科科长。

1928年返回南京，任国民政府外交部条约委员会专任委员，从事不平等条约的研究并参与重新签约工作，同时受聘金陵大学任教授，1930年创建金陵大学中国文化研究所并任所长。1937年抗日战争爆发，与李小缘、商承作、王古鲁等人携带研究所重要图书转移到安徽屯溪，后安放于江西婺源，抗战胜利后该批图书全部运回金陵大学，成为今天南京大学馆藏的重要组成部分，先生为保存宝贵的图书文献作出巨大贡献。1938年抵成都，复任金陵大学原职。1939年任重庆南温泉中央政治学校外交系教授。1940年兼任贸易委员会研究员。1944年任交通部主任秘书。1946年重返中央政治学校任外交系教授并教务处副主任。

1947年受中央大学邀请，返回南京任国立中央大学师范学院教育系主任，不久任师范学院院长。1949年冬辞去师范学院院长职，并推荐陈鹤琴继任，专任南京大学教育系教授。1952年全国高等院校院系调整，成立南京师范学院，任教育系教授。1972年8月病逝于南京，享年86岁。

徐养秋先生执教杏坛逾50载，早期教授西洋文化史及史学方法，是学界公认的"我国真正读通西洋史的少数几个人之一"，为著名的西洋史学家。其教授的史学方法在国内属开拓性专业，具有权威地位。后专攻教育学、教育史，兼及外交史、条约论。先生学贯中西，国学功底深厚，诗词造诣甚高，又精通教育学及教育史，被时人誉为"中国的孟禄"。

徐养秋先生为民国翻译大家，译著颇丰。与梁启超、王云五、任鸿隽、朱经农、竺可桢等共同校译、由商务印书馆出版的英国大文豪韦尔斯所著《世界史纲》，至今仍然为读者所喜爱。主编翻译的《科学与世界改造》一书作为中华教育改进社丛书，由商务印书馆于1929年出版。台湾商务印书馆于1966年和1972年多次再版，成为长期畅销于市的经典好书。该书的出版，对于普及科学知识、开启国人心智，起到了积极的作用。

徐养秋先生授课内容丰富，逻辑严谨，讲解精辟，重在"授人以渔"，教学生以做学问的方法，俾学生能谙其源流，辨其优劣，了然其发展脉络，培养出一大批史学及教育史名家。

徐养秋先生重视教育实践，积极探索教育改革之道，是中华教育改进社的骨干成员，任中华教育改进社历史教学组、教材教法组和美国教学组主任干事；继蒋梦麟、陶行知之后任《新教育》杂志主编；受"新学制课程标准起草委员会"的委托，于1923年编制了《高级中学公共必修的文化史学纲要》，由全国教育联合会颁布。《纲要》在教材内容、教学要求、教学方法以及体现的教学思想等方面都具有开创和独到之处，对后世历史教学大纲和历史课程标准的制定产生了深远影响。先生事必躬行，致力于平民教育，陶行知先生创办的晓庄师范之"晓庄"二字即为徐养秋先生所取。他对陈鹤琴先生从事的幼儿教育事业也给予大力支持，不仅在资金和人员上提供帮助，还将自己的3个适龄儿女送进陈先生创办的南京鼓楼幼稚园，让他们成为幼稚园的首批学童。先生还参与了《学衡》杂志的创办，并为《学衡》撰稿。

先生毕生致力于教育史研究，数十年来，所积资料盈筐，晚年以所积汉代教育资料为基础，循科学分析之方法，本严谨治学之态度，著就《汉代教育史》一书，系统阐述汉代教育设施之三个阶段，即书馆、县校郡学、太学教育，并对各个阶段的教育组织、教育内容、教学方法等均据史料进行科学说明，实为一部颇有价值之著作，不仅在研究我国古代教育制度与方法上独树一帜，而且对研究世界教育史亦颇有借鉴。另有《条约论》遗稿一部，约50万言。

徐养秋先生为一代鸿儒，史学与教育名家。他终其一生，淡泊名利而潜心治学，谨言慎行而循规蹈矩，学贯中西而不骄矜自傲，桃李满园而甘为老圃。其为人为学之道，治理治事之功，必将与世长存，令后人永受其益。

我的外公

赵永青

我在外公身边生活了将近10年，整个青少年时代都是在外公抑扬顿挫的吟咏声中度过的。顽皮的少男少女，慈祥的智慧老人，任凭窗外雨疏风骤，小楼里永远是欢声笑语。直到史无前例的灾难到来，家被抄、人被斗，我们的欢笑声才戛然而止。

我们只知道外公是一位"大教授"，有着很大的学问，却对他的过去一无所知——因为他从不对我们"话当年""忆往昔"，过去的一切都被他牢牢地尘封于那阅尽沧桑的大脑里。

经常看到家里有客人来访，亲戚，朋友，更多的是外公的同事或者学生，但我们忙着玩自己的把戏，才不管他们是哪路神仙。外公的书房里书报垒成墙，字画堆成山，抽屉和箱子里全是各种信件和文稿。当时视而不见的人和事，包括外公堆积如山的"杂物"，今天才知道都是宝贵的"史料"，但"人事有代谢，往来成古今"，外公的那些"积蓄"也在浩劫当中有的被抄走，有的被付之一炬。俱往矣！

从未想过为这位和蔼宽厚的老人写传，也就没有资料的积累与珍藏。前些年母亲陆续收到南京大学、南京师范大学编写的校史，以及外公好友同事的子女寄来的回忆纪念他们父亲的书籍和文章，也勾起了她对父亲的思念。母亲记忆中的外公，是位沉默寡言的长者，但心地非常善良，对同事热情敦笃，对学生宽厚慈爱。与陶行知、陈鹤琴是挚友，晚年和郭中一、"罗胡子"（母亲只记得他蓄有长长的胡子，经查证，这位"胡子伯伯"，就是罗良铸先生）、刘国钧等金陵大学的同学与同事来往最多。至于外公的学问事功，则了解不多，只有模糊的印象。这也引起了她老人家搜集整理有关外公史料的紧迫感。在她和三姨的号召下，散居世界各地的徐氏后人全部动员起来，经过一年多的查找，汇集到一些十分珍贵的文字资料，其中有三姨徐纬英保存的外公原始档案、几盒备课用的资料卡片、《汉代教育史》和《条约论》手稿等珍贵资料和一些残存的诗稿。其他人有的提供了老照片，有的回忆与外公在一起时的点滴小事。在两位老人的组织下，经过大家的共同努力，《徐养秋追思录》于2006年出版了。

这本书只局限于家人所掌握的"内部"资料，没有进行更广泛的搜集与访寻，因此更多的是忆念与追思，学术价值有限。此书出版后，在社会上引起一定反响，一些研究教育史的专业人士纷纷写信表示祝贺，还热心地提供徐养秋的教育学术线索，更有青年学者索求更多有研究价值的资料。这也促使我们重新审视外公的人生经历，把视角转移到他所从事的教学与学术研究领域。在母亲的指导与督促下，我们开始了大范围的资料搜索与挖掘，动员一切力量，从外公的童年开始，直到逝世，举凡与其有关的回忆、信件、文章、历史档案、报刊、地方志、图片以及口述记录等均收集在案。经过四年多的努力，终于积累起一批十分有价值的资料。对这些资料进行分析整理后，我们对"徐养秋"这三个字的符号意义有了新的认识，对外公这个"人"有了比较清晰的概念，一位栩栩如生、声情并茂的民国学者的形象巍然屹立在我们的眼前。

外公以86年的坎坷历程，画出了一条优雅而丰满的生命曲线。他的教学业绩、学术成果以及人格魅力，让我们深信他是一位颇有研究价值的教育专家和著名学者。

外公是一位酷爱读书，嗜书如命的人。他终生以读书为最大乐趣，以教书为天赋使命、以著书为不朽盛事。读书、教书、著书，成为他生命中的三大支柱。

他4岁启蒙，16岁远赴武昌方言学堂学习新学，18岁考中秀才后又在汇文书院和金陵大学学习8年，27岁大学毕业，教学3年后赴美留学，33岁回国任教。从这段学习履历，我们可以看到一个孜孜不倦、求知不止的青年学人的身影。在那个世事更迭、动荡不安的年代，他能够坚定地行走在求学的崎岖小路上，且乐此不疲。因为他学习的目的纯正，所以才能内心淡定地沉浸于书香之中，不疾不徐、不浮不躁，尽情享受着读书的乐趣。将近30年的潜心学习，他已经成为一位该洽经史、精研西学的饱学之士，但是他仍然没有停止在学海中的遨游，手不释卷的习惯保持到生命的最后一刻。即使在"十年内乱"之中，他仍然坚守书斋，与劫后幸存的几套线装古书朝夕相伴，在古诗之中寻找精神上的慰藉，于吟咏长叹之中抒发内心的郁闷。他始终坚信，读书是进入精神家园的唯一途径，读书是人格养成的最佳手段；读书可以丰满孤独者的内心，可以开拓人类的宏观视野，也可以成为逃避人生烦恼与尘世喧嚣的世外桃源。他更坚信，几千年的文化传承，不会因一时的暴虐摧残而就此烟消云散、万劫不复。他经常教育我们几个后辈，人不可不吃饭，也不可不读书，心灵上的营养比肌体上的营养更重要。一个人如果不读书，便会变得愚蠢野蛮，庸俗狭隘，目光短浅，困顿终生。不论环境多么艰难，他都坚定地相信：大学早晚会恢复，教育终究会复兴。因此，他经常监督我们在家中学习英语，背诵古诗，临摹字帖。当我们提出抗议时，他总是耐心地给我们讲解古书中的有趣故事，描绘诗词中的美妙意境，以此引导我们养成对书的亲近感，进而自觉地投入到知识的海洋，去探寻科学领域的奥秘。他使我们懂得了读书是走向成熟与智慧的必由之路。以是观之，他始终是一介温文尔雅的书生。

外公在郭秉文校长的鼓动下，放弃了博士学位的学习而回到祖国，开始了终其一生的教书生涯。在哥伦比亚大学，我们查找到了外公的学生档案，才知道他是以博士研究生的身份在哥大师范学院（Techer's College）注册学习，研究方向是中等教育，并已经开始博士论文的撰写。从专业的选择上，我们可知他学习的目的非常明确，即以教育为己任，将教育作为自己的终生职业。以史学（包括教育史）为学问根基，以教育为职业目标，学问渊博而精通教育，这也许就是郭秉文校长称赞他是"中国的孟禄"的原因吧。因此，一踏入人才济济、高手如云的南高师，他便被委以重任，先是担任历史系主任，后又接替陶行知任教育科主任兼教育系主任。从南高师到东南大学，7年里他在南雍讲坛上充分释放自己的能量，在"讲座风生"中获得最大的满足。除了教育，他还积极参加了中华教育改进社所实行的所有教育改革与创新实验运动，从"平民识字"到开展农村教育，从"三三制"推广到道尔顿法的试验，从陶行知的晓庄学院到陈鹤琴的幼儿教育，他都是重要的支持者和参与者。他起草了《高级中学公共必修的文化史学纲要》，学者评价："从理论价值上看，历史教育发展史上第一次将历史教育与科学方法和科学精神紧密联系在一起，徐氏可算第一人。可以说，徐氏为中国学校历史教育的发展指出了一条科学之路。"各种内忧外患，甚至炮火纷飞的战争，都没能改变他的人生轨迹。他曾经有过诸多的选择，可以掉转前进的航向，驶向为官或发财的轨道，但他却义无反顾地选择了既定的路径——坚守教坛，远离政治，不党不私，洁身自好。

外公从青年时代起就对教师的职业素养，即"师德"的重要性有着非常清醒的认识："师固未必贤于弟子，然必有贤师而后有贤弟子""盖教育界之清苦非真学子非热心家不能耐也""愿吾敬爱之青年，本纯粹之志趣以求学，毋糅合以权利思想，则道德日高，学术日精，国家并受其福，岂不懿与"。他认为，"训练彻底，精神纯正，兴趣深厚"方为好教师。

从南高师到安徽省教育厅，从金陵大学到中央政治学校，从交通部到重回中央大学，他职业生涯的主线都系在教学与教学管理工作上。1956年外婆的不幸逝世对他的打击是巨大的，从此他以将近70岁的高龄彻底告别了大学讲台。他一生心系教育，命托讲坛；以育人为己任，视教育为宿命；以教书开始职业生涯，以教书作为生命的终点。以是论之，他是一位精神纯粹的教育家。

从外公的同事和学生的回忆中，我们看到了一位年高德劭、品学超群的谦谦君子。他为人谦和，不喜张扬，踏实任事，正直守真。在与同事的合作当中，始终担当坚实的基石，默默付出而不求回报。无论是处理校内的科系业务，还是兼顾中华教育改进社、中华平民教育社等社会教育普及工作，他都同做学问一样勤勉细致、一丝不苟。在他任职东南大学教育科主任期间，东大一直是黄炎培、陶行知等人的坚强后盾，为他们所从事的教育改革与文化普及事业提供了巨大的人力与物力上的支持，东南大学也成为中国教育改革实验的中心、人才培训与经验推广的基地。对于陈鹤琴先生所从事的幼儿教育事业，他更是给予了全力的支持，"东南大学鼓楼幼稚园"就是在他的全力支持下才得以建成，成为我国第一所具有现代意义的幼儿教育专业机构。他参与甚至领导了当时几乎所有重大的教育改革、教育实验、教育推广等活动，担当着十分重要的角色，但是当每一项事业获得成功之后，他都退到了幕后，回到了东南大学教授的本位。他从来没有把自己视为社会活动家或者社会名流，他始终清醒地保持着"薪火相传，弦歌不辍"的"教书匠"本色。当人们把鲜花和赞美献给那些获得巨大社会荣誉的朋友或同事时，他总是带着发自内心的微笑向他们表示祝贺。

外公是一位温文尔雅的老人。借用《论语》里一句话，就是"望之俨然，即之也温"，听其言则幽默风趣。外婆是大家闺秀，却有着典型的"刀子嘴，豆腐心"的性

格，说话嗓门不小，外公却从来没有大声说话的习惯，任凭外婆如何吵嚷，外公总是慢声细语，一句幽默风趣的话，就会把外婆逗笑。在外公的"文明"面前，外婆不得不放低音量，和颜悦色地和外公交流。二人感情甚笃，一辈子相濡以沫，不弃不离，总有说不完的话，让儿女们敬佩不已。其中一个最重要的基础就是外公对感情的忠贞不渝、对家庭的精心守护。

他们一生共育有9个儿女，经历了多次战火的摧残，四处逃难，但最后还是全家团聚，不少一人。这全赖外公以一己之力所撑起的擎天大伞，他以顽强的精神和不弃不舍的毅力，保护住全家人，并把他们都培养成出类拔萃的有用之材。晚年在家，陪伴在他身边的，除五姨一位大人外，都是些"小毛头"——表哥和表姐最大，我居中，表弟最小，都不过十余岁。放学回到家里，我们总是要闹腾一阵才能安静下来。外公在自己的书房里看书，被吵得实在受不了，便高声吟诵，以示警告。他从不对我们发脾气，说话慢声细语，语气温和，即使我们犯了很严重的错误，他也从来没有大声呵斥过，而是在适当的时候，用讲故事的方式来告诉我们什么是对，什么是错。我们第三代人受其恩泽，也已经各尽其能，事业有成。以是品之，他实在是一个宽厚仁慈的谦谦君子。

外公一生始终远离政治，专心教育，不汲汲于功名利禄，不戚戚于荣辱誉毁，平易近人，不狂不傲，全无时下被一些人炒作的"民国名人"的怪癖与绯闻。他视"往来古今，偶然而已"，认为人生"醒也偶然，梦也偶然。吾人一生自呱呱而泣，至于一棺附身，无往而非偶然。即身后之名传与否亦偶然，奚暇鳃鳃虑夫后人之知今年今日吾二人凭吊斯楼也哉"。这篇《游清凉山记》所表达的如此达观超然的人生态度，也使他没有为我们留下太多可资傲人、可载史册的皇皇巨著，更没有留下刻意为之而借以留名的"日记全编"。就是这篇我们费尽精神而勉力完成的小传，或许也会被外公视为"多余之举"。若如斯，还望外公宽谅。

河头的孩子

赵永青

　　丹金漕河在进入金坛的途中,河道突然从县城北门外悄然分出一个支流,穿过大中桥、莲珠桥、中塘桥、上塘桥,缓缓流入村中,并至此戛然而止,灌溉着4万多亩农耕田地。虽只是一条支流,当地人却不嫌其"瘦",仍然充满感激地尊称其为"河"。有了这条河,便如同有了母亲的呵护,小小的河头镇血脉通畅,精气充沛,具有了勃勃生机和杰灵之气,积淀起丰厚的人文底蕴。

　　金坛第一个赴美留学,后来成为我国著名历史学家和教育家的徐养秋先生就出生在这里。徐家曾祖徐腊子,太平天国年间带全家20多口人由安徽徽州逃难到金坛,前期暂居在西门的毛家坊,靠卖些南北货、茶叶、糕饼之类维持生计。经过多年的辛劳经营,渐渐积累起一份不小的产业。除了在河头镇等乡下拥有百亩田地之外,在金坛城内还开有大沿巷的大昌布店、东江思在街的裕隆布店、横街西新桥的晋康布店、县前街西的启昌南北杂货店和南新桥的恒升茶叶店。后来,紧邻戴王府,面对漕河盖起了两排二层楼房,每幢小楼的后面都有五进的平房,形成了一条一米多宽的弄堂,从县前街直通漕河边,名曰徐家弄。

　　随着产业的增加,徐家人丁也日渐兴旺,到了徐养秋的祖父主事时,徐氏门下已有五支近百口人。一日,祖父把儿女们都叫到身旁,将家产平分五份,各支一份,独立门户。徐养秋的父亲继承了河头镇的田产和开在南新桥西岸的恒升茶叶店。茶叶店与华祥发(华罗庚的父亲)开的棉花店隔着一条小河,两店里的人站在小河边即可以拉家常。

　　为打理乡下的水田,徐养秋的父亲带着新婚不久的妻子住到了河头,并建起了

一个大大的庭院。2013年2月6日,春雨霏霏,时断时续。笔者在如丝的细雨中来到河头镇,寻访徐养秋先生的故居。在村头路人的指引下,我们找到了老街。徐养秋先生的侄子徐勉吾一直住在这里,如今是勉吾的女儿和女婿守着老宅。暗赭色砖墙夹成一条狭长的小巷,宽不足1米,只可容1人通过,石板路面已经凹凸不平。进入巷子大约10米远,右侧有一双开木门。推门进入院子,迎接客人的是一株开得正旺的梅,黄灿灿的梅花在蒙蒙细雨中倍显鲜嫩。一栋3层小楼,是在原来地基上建起的。一楼是空旷的厅堂,只有一两样可以算作家具的十分简陋的物什。再往里面走是厨房,依然是烧柴火的土炉灶,并排两个大铁锅,烟囱像一面土墙壁立在灶台前。厨房的左侧有一小屋,里面放着一个书架,一把陈旧的木椅,从书架上陈放的书可以看出这是孩子的书房兼卧室。厨房有一个后门,直通后院。进入小院,右转就可以看到紧邻小楼,有一座薄青砖砌就的老屋。主人说,这就是徐养秋出生的老宅。青色的墙砖厚不过两厘米,一层层垒砌,如千层薄饼。由于随时都有可能坍塌,门上挂了一把锈迹斑斑的铜锁。透过门缝,可见老房已经破败不堪,院子里瓦砾遍地,一片狼藉,只有残存的梁画还依稀可见当年的繁盛热闹。

徐家的房子是沿河而建,出门即是流水潺潺的小河,河上小桥如月,徐养秋先生的童年便是在小桥流水的陪伴下度过的。后来在村外开凿了一条宽阔的新河道,这条小河便被填埋,成了一条小街,早些年沿街建起了许多小店,曾经兴旺一时。站在昔日的古河道处,望着新旧掺杂、逐渐延伸的小巷,遥想当年的情景,一种沧海桑田、物是人非的历史感从心底油然而生。

徐父饱读诗书,能诗善赋,为人善良,且具有非凡的经商才能。在他的苦心经营下,产业不断扩大,水田增加到200多亩;金坛县城里的产业也由一家小小的茶叶店发展成多家批发兼销售茶叶、日用百货、油漆等土特产品的杂货店。随着经营范围的日益扩大,货物的运输成了一件大事,徐父便购进了两艘货船。自家的货栈进出货物时,大船可以停靠店前码头,直接把货物卸到店后的库房里,平时则兼做运输业务,为城里的商家运送各种货物。

经商之余,徐父常和当地的儒雅之士聚在一起,说文论道,吟诗唱和,结交了许多朋友,其中就有两个成了儿女亲家。

历史的坐标定格在1887年。这一年的农历七月二十,风和日丽,莞草依依。河头镇的人们和往日一样，经商的在小店中吆喝迎客，种地的在田野里挥汗锄禾。突然，徐家的青石房里传出一声婴儿的啼叫，其声清雅悦耳，宛若天籁。一个男孩诞生了。在他出生之前，父亲就已经把名字起好了：养秋。

他安静地躺在母亲温暖的怀抱中，睁开眼睛，好奇地环视着这陌生的世界。一缕阳光透过窗子的缝隙斜映在墙壁上。他的目光追随着缓缓移动的光点，在洁白的墙壁上划出一条柔和的曲线，平滑顺畅，没有大起大落的波动和时断时续的跳跃，仿佛一条平淡无奇但流畅贯通的生命曲线，预示着他未来人生的走向。

夜幕徐徐降临。夜空清澈，星光璀璨，深邃的天宇中隐藏着讲不尽的童话故事。一缕月光轻轻地洒在婴儿的身上。如水的月色下，一盏油灯摇曳出奇妙的光环。妈妈抱着他，舍不得放下，略显苍白的脸上荡漾着幸福甜蜜的微笑。

爸爸站在床头，躬下高大的身躯，用慈爱喜悦的目光望着他娇嫩的小脸。他被包裹在浓浓的温馨和爱意之中。

"这孩子，天庭饱满，双眸有神，定是个天资聪颖的可造之材。"父亲端详着妻子怀中的婴儿，沉吟道，"乳名就叫肖穆吧，希望他能性格温和，穆如清风。"

"就依你。他能像你一样就好。"妻子随声附和。

"不，我要让他远远超过我！"父亲充满期待地看着襁褓中的儿子。

父母对儿子的美好期望，融入时光之河，缓缓漾淌，伴随儿子成长的脚步，沿着生命的自然路径顺势前行……

清晨，河头镇的小街，幽静清爽。青石板铺就的小路弯弯曲曲，一直通到村头。清凉的露水把小街石径浸润得有些湿滑。

村子四周桑竹婆娑，溪水潺潺。早起的鸟儿在水面欢快地唱着、舞着，迎接缓缓爬升的朝阳。初升的红日像一个富翁，撒下大把大把细碎的金子，把小镇点缀得金碧辉煌。

一个男孩蹦蹦跳跳地从一间青石老屋里跑来，欢快地唱着儿歌，头上的小辫子也随之调皮地一翘一摇。突然脚下一滑，险些摔倒。

"肖穆，你慢一点，当心摔倒。"爸爸一把抓住他的胳膊，"就要读书了，今后要学

会守规矩,不可乱跑。"爸爸说完,便挺起胸膛,迈开大步,走上石板桥,男孩调皮地吐了一下舌头,也昂起小脑袋,挺胸腆肚,捣着碎步紧随其后。

乡下的生活乐趣无穷。小肖穆每天除了跟在父亲的后边到田里去察看地里农民干活的进度和庄稼的长势外,便是和村里的小伙伴们一起满街乱跑。莞塘里的莞草茂密时,大孩子经常划条小船在里面寻找鹭鸶窝里的鸟蛋,肖穆则静静地坐在河岸边,等待伙伴们胜利归来。他从不上船入塘,既为安全,也是不打扰大孩子的"战斗"。

肖穆4岁那年,便表现出年少早慧、敏而好学的品质。为了给儿子提供良好的教育环境,父亲把家搬回金坛城内,住进了徐家弄1号。在这里,徐养秋开始了其学习生涯。

诲人不倦领航人

许菊兰

在河头街西南两三里外,曾经有一个学校坐落在这里,很多从这个学校走出去的学子心里,深深镌刻着这个学校的名字:上泗庄初级中学。20世纪七八十年代特有的九五红砖堆砌的墙,白色水泥柱架起的屋梁,红色的瓦。原野的田埂成了学校的围墙,风尘飘忽的三岔道口便是通往学校的门卫,整个学校的砖瓦赤红,在原野里飘曳,在岁月里散发着光彩。每当提起这个学校,学子们都有一份难以忘却的情怀,难忘同学之间的情谊,更难忘的是那些曾经给予教诲的老师,尤其是校长许明志。

多年后,我走访了老校长许明志。那份对孩子们殷切希望的气息,那份对原野上那座学校的深深眷念,那份岁月留下的怀念,心存感恩的情怀,融成温和的气息娓娓道来。

许明志解放前出生在复兴南山面的一个小村庄,是一个地地道道的贫穷家庭。他从小和村里几个小伙伴一起给几里地外的地主家放牛。能识几个字,能算账成为他小时候的梦想。他的一个舅爷认识在陇东庙里做和尚的师父,师父有点学识,和他的舅爷关系甚好,他得知后缠着他舅爷让他去做和尚,跟着和尚师父认字。终因他太年幼,家里父母实在舍不得,而未能如愿。

解放后,政府在各个村庄开始组建"冬校"。冬校,又称为扫盲班,就是冬天开设的夜校,冬天夜晚长,农事清淡。10岁的许明志就跟在大人后面去学校学习。扫盲班的老师见他聪明伶俐,年龄又不大,就动员他的父母,让他去两里地外的上泗庄初小读书,并帮他联系好学校。许明志心里甭提多开心了,他觉得读完小学就可以认字算账了，既可以帮上家人又可以帮村上人。在学校他特别珍惜学习的机会，特别用心，成绩在班上一直名列前茅。

小学毕业时，母亲不幸去世，村里正好成立合作社。村里缺会计，村领导到他家想让他辍学回家，十五六岁的他，在农村已是一个劳动力。老师心生不舍，爱才之心让学校朱弼老师亲自到他家中，动员父亲让他继续学习，鼓励他去考初中，他一举中得榜首。家中兄妹4人，负担重，犹豫再三的父亲最终还是让他继续学习。因为机会难得，他在学习中加倍努力，无限渴望获得新知识，做一个文化人，成为他向往的目标。

初中毕业后，很多同学都回农村，但他的老师爱惜人才，鼓励他考高中，他考上了金坛第二中学，成为金坛二中的第一届高中生。在校时，学校给予了他最高的奖学金，在校先后担任班长、团支部书记。高中毕业后，他参加了高考，考上了扬州师范学院。

回首往事，许明志始终觉得是新中国改变了他的命运，让他从一个放牛娃成长为一个有文化的大学生，成为一名光荣的老师，是党给予了他一切。恩师们的鼓励和支持，让他获得梦寐以求的知识。他从此心怀感恩投入到教育战线，为学生撑起一片蓝天。

毕业后的许明志，最先分配到了水北中学，后又到尧塘中学任校长。1982年，上泗庄初级中学在原野上筑起，当时的师资配备非常薄弱，许明志被调入学校任校长。整个学校连他在内只有3位公办老师，其余都是民办老师或聘用老师，以及代课老师。全校3个年级，5个班级，学生来自附近两三里的村庄。

"一个校长就是一个学校的灵魂。"教育家陶行知的这句话一直铭刻在许明志心里，在教学活动中践行。他自己是从农村走出来的，他深知农民孩子求学的那份饥渴。他暗自下决心一定要为孩子尽力提供好的氛围，让孩子能多学点知识，努力帮扶孩子，让更多的孩子走出农村。

七八十年代能考上中专、高中是一件很不容易的事情。"千军万马走独木桥"，拼的是分数，分数是知识的累积，而知识的累积又需要领航人，这领航人的配备又是如此匮乏和奇缺。

许明志校长就找在职的老师一个个交流谈心，了解他们的特长，安排合适的学科让他们发挥。鼓励老师提高自身水平,参与自学或函授,让他们拓宽知识面,带他们去别的学校听课,取长补短,提升教学水平。

他一方面向上级争取师范院校毕业生,另一方面多方打听高考落榜生,在那些高中生中,挑选优秀的,学课有特长的。他得知学校附近的西大塘村有一个高中生叫荆利平,数学特别好。随即向他伸出橄榄枝,聘用为初三毕业班的数学老师。对数学偏爱的荆利平老师,不负所望,他班上的学生数学成绩一直遥遥领先。通过同样的方式他邀请到了翟冬保,聘用他为初三毕业班的化学老师。从此,毕业班的化学成绩也大幅度提高。

许明志校长认为,只有凝聚人心,拧成一股劲,才能提高学校的教学质量。在他和老师们共同努力下,随后几年里,学校录取率一直在附近的中学中排列第一。周边其他乡镇的学生家长闻知,纷纷要转学到这所乡村的学校,无奈学校场地有限,婉拒了很多家长和学生。

学校没有像样的操场和跑道,没有像样的运动器材硬件,开展体育教学成了一大难题。凡是从上泗庄初级中学走出去的学子,一定不会忘记每年9月1日开学后,第一件事情肯定是劳动课:拔草。许明志校长带着全体师生一起,清理教室门前杂草丛生的一块空地,那就是学生操场。

被清理过后的操场,泥土表皮松软。许明志校长和体育老师两个人轮流交替地拖着操场角落的石臼,在整个操场上来来回回碾压,软绵绵的泥土变得平整坚实。

门口的操场场地小,学生们撒不开脚丫,体育老师一直感叹没有合适的跑道。许明志站在操场边,眼睛盯着四面八方通往学校的土路,心中不由得一阵暗喜,对,那不就是现成的跑道吗?各个村庄为了便于收割、栽种,基本都会修筑一条两米左右宽可以让板车行走的土路,这条路也是乡村农民往返比较多的道路,相对光滑平整。从此,乡村的小路上经常会有一个老师带着一群学生,在土路上撒腿飞奔,口号声在原野上空嘹亮。

经过不到3年的努力,上泗庄初级中学在许明志校长的带动下,升学率得到大幅提高。那段岁月里,能考上中专考上高中成为大部分家长和孩子心中的目标,许明志

深知学生和家长的期望,也深知学校老师的不易。他一方面抓学生的德智体全面教育,另一方面为凝聚学校的有限师资力量尽心尽力。

正值改革开放时机,一些有文化的人看到了商机,很多小型工厂如雨后春笋般冒出,发家致富成为一个时代的潮流。这股潮流也冲击着学校的老师。那时被聘用的、民办的以及公办老师的工资是相当微薄。许明志动之以情,晓之以理。他一方面尊重一些老师的选择,另一方面极力挽留优秀的老师。他努力为聘用老师跑关系,为他们争取编制转为正式工。他让老师安心教学,成为老师心中的"仁爱""顾家"的好家长。

对老师呵护有加,而对特别贫困的孩子更是心疼,作为校长的他对学校里大部分学生的家庭境况,一直了然于心,而对特困孩子更是念念不忘。住在后潘大队的一个学生,他父母意外触电身亡,本想辍学。许明志校长知道后,立即与学生谈心,了解困难,给予最高的助学金,帮助他完成学业。多年后,这名学生成为公司老总,始终不忘学校给予的帮助,他回报社会,资助了多名困难学生。

1989年上泗庄初级中学被兼并到河头中学,许明志在河头中学主管成人教育。1991年7月成为岸头中学校长,他又把岸头中学搞得风生水起,成为当地中学中的佼佼者。

当年风华正茂的许明志校长,现也已经是耄耋之年,而那铿锵有力的声音依旧在我耳旁回荡……

黄达保与油嘴油泵

李 茹

黄达保出生于1953年，自幼就喜欢研究无线电。他有一位老师叫葛言创，葛老师有台收音机，他把这台收音机当作宝贝疙瘩。黄达保一有空就跑到葛老师的宿舍，和葛老师一起听收音机。黄达保觉得这小小的收音机太神奇了，趁老师出去，他悄悄把收音机拆掉研究。葛老师回来，把10岁的黄达保吓得不轻，他等着接受老师的惩罚。可是，葛老师只是笑笑，还陪他一起研究这台被他拆得散架的收音机。

这件事情，黄达保终生铭记于心。无论是走南闯北做手艺，还是在遥远的青海，无论是遇到艰难，心绪低落，还是跋涉在无比艰辛的创业路上，想到这件事，他内心充满温暖，这也让他对无线电的热爱永不磨灭。他下定决心，一定要从事机械工作。无论在哪里，他都养成了读书的习惯，特别是关于无线电和机械原理的书籍。

后来，黄达保到了家乡的机电站工作。在这里，黄达保遇到了他生命里另外一个重要的人，也是他人生中的贵人——吴然成。当时，机电站的技术都是上海总厂的，连技术员也是上海派遣过来的，厂里的工人都要去向上海柴油机厂的工程师学习，教他们的就是上海柴油机总厂的吴然成工程师。

吴然成很欣赏黄达保的勤学上进，打算好好培养他。吴然成总工程师的儿子也在厂里，看到父亲对黄达保比对自己都上心，很不是滋味。吴然成工程师悉心指点黄达保，他还专门给黄达保教授图纸技术。在那里，黄达保废寝忘食地学习机械知识，他的技术突飞猛进。

回到金坛，为了扩大生产，黄达保所在的村办机电厂并到了公社，成立了公社机磨厂。机磨厂解散后，他通过朋友介绍，远走青海，到了西宁机床厂。在那里，他认识

了经常去进货的金坛老乡孙树林。孙树林在金坛河头做了多年的油泵油嘴。因为厂里的技术不过关，设备简陋，很多材料都要从全国各地油泵油嘴厂进货，然后在小作坊里组装。

孙树林知道黄达保在机械技术上是一把好手，就想把黄达保请回金坛，合作生产油泵油嘴。但黄达保觉得还要继续学习大厂的机械技术，没有答应。好友孙树林一直关注黄达保，他始终认为黄达保是块做油泵油嘴的料，三番五次请黄达保出山合作开厂，黄达保被感动了，就说服家人，回到金坛开始与孙树林合作开厂。

1983年下半年，黄达保、孙树林在河头东明成立了东明油嘴油泵厂。当时物资紧缺，油嘴油泵成了紧俏货。但关键技术不成熟，他们很多原件都是跟以前一样，从外地进货，黄达保便在厂里攻克技术难关。万事开头难，黄达保觉得孙树林原来厂里的车床老旧不堪，已经没法适应制造需求。他找信用社贷款，买了两台新车床。

黄达保虽然对油嘴油泵技术很有研究，但也遇到过棘手的问题。油嘴油泵的关键一环是喷射孔，而沉积物会堵塞喷油的针阀和孔阀。问题在哪里，黄达保和孙树林始终没有找到。黄达保不甘心像别的油嘴油泵小作坊那样去生产，靠着外地的成品来组装。

黄达保在车间里盯着崭新的车床，苦思冥想，翻找各种技术资料书籍，把所有生产的油嘴油泵翻检出来，一次次做喷射和磨合的实验。通过现场生产加工的零件来看，该种设备加工后，喷孔内毛刺较大，反映出来的喷孔流量散差较大，手工不易清理孔内的毛刺，这对喷油器总成的性能具有很大的影响。而且新买的车床，磨合也成问题，加工直径小于0.20mm以下的喷射孔，因钻头刚性差，断钻头的现象严重，且生产效率低下，严重制约了油嘴油泵厂的发展。黄达保反复实验，调整车床刀头间距的精度，断钻头的现象得到有效控制，生产质量和产量得到很大的提升。

黄达保的机械厂效益越来越好，很多人希望与他们合作。可是，其他三个股东不肯，怕他们的油嘴油泵技术外泄，也不对外加工，想要垄断本地的油泵油嘴行业。黄达保和他们的意见不同，黄达保说，钱不可能都给一个人赚，技术也不可能一个厂垄断。大家一起做，有饭一起吃。可是，其他人固执己见。理念不同，没有办法，黄达保只好离开，独自办厂。

1991年，黄达保白手起家，到处想办法借钱买车床，实在没有办法凑到钱，就坐在朋友的车床生产车间门口。朋友苦笑着，只好赊账给他。在办厂的过程中，他还拉了一位朋友入股，一起做生意，一起分享机械技术。

在原来厂里遇到的问题，在新的厂里也遇到。所幸的是，黄达保有了经验，不断地调整车床的精度和角度。黄达保一直保持着学习的习惯，他很了解油嘴油泵最前沿的技术。另外，他也知道一直制约柴油机发展的核心技术——油嘴油泵燃油系统。发动机是汽车的心脏，而电控共轨技术又被称为发动机的核心技术，一直是被几家跨国公司垄断。黄达保一直在探索，希望能够看到国内有人能够有所突破。

这些年来，到他厂里的工人，他都是手把手地传授技术，然后建议他们单干。黄达保的徒子徒孙有很多，他们都纷纷自己办厂，走上发家致富的道路。如今，有些朋友已经退休了，还常来黄达保的厂里坐坐，聊聊创业的过往，也劝黄达保可以享享清福了。可是，黄达保还有遗憾在心里，他的油嘴油泵的制造技术需要传承。他也知道，油嘴油泵这个行业对家乡经济建设的重要。他希望更多的人能学到他的技术，发展事业，成就梦想。

钱锁文与河头眼镜厂

李 茹

1982年，钱锁文复员回乡，在河头公社的洪家村担任团支部书记。1984年，钱锁文经人介绍，到了河头眼镜厂。说是眼镜厂，其实只是变压器厂的一个车间。后来，变压器厂扩大了，搬迁了。这里就留给了眼镜厂。眼镜厂这才有了两个车间，一个车间磨镜片，一个车间制作镜架。起初只能制作眼镜的眼镜架。那时候，制造眼镜的设备有限，厂里还没有能力制作全套的眼镜。钱锁文跟着厂长毛小南去丹阳学习眼镜片的制作工艺。回来后，眼镜厂开始制作眼镜镜片。没有设备，钱锁文只能用手工打磨。粉尘飞溅，不时还会磨伤手指。手掌起泡是常有的事情，钱锁文忍住疼痛，精心学习外面眼镜制作的先进技术。没多久，他就掌握了全套的眼镜制作工艺。

因为钱锁文对眼镜技术和生产流程的熟悉，厂里让钱锁文跑起了供销。渐渐地，河头眼镜在金坛有了一定的影响和美誉度，不少人从大老远的地方来到河头配眼镜。为了更加全面地学习和了解眼镜的制作工艺，钱锁文还参加了金坛县眼镜行业首届技术培训班。

1986年，老厂长退休，钱锁文成为河头眼镜厂的厂长。这一年，他才30岁。钱锁文年轻气盛，他想大展拳脚把河头的眼镜产业做大做强。可是，有人不服这个30岁的年轻人。一些老员工以为自己资格老，常常不服从管理。可是，钱锁文没有放在心上，而是与他们同吃同住，一直在生产一线。渐渐地，这些老员工佩服钱锁文的技术，更加钦佩他的为人。

年轻总是要付出一些代价的。钱锁文把所有的精力都放在了生产上面，对供销这一块的难度却估计不足。一个老供销员拉来了一个几十万的大单子，当时全厂都欢欣鼓舞。可是,当生产单子下来以后,大家才发现,根本没有办法制作出这样的眼镜。可是,合同已经签了,和供销员的奖励合同也已经盖章了,白纸黑字。那个供销员不依不饶,哪怕生产不了,但业务费一分不能少。厂里只能吃了哑巴亏。

钱锁文筹资添置了先进的镜片打磨设备,工作效率提高了很多,同时,企业的效益也有了很大的提高。钱锁文增加了生产车间,从原来的10间增加到了30间,把废弃的房子修葺好,也做了车间。产值能够做到一个月20多万元,后来每个月50多万元,一年的产值达到了惊人的700多万元。

河头眼镜厂响应金坛县公益公司的号召,转型成了福利型企业,招收了很多生活困苦的残疾人。当时全厂有员工70多人,残疾人多达30个。这是一副沉重的担子,钱锁文不但要关怀他们的生活,还要抓紧生产。各种繁杂的事务时刻纠缠着钱锁文。厂里有个残疾工人双腿残疾,以前还能坐着做些杂事,但随着身体状况恶化,干活已经很吃力了。但他又没有生活来源,钱锁文就想办法把他安排做门卫。

90年代初,生产方式和生产观念发生了改变,很多企业都扩大了规模,乡镇也开始并购企业。为了让河头的企业形成合力,当时河头的色织机械厂、变压器厂和眼镜厂合并,更名为河头色织机械厂,眼镜厂就成了色织机械厂的一个车间。钱锁文负责眼镜厂的生产,后又干起了老本行,跑供销。几年后,因为一些原因,色织机械厂效益下滑,最终倒闭。

钱锁文一直关注河头的眼镜行业,也带了许多徒弟,他们纷纷开始了自己的创业。钱锁文当厂长的时候,把河头眼镜的生意做到了全国各地。还在贵州贵阳、吉林长春、溧水等地开设门市部,而最有名的就是金坛思古街门市部。在金坛,说到河头眼镜行业的辉煌,谁又能忘记钱锁文呢?

碧血辉金沙　忠魂埋茅山
——追记金坛县抗日民主政府县长薛斌

黄晓春

薛斌同志在茅东地区抗战是有威望的，对江南革命是有贡献的。

——吴仲超

（吴仲超，文化部原部长助理、故宫博物院首任院长。新四军老战士，抗战时期任苏皖边区党委委员兼茅山地委书记。薛斌的战友、领导。）

大柘荡、小柘荡位于茅山东麓，南连长荡湖，北接天荒湖。荡内河网纵横，芦苇丛生，有万亩水面。抗日战争期间，这里曾是新四军的一个宿营地和交通站。薛斌就出生在大、小柘荡边上的荆巷村（原属丹阳里庄乡，后归金坛河头镇，现属金坛区东城街道）。

薛斌出生地大柘荡现貌

1911年初春，柘荡河芦苇摇曳，鸟语花香，岸边农户薛绍逢家一声婴儿的啼哭，一个大胖小子降生薛家。薛绍逢给儿子取名薛斌，希望儿子长大后，文武双全，成为有用之材。

抗日战争时期的薛斌

薛绍逢虽是个货郎，识字不多，但有见识、有正义感。尽管家庭条件清苦，他还是将薛斌送入村里私塾念书，后又到珥陵镇学堂读书。20世纪20年代大革命时期，薛绍逢接受了无产阶级革命思想教育，走上革命道路。1926年12月，金坛第一个共产党支部——中共金坛独立支部成立。1927年1月，薛绍逢加入中国共产党，他是金坛早期共产党员之一（薛绍逢1948年9月被国民党杀害）。

薛斌在父亲的教育影响下，16岁时就投身革命，1928年2月加入共产党。当年夏，他考入丹阳师范学校，1931年师范毕业后，到丹阳黄巷小学任教。1933年冬，因叛徒出卖被捕入狱，1935年获释出狱。出狱后，他重建党的组织，发展党员，在丹阳里庄、金坛城东、河头、武进湟里一带开展党组织活动。

卢沟桥事变后，抗日战争全面爆发。国难当头，薛斌挺身而出，离开学校，与其他共产党员一起组织地方武装，发动群众奋起抗战。1938年6月，陈毅率新四军来到茅山，开辟苏南抗日根据地。薛斌得到这个消息，兴奋无比，主动寻找组织，在丹阳宝堰找到陈毅司令汇报思想。陈毅推荐他到抗日青年训练班（驻地在丹徒前隍村）去学习。训练班结束后，薛斌任新四军独立六连连长兼指导员。在新四军的领导下，在

陈毅司令的教导下，他发展队伍，抗击日寇。1939年春，薛斌到皖南新四军军部教导队学习两个月，学习结束后仍回部队任连长，同时兼丹金武兵站主任，负责新四军在茅山地区的扩军和民运工作。1939年夏，江南四县抗战总会独立营建立，薛斌任营长。

薛斌有好多抗日故事在河头一带流传，小茅山伏击战就是其中一例。1940年正处抗日战争相持阶段。日军占领金坛、丹阳后，丹金漕河成了日军的主要运输通道。丹阳珥陵镇黄埝桥向北二公里，丹金漕河东岸有一处高岗，西岸有一座庙宇，当时香火旺盛，乡亲们称此处为小茅山。日寇的巡逻艇经常通过此处，烧杀抢掳，祸害百姓。

是年4月，为打击日寇的嚣张气焰，薛斌和战友决定在小茅山伏击日寇。因为此处地形易于埋伏，东岸有高坡，西岸有芦苇丛。薛斌提前带战友察看现场，制订详细周密的伏击方案。在伏击前一日午夜，在河中埋桩，在水底架上两道渔网。渔网挂好后，沿途秘密设暗哨，禁止民用船只前往伏击区域。

当日上午9时许，鬼子的巡逻艇果然来到小茅山。进入伏击圈后，东岸的战士首先开火，敌人见只有几个人，以为是小股游击队袭扰。汽艇上火力全开，然后登岸追击，想将游击队一网打尽。待敌人爬到高坡中间，暴露在西岸战士的火力下，埋伏在西岸芦苇丛中的新四军主力30多人，在薛斌的一声令下，射出一串串复仇的子弹。密集的枪声中，敌人纷纷倒在河对岸，滚到河中，有的被打死，有的被淹死。敌人见到上当，登上汽艇想向北突围逃跑。刚走几米，挂桨缠上渔网，汽艇熄火，在河中打转，被战士用手榴弹击中瘫痪。船上50多个日军，只有少数几个爬上备用小汽艇，掉头朝丹阳方向逃走。因伏击地离珥陵日军据点仅几里远，薛斌和战友没有追击，而是迅速撤退，转移到大柘荡驻地隐蔽。

小茅山伏击战，是抗日时期薛斌带队指挥消灭日军最多的一次战斗。不到一个小时，歼敌40多人，而我军无一人伤亡。此战后，敌人好长一段时间不敢来小茅山骚扰百姓。小茅山伏击战的战况、战果也写进入新四军军史，被后人铭记。

1941年皖南事变后，组织决定成立新的丹金武新四军办事处，艾焕章任主任，薛斌任副主任。1942年3月成立金坛县抗日民主政府，诸葛慎任县长，薛斌任副县长（1943年7月任县长）。他竭力联系各方力量，壮大抗日民主政府，直至抗日战争胜利。

1945年10月，新四军北撤，薛斌任中共茅山工委委员、新四军留守处主任。北撤后，江南形势越来越严峻，因茅山地区是南京的东大门，反动势力极为嚣张，地下党组织的活动遭受严重威胁。1946年12月，薛斌根据当前形势与留守处骨干宋亚欣、薛晓春、沈啸森、蒋诚等在柘荡村召开会议，一致认为丹金武地区已难以开展党的活动，决定向丹北转移，通过苏中十地委和华中局建立联系。在转移、疏散过程中，薛斌在三茅殿遭敌袭击，头部受重伤。1947年1月底，在当地群众的掩护下离开金坛到上海隐蔽养伤。1947年4月14日，因叛徒告密而被捕。敌人用高官厚禄引诱要他自首，还说发表个广播讲话，就可获得自由，都被他严词拒绝。于是敌人设计了一个狠毒的计谋，押着薛斌在建昌圩一带，挖走一部电台和几支枪（其实是敌人事先埋好的），对外放风说是薛斌投降交代的。（这也是全国解放后，薛斌没有及时被认定为烈士的主要原因。后来，秘密杀害薛斌的凶手供出这一阴谋，才还薛斌清白。）1948年12月28日深夜，薛斌被敌人勒死于常州看守所。1983年8月，薛斌被民政部授予革命烈士荣誉称号。

薛斌20年革命生涯，从一个有志革命的热血青年，成长为地方抗日民主政府负责人，在丹金武地区留下许多可歌可泣的战斗故事。他甘洒热血、追求真理，视死如归的大无畏精神，至今还在金坛城东、河头一带口耳相传。

抗日双雄

樊嘉华

1937年12月2日,河头沦陷。沦陷后,日本鬼子无恶不作,杀人手段极其残忍,割鼻、挖眼、割耳、断臂、剖腹、挖心,无所不用其极。妇女遭受的苦难和蹂躏更为深重。日伪军和各色地痞流氓也助纣为虐,频频来镇上骚扰,河头镇东北角两三里路外的小后庄也未能幸免。种种暴行,激起了小后庄胡三耆、胡四耆兄弟心里的抗日怒火,出身于贫苦农民家庭的兄弟俩先后走上了抗日革命道路,并为中华民族的抗日事业奉献出自己年轻的生命。

胡四耆烈士,1916年出生于河头小后庄。1939年初,金坛抗敌委员会成立后,为更好地适应斗争形势的发展,建立了比原来兵站更具有优势的交通网,交通班负责具体的交通工作。交通班分便衣和武装两个班,便衣交通班负责传送区、乡及地方机关团体的信件、资料等;武装交通班负责传送军事信件,押送物资,同时负责侦察、收集敌情,护送往返的军政人员。22岁的胡四耆秘密参加了新四军,面对严峻的抗日形势,胡四耆毫不畏惧,机智勇敢地完成了上级交代的各项任务,成长为武装交通班的一名骨干成员。

1940年下半年,日伪军对金丹武地区进行大扫荡,疯狂破坏群众抗日组织。为保存革命力量,组织上将许多同志进行转移,袁凤英、胡四耆等抗日骨干一直留在原地坚持进行抗日活动。1941年皖南事变不久,国民党的忠义救国军来了。忠义救国军不仅自己存心搞摩擦,还利用敌伪来打新四军。面对河头更加恶劣的抗日形势,胡四耆在上级领导下毫不动摇地继续坚持开展抗日游击活动。

1943年3月4日,日伪双方签订《关于镇江地区清乡工作之中日协定》,开始对镇江地区进行大规模的清乡,先是来势凶猛的大扫荡,紧接着就是搞大封锁。为了彻底消灭清乡区里的一切抗日力量,就强迫老百姓给他们砍运竹子,用来编竹篱笆,而且每隔三五里路就建一个据点,形成一道严密的隔离封锁线。为了取得反"清乡"的胜利,在金丹武县委统筹安排下,司马林、蒋福元、胡四耆和袁凤英等人分头到各地发动游击小组、基干民兵,开展广泛的反"清乡"抗日斗争活动:用石头堵塞丹金、金常三交界处的河道,阻挡敌人汽艇来往;把常金公路榨底坝路段、金丹公路白塔路段挖断,阻挡敌人的汽车通行;组织人员在要道口放哨警戒,防止敌人突然出现。到了统一行动的时候,化整为零,分段包干,快速拆除竹篱笆,把竹子小段集中,大家听枪声为令,一起点火,一时间几十里火光冲天就像一条火龙。敌人不甘心,又强迫民众在白天修复。游击队就利用黑夜再拔下烧掉,前前后后反复烧了六七次。1943年8月下旬的一天晚上,在中共茅山地委的统一指挥下,由各县警卫连、区大队基干民兵担任警戒,上万群众采用分段包干、快速拆除、小段集中(竹子)、听令点火的办法,以茅山保安司令部在三茅峰举火为号,一举将几百里竹篱笆封锁墙焚烧殆尽,使清乡区和非清乡区连成一片,大大鼓舞了人民群众夺取反清乡斗争胜利的信心。

1943年秋收季节,得知"尧塘服务队"准备到河头镇一带抢粮食,金丹武地区区长(原为妇女骨干)袁凤英就决定派胡四耆、蒋志健、李生发、蒋福生等6人切断水上运输线,阻止敌人抢粮。胡四耆他们接到命令,分析了情况,决定掘掉上塘桥。在区政府的支持下,附近有100多名群众拿着土锹、锄头、钉耙、扛着草包一起行动。到了上塘桥后,胡三耆等游击队员持枪站岗放哨,群众毁桥的毁桥,往草包里填土的填土,扛草包堵河的堵河。不到一个小时,木桥被破坏了,河道也被堵死了,彻底切断了敌人的水上交通线,"尧塘服务队"抢粮的计划只好落空了。

1944年春天,日军从溧阳那里调集了大批粮食,准备通过丹金漕河运往外地。上级指示坚决拦截。司马林和袁凤英领导胡四耆等抗日武装人员,连夜组织了400名群众。在约定的一天夜里,胡四耆他们带领组织起来的群众每人带一个预先装满了泥土的大草包,全部运到丹金漕河的一处地方,把河道拦断两三道。日军运粮船开到这里被拦住,再也没有办法通过,只得掉转船头退了回去。

1944年7月4日,胡四耆接到上级命令,把金坛县抗日民主政府一封重要的军事情报送给天目山新四军。胡四耆冷静地分析了一路上将会遇到的情况,做了周全的准备工作,他化装成做买卖的普通老百姓,挑着两布袋东西就出发了,不料坐渡船

过长荡湖时被"尧塘服务队"的密探薛小岗探知。薛小岗就带着一帮人在长荡湖湖边伏击胡四耆。三天后，也就是1944年7月7日，下午3时许，胡四耆完成了任务坐船返回。临近船靠岸时，胡四耆远远看到渡口的人比往常多了许多，经仔细察看，发觉里面混杂着一些形迹可疑的人。胡四耆心知不妙，冷静地招呼船家把船开慢点，悄悄走到船尾把随身携带的文件——撕碎，抛入长荡湖里。胡四耆沉着冷静地随着船上的乘客上了岸，刚走几步，就看见有好几个人向他包抄过来。胡四耆夺路而逃，冒着枪弹奋力奔跑，连过了两条小河。敌人紧追不舍，不时向他开枪射击。突然，胡四耆感到腿上一热，一颗罪恶的子弹击中了他的腿。胡四耆猛然摔倒在地上，后面紧追而来的敌人一拥而上，死死地抓住了他。为了防止胡四耆再次逃遁，薛小岗命人惨无人道地用四根铅丝穿进了胡四耆的琵琶骨。胡四耆被押到水北镇的日伪军炮楼，在炮楼里，胡四耆受到了严刑拷打，但敌人没有得到一点有用的情报。

1944年7月8日，无计可施、彻底死心的敌人把胡四耆从水北镇炮楼押到河头镇，在庄北桥头将他杀害了。胡四耆英勇就义时只有28岁。

胡三耆烈士，1911年出生于河头小后庄。胡三耆平时就爱打抱不平，1940年，在本村的游击队组长吴泉吉的带领下，28岁的他参加了金丹武地区抗日游击队。胡三耆参加抗日革命工作的时候，日伪军对金丹武地区进行大扫荡，疯狂破坏群众抗日组织，残杀抗日军民，正是金丹武地区的革命力量受到重大损失的时候。胡三耆参加抗日游击队后，在上级领导的组织下，先后参加了许许多多抗日活动，成长为一名优秀的抗日游击队员。

1945年3月19日，胡三耆接到吴泉吉的命令，到区公所送情报。他刚走到河头集镇一家酒店门口，隐隐约约地看到有几个"尧塘服务队"人员正从对面走过来，便急忙闪进酒店，在后面院子里的空酒缸里躲了起来。"尧塘服务队"也发现了胡三耆，跟着追进了酒店。敌人里里外外搜查了一遍，没有找到胡三耆，以为他早已经跑了，便打算离开。敌人忽然看到正在吃酒的"尧塘服务队"密探李子灵、谢永灵一个劲地朝酒缸方向努嘴，忙又回头将酒缸团团围住，抓住了胡三耆，并押到了尧塘"红部"——"尧塘服务队"的据点。敌人严刑拷打想要胡三耆供出区公所地址，胡三耆大声回答："要情报没有，要命一条。"敌人把他捆绑在一棵树上做靶子，还恐吓说要一刀两个洞。面对敌人的威胁，胡三耆大义凛然，怒目而视，高声呵斥："干革命是不怕死的，一刀四个洞也休想让我背叛革命，我们共产党人是杀不完的。"最后，恼羞成怒的敌人惨无人道地在胡三耇身上连刺了24刀。这一天,年仅34岁的胡三耇英勇地牺牲了。

耇,本义指年龄很大的老人,脸上已经有了一块块的老年斑,后引申义指年老、长寿。烈士的父母为胡三耇胡四耇兄弟起名字时肯定是希望他们能够长寿,但他们却为了民族的抗日事业英勇地献出了年轻的生命。在艰苦抗战的岁月里,胡三耇、胡四耇兄弟一直坚守在金丹武地区坚持开展抗日活动,即使在最艰难困苦的时候也没有一丝动摇过,直到牺牲的最后一刻。因为他们都有一个坚定的信念:中国人民决不屈服,一定能夺取抗日战争的最后胜利。中华民族取得了抗日战争的伟大胜利,建立了新中国。当今盛世也正如烈士所愿,足以告慰所有为了中华民族伟大复兴而牺牲的英灵。

胡三耇、胡四耇烈士浩气长存,永垂不朽!

上述胡三耇、胡四耇的英勇事迹来源于由当年抗日游击队组长吴泉吉、陈金福、钱年生核实整理的资料,以及2019年12月24日在江苏学习平台发布的介绍老革命同志袁凤英的文章《红色历史——新四军坚守在金丹武地区》。

慈善为怀

周苏蔚

在金坛有许许多多"乐善好施，爱心为魂"的社会贤达人士，他们"慈善为怀，善举济世"，行大善之念，帮一人温众人心，助一家暖万户情。周志文就是这样一位热心慈善事业的爱心人士。

周志文出生在金坛河头农村，小时候家里经济状况拮据，如果不是哥哥姐姐的许多次帮衬扶持，他可能面临辍学。河头集镇与丹阳搭界有个地方叫作"九村"，九村的小学里，一共有12名学生、3位老师。晴天一阵土、雨天一身泥，虽然是泥土路，好在学校就在家门口，周志文的学习没有因为下雨、下雪受过影响。1968年金坛二中毕业后，他选择了当兵入伍。1984年，他以副团级干部的身份转业到著名的南京熊猫电子集团。

胸怀理想、心有壮志的周志文，不甘心平凡的生活，他决心挑战自己。于是4年后，他主动辞职，带着2000元现金南下广东创业。那一年，他37岁，正是意气风发干事业的岁月。他在1992年创办志成电子器材厂，租下东莞塘厦镇一个废弃的小学，设备简陋，只有17名员工。就这样，他靠生产收录机、电视机里的电子变压器积累了第一桶金。

周先生的夫人韩妹平回顾往事时说，创业年代万般艰辛，生活特别艰苦。广东热，厂里没有条件建浴室，大家每天就依着墙角直接用自来水冲凉，那时候真的是凭着年纪轻和一腔拼劲与热血。

4年后，依靠人才（院士团队）、依靠先进技术、依靠先进设备，生产高科技电子产品，周志平的厂渐渐取得了令人瞩目的成绩，成立了民营高科技企业——广东志成冠军集团有限公司，集科、工、贸、投资于一体。

2023年3月15日上午，回金坛祭祖的周志文先生告诉我："几天后我将奔赴法国，商谈新项目，企业今年还要投入，扩大生产。"

事业的成功触发了周志文投入慈善的念头。20世纪90年代他和大哥周志荣便陆陆续续地为家乡做修桥铺路的公益事业。九村水泥路、刘庄桥、村小学等建造过程，都得到周志文兄弟们的鼎力相助。

在当地流传着一个周志文建"连心桥"的故事。那是2001年，河头东群村和九村合并。村与村之间原先有一座狭窄的小农用桥，由于年久失修破烂不堪，拖拉机在上面行走得小心翼翼。周志文回乡看到这个情景后，便主动对镇村领导说："我来出资20万元，建一座大桥。"不久，5米多宽、30米长，南北走向的跨河大桥建成了。不仅方便了当地村民开车走亲访友，也方便了大家跨过大桥去相邻的丹阳里庄桥赶集。乡亲乡邻，打断骨头连着筋。周志文建议，这座桥命名为"连心桥"。

有一年，周志文得知金坛有位学生患白血病，手术需要60万元。他二话没说，立即一次性捐出30万元，后续又补充缺口资金。2008年，周先生在金坛慈善总会正式冠名，设立"周氏志成冠军扶贫助学基金"，基金规模达1000万元。他积极参与扶贫济困、救灾抗灾、助学助教、拥军爱民等公益活动，累计已发放助学助困金640余万元，圆了904名学生的大学梦。此外，他先后还在东莞市慈善基金会设立200万元的医疗救助基金，在北京航空航天大学交通科学与工程学院设立200万元的助学奖教基金。汶川大地震后，捐款300万元用于援建绵竹市齐天镇中心小学。

2021年春天，在金坛老区促进会的指导下，周先生夫妇又牵手江苏省扶贫基金会，成立"江苏省扶贫基金会·志成大爱基金"（3年120万）。基金会的善款用于资助茅山老区（薛埠、朱林、直溪）三个镇辖区内，因病、因残致贫的家庭中在校九年义务教育学生，因患重大疾病（白血病、癌症）的特困户，以及奖励教育教学成绩显著的优秀校长和教师。

周志文说："回报社会才是我的责任。"他衷心希望社会各界有识之士，能与"志成大爱基金"一道团结协作，形成合力，以实际行动竭诚为贫困家庭和莘莘学

子伸出援助之手,为致力营造"懂感恩、尚孝道"的良好社会氛围,构建和谐家庭、和谐社会做出积极的贡献。成立两年来,这项基金已经奖励茅山老区优秀教师50名、资助学生141名、接济贫困家庭180户。

2022年10月15日下午,我亲眼见证了"江苏省社会帮扶基金会·志成大爱基金"助学助教捐赠发放仪式(同时进行的还有"江苏省社会帮扶基金会·金坛一建爱心基金会"助学助教捐赠)。江苏省常州市老区促进会领导,金坛区委区政府领导亲临现场。默默无闻行善许多年的周志文夫妇第一次出现在公众场合,师生们也是第一次认识了这位幕后的慈善家。

似水流年

风雨老街

徐锁平

淅淅沥沥的秋雨,打在老街斑驳的墙壁上,落在一块块水泥板上,像一段段岁月的歌谣,摇进了远方的记忆。

这一段毫不起眼的老街,到底藏着怎样的故事呢?黑眼睛文学社的同学们,穿过大街,走进小巷,怀着惊奇的眼神,来到了老街前。

一辈子生活在河头街上的金爷爷早就等待着我们。他向我们有条不紊地介绍起老街的历史,帮我们打开尘封的往事。

现存老街1

我们边听边记边问，老街的故事就一一清晰地呈现在我们眼前。一口老井，一段老墙，一座老楼，在金爷爷的讲述中复活了。

老街上以前铺着石板，现在全改成了水泥板，只有旁边那长满青苔的一段小巷，默默地承受着风雨的洗礼。脚下仅存的几块光滑的石板上，不知走过多少老少妇孺，才子佳人。

现存老街2

同学们纷纷上前，边行走边触摸，仿佛想叩开历史的大门，聆听历史老人的诉说。斑驳的青砖灰墙像极了一幅水墨画，真实印记下历史在这里留下的沧桑岁月。

昔日里，这条窄窄的老街却是繁华无比，店铺鳞次栉比，每日人来人往，络绎不绝。每日清晨，一声鸡鸣打破了老街的宁静，原本清冷的老街，开始变得热闹起来。喝早茶的，吃早饭的，买点心的，卖蔬菜的，各种摊位将原本狭窄的老街挤得水泄不通。人们不时地停步询问，讨价还价，购买价廉物美的各类商品。

朝霞映照下，老街雾气氤氲，充盈着浓郁的乡村气息，那熟悉的味道，那熟悉的人群，熟悉的吴侬软语，让人听来格外亲切。

金爷爷指点着,从西头一进老街,就是一座鱼行。河头地处江南鱼米之乡,一年四季鲜鱼不断,常见的有鲫鱼、鳊鱼、青鱼、草鱼,也少不了河虾、鳝鱼、甲鱼。我们可以想象得出,渔民们一大早,就将新鲜的鱼儿装入一只只鱼篓,放到鱼行前的砖头上出售,人们争相购买。

买到了鱼,然后拐到旁边的肉墩上斩上一斤肉,到南货店买上一些生活必需品。条件好的就进入隔壁饭店,吃上一笼小笼包,喝上一碗豆浆,浑身暖暖的,心里也美滋滋的。

再往前,一字排开了布庄、理发店、邮电所、药店、茶馆等。每天早上4点多,镇上的老人们就喜欢来到茶馆喝早茶。熟悉的人们聚集在这里,无拘无束地闲聊,古今中外,家长里短,天下奇事,都是他们谈论的话题。当然还有那热闹的豆腐坊,热气腾腾,一片忙碌,一板板豆腐又做成了,又白又嫩,令人喜爱。

一幢老楼房引起同学们的兴趣,是木头横梁和木头楼板,有着狭窄的楼梯。这是老街上仅存的一幢木楼,依然发挥着余热。在那个年代,家有楼房,肯定是大富大贵之家。伸出墙外的木头,已经发黑,木纹会告诉你岁月的悠长。顺着陡峭的木楼梯向上,笃笃的脚步声回响在历史的时空。

现存老街3

在那时,拥有一座小木楼,是一件非常荣耀的事。也许楼上是一位小姐的阁楼,她曾在这里梳妆打扮,凝望着老街上过往的行人,希望能够找到一位如意郎君。也许这是一位书生的书房,他曾在灯下,寒暑苦读,渴望金榜题名天下知,春风得意马蹄疾。也许这是一位富商的商铺,他曾在这里发家致富,打拼出一片属于自己的天地……

老街2米多宽,100多米长,却是集镇的中心,热闹所在。虽然老街拥挤不堪,但人们就爱这种人间烟火之气,不来逛一逛,心里就不踏实。现在的老街很难找到过去的繁华,随着时代的变迁,老街渐渐地没落了,日常显得那么寂寥。老墙上的青苔和野草,绿了又枯,枯了又绿,记载着这一段被人遗忘的历史。随着金爷爷的讲述,我的耳畔仿佛又传来了一声声此起彼伏的吆喝声,又看到了川流不息的人流。

一座座老房子仍在坚守。那一块块裸露的青砖,那一堵堵饱经风霜的墙壁,那一座座历经风雨的小屋,那一扇扇被腐蚀发黑的木门,那一块块青石板,都在默默地诉说着过往。老街确实老了,风烛残年,像一位垂垂老矣的长者,面目模模糊糊,话语断断续续,人们很少去走近他,了解他。

现存老街4

只有街口那口老井,依然默默奉献着甘甜的地下水,井壁上的苔藓,依稀记得

远去的叫卖声和烧饼油条的香味。一只小狗依偎在它的身旁，聆听老井悠长的故事……一位老者放下吊桶，打起清澈的井水，清洗着新鲜的蔬菜。他满头白发，步履蹒跚，他从小在这条街上长大，见证了老街的兴衰。他告诉我们老街上的老居民已经很少，大部分都搬走了。

一条老街再也难以容纳现代人的梦想。老街的兴衰，是时代更迭的必然。新街的兴起，宽阔的马路，高耸的楼房，是人们追求幸福生活的注解。当人们开着小汽车行驶在宽阔的柏油马路上时，谁还会去关心这一条落寞的老街呢？

如果你想知道，一处乡镇的兴衰，就请去阅读一下老街吧。它会告诉你许多许多。

柴墩人

景迎芳

我和先生的恋爱，算来距今已有20余年。1999年春节，我与先生相识。年末，我们开始交往。

2001年春天的一个下午，父亲突然说："去他家看看吧，该到了去串串门的时候了。"

那天，我们各自跨上自行车，父亲陪我，开启我人生旅程里一场说走就走的重要探访。

两家相距30多里路吧，那年月没有手机和微信。父亲看似不经意，实则暗揣小心思，在不提前通知的情况下造访对方，能最真实地了解对方的家庭状况。

我们循着先生之前说过的地址——河头镇柴墩村，一路骑行一路打探。进村时，有一条足有300米长的石子路。满头大汗和近村情怯的复杂心绪叠加，路突然变得"不好走"。"该是怎样的人家呢？""他的妈妈不知道长什么样啊？"……种种疑问涌上心头，我的双腿变得不听使唤，连车也踩不动了。我对父亲说"咱们下车推一会儿吧"，父亲跨下车，点起一支烟，与我并肩前行。

正是麦苗拔节时，路两侧的麦田里，麦子绿油油一片。石子路上，一对推自行车低头缓缓前行的父女，在落日余晖映照下，拉出长长的剪影。远处近处，光与影与风与绿波泛动，不规则交叉重叠又散开，透出一丝难以捉摸的神秘。

之前见过他爸老金，一位矮小精瘦、驼背、小脸盘儿，快人快语的小老头，与高

大白净,话语不多,走路生风的他完全不相像,我突然对父亲说:"他不会是抱养的孩子吧。"

父亲笃定地说:"别瞎想,不会的。"

我们便不再说话,一路默默专注前行。

进村后问了两位村人,拐了三个弯,绕过四五座白墙黛瓦的小楼,再右转,便到了。

主楼一侧的附房里没有开灯,借着擦黑前的最后一丝天光,我看到一位肤白貌美的中年妇人,正坐在小板凳上和奶奶闲聊,瞥上一眼,我便断定,先生不是这家抱养的人。

两位陌生人夜晚的突然造访,着实让她吓了一跳。父亲主动开口:"我们是从南边洮西过来的。"她瞬间明白了来者是谁,遂立起,咯咯笑着边往主屋走边说要去买些菜。我们说着客气话的间隙,她已拿好钱包泡好茶出了门。

我看她向远处走去,右腿与左腿配合着努力向前,每走一步,那只没有力气的腿都要甩出大大的幅度。

交往之初,先生就曾坦言,他爸驼背,是因年轻时爷爷早逝爸爸提前扛起家中生活劳力,将尚未成型的椎骨硬生生压弯所致。他妈右腿有疾,是因幼时外公外婆下地干活,妈妈无人照料,自己将脚伸出竹制婴儿车缝隙外扭坏足背所致。那时候孩子多,外公外婆披星戴月常年为一家老小温饱和生计忙碌,谁会在乎其中的一个孩子扭折了一只脚,就这么长呗,从此,落下残疾。

她慢慢长大,拖着足背错位没有力气的腿,披上红头盖,她从隔壁砚池村嫁到柴墩村,成了金家新娘。红头盖下,她有一张与残腿不相配的白净标致、端正漂亮的脸蛋。婚后不久,她便为金家添了丁,就是我先生。

听先生说,妈妈从未输过别人,身体的缺陷更使她自强于其他技能的培养。她聪明、爱干净、爱美,双手勤奋,干活麻利,裁衣缝补纳鞋手艺一流,农田自留地的瓜果蔬菜四季种收采置,从未错过时令乱过阵脚。她能变戏法似的将四季蔬菜变成各色味道的包子、馄饨、油饼……于是,四季的田埂上,常奔跑着提个小篮去另一个村头为外婆送点心的外孙。

镇上有残疾人福利厂后,她成了村里妇女中第一位在流水线上挣固定工资的残疾工人。她用工资为儿子采购笔挺的小中山装,带"轴"的小喇叭裤,漂亮的八角小帽和锃亮的小皮鞋,她到街上最时髦的裁缝店,为自己做最漂亮款式的花衣裳,她纳四季的千层底,使全家有穿不完的各季各式布鞋……

那次造访不久,很自然地,我们在双方父母和媒人的主持下讨论起婚姻大事。我全盘接受了他的家人,甚至在相识最初,就被他的真诚打动,不管不顾地投入到这场恋爱里。我不去想我们的未来会咋样,不去想他的残疾双亲老了怎么办,不去想他常年在外不着家的工作……爱情的力量战胜一切。

可不去想,残酷的现实仍然不打招呼地来。

婚后不久,我们开始发现妈妈不太爱说话,不再咯咯咯地笑,她行动变得迟缓,爱忘事,做事有些不知轻重,就医后诊断患了早发性阿尔茨海默症,一家人十分震惊和意外,她才48岁啊!

震惊也无济于事呀,妈妈开始走上了药物抗争疾病之路。家事也不能做了,一做就出错。她会将洗衣粉撒满整个小盆、会将茶叶蛋蛋壳煮得焦黑、会五味调料不分地往锅里胡乱投……谁还会忍心并放心让这样的她继续做事呢?

她从此过上"饭来张口衣来伸手"的生活。生病10年,全家人自觉做起她的"生活勤务兵"。每逢周末,我们会从县城赶到村里,为她洗衣、剪指甲、剪头发,给她做各种卫生清洁。她依然白胖端庄,只是五斗柜里悬着的各式花衣裳不再穿,柜屉里整齐码放着的已纳完未纳完的十几双大小不一的千层底再也没添过一针一线。她开始改穿兜兜衣,一脚蹬胶鞋。她总是静静地坐着,坐在走廊里、八仙桌旁、床沿上、电视机前、沙发上……

2012年农历七月,似乎是上帝给她下了密旨,她突然闭口不再吃饭。我和先生试图掰开她的嘴和唇,但即使使最大的力,她仍纹丝不动。在持续输了大半个月营养液后,于农历八月初五,她安静地永远离开了我们。

2014年春,柴墩村及河头镇的其他多个村庄,陆续开始拆迁。我们家,除了93岁的奶奶和8岁的儿子,剩下的老金、先生和我都是党员,我们是村里第一户拆迁签字

的，老金在村拆迁工作推动过程中，一直忙着义务帮衬和协调。

我和先生特意录了视频，我们从村头第一家小康伯伯家开始，边录边解释这是谁家那是谁家那又是谁谁家，村人路过，我们大声招呼着叫他们的名字……先生对着镜头介绍这是儿时夏天洗澡摸河蚌的小河，那是小荣家的香瓜地，儿时，他们常趁大人们午休时"悄悄光顾"，吃得满嘴满鼻子生香却不留一丝痕迹。另一边，留庆家那块连年玉米西瓜轮流种的良地，养活了留庆大半个家。达根家猪圈的猪永远肥肥胖胖，雪梅婶和她的小电摩，永远像风一样家里地里赶着忙碌……

全村萦绕着离愁别绪，却没有人将内心情绪恣意张扬外露，像约好了似的，大家都将成年人的稳重大气恰到好处地摆在脸上。就像我们录视频，我们也想边录边痛快淋漓哭一场，但其实最终也只是认真平和专注地记录，将它作为一次庄重的告别仪式，一个若干年后可以咀嚼回味的道场。

短短一两个月，河头镇最大的自然村柴墩村完成拆迁，200多户祖祖辈辈生活在柴墩村的人们，从此各奔东西。最难受的是奶奶，她生于1922年，娘家就在与柴墩村南一河之隔的储家村，嫁过来时不满20岁。爷爷去世的早，她历经千辛万苦，盖了屋砌了房，一人将5个子女拉扯带大，成人成家并各自分了户。一辈子足不出户坚强独立的奶奶，突然要拆掉她一砖一瓦亲手置下的家产，去往不知所向的另一个地方，令她天天愁眉不展。

于是她的儿孙，轮番做起她的思想工作。好在奶奶跨过的桥，真的是比我们走过的路还要多，在经历短暂思想波动后，她开始主动收拾行李，整装待发。2014年五一劳动节前夕，奶奶随老金搬进北戴新村的老屋。老屋位于一楼，有小院，有水井，院外有回廊，屋外有杏树、石榴树、花椒树、银杏树和桂树，有志趣相投的聊友和牌友，屋前是可绕河散步的下坵河，屋后是学校、菜场……老人们很快适应了新环境。

这10年间，老金找了新老伴，是同村丧偶的菊英阿姨。我们偶尔会全家出动，带奶奶去河头镇赶赶集，去妈妈当年光顾的裁缝店张望张望，去被拆迁后的柴墩村头走一走看一看。深秋，我们站在也许是我们老家房地的地方，将瓦砾、碎石、散发着熟悉味道的土地和萧瑟秋风尽收眼底。四五月的春天，草木葱茏，狗尾草在风中摇曳着无数毛茸茸的小尾巴，奶奶别着一只手，微弯腰，看看近处、看看远处，并用另一只手去掐那根最大的狗尾巴草。她总是一个姿势，总是不说话，只是看，我们不打扰，也不说话，也陪着看，直到她轻轻地说"走吧"，我们便回头了。

人生在她眼里，物是人非，都如过眼云烟，她越活越通透。

今年5月20日，102岁的奶奶驾鹤西去。村人们，大多于2020年收到拆迁房后陆续搬入新居，有的适应了儿女们城市的生活，暂时不愿回来，有的仍散落在租住或购置的各处房屋里。但无论远近，无一例外的，听说村里最高寿的刘海娣奶奶去世的消息，都赶来相送告别。柴墩村，因为奶奶的去世，10年来第一次聚得这样多这样齐。

最近，在儿孙们的催促下，老金和菊英阿姨也搬入拆迁新居，开始了他们新的晚年生活。

老家、老屋、老村，柴墩人的前世今生，还有我们家这30年，故事其实还有很多很多。连接村和城市的那条路，从漫漫历史烟尘中走出来，原先一条土路，又变成石子路，又从石子路变成水泥路、柏油路，时代变迁更替，小村曾走出多位为国建功立业的人才，剩下固守小村和家园的人们，他们都是中国深化改革进程中一个个平凡的普通人和平凡普通的家庭，但轻轻掀开每户"门帘"，都能发现，每一户都是一部厚厚的、可歌可泣的悲壮生命史，每个人都是一本有血有肉奋斗的书。他们积极、努力而有尊严地活着，他们披着晨光和星月劳作，伴着袅袅炊烟和永远听不完的畜禽的聒噪，用勤劳的双手在土地上经久地劳作。

如今，柴墩的人们盘了一辈子的土地，已被征用建起了一幢幢厂房、柏油公路，但老人们没有变，土地没有变，土地也不会老，土地仍在老人们身边，继续默默贡献，继续给他们输送着情和暖，他们看向土地深情又柔软的目光一直未变。

青 麦

徐问道

每一回,只要踏上故乡的旅程,我最想见到的,便是那块麦田。更多的时候,我思念故乡,起因都缘于这麦田。更多的日子,我觉着我能够活在世上,也全缘于这块田地,这块青青的麦田似乎是我生命的全部,我来到这个纷纷攘攘的世界,活到了今天,也全靠着这方润土。我的很多记忆,或者说写作的冲动和文思,都跟它有关。这块麦田里,睡着我的父亲和母亲,他们俩已进入坟墓,相差五年,而且是同一个季节,也就是新麦刚刚登场的芒种。我说不清双亲为何都选择在这个节令走进田野,双双躺在这里。是事先有个约定,还是麦子的清香令他们陶醉了,最后干脆睡到河边的麦地里,静静地闻着弥漫在大地上的麦子气味?我真的说不清,但有一点可以肯定,崇拜稼穑的双亲,对麦子都有一种近乎宗教的情感。

那年,我正好14岁,按照现代人的话说,是个危险的年龄。现在的男孩,14岁可能已经发育了。可是我在那个年龄段,就像一根光溜溜的黄豆芽,不仅说话的嗓音没有丝毫变化,就连脸色也是青紫的。

那个年代,即便是阳光落到身上,也是那般沉重,我弱不禁风的身子行走在旷野上,总是摇摇晃晃的,似乎随时会倒下就再也起不来。那是暮春的中午,我从学校背着书包朝家走,走到这块麦田时,两条腿就再也迈不动了。这时候,我的眼前突然出现了幻觉,只见一团团的黑影在身边盘旋,也说不清这黑影是什么,一阵前所未有的恐惧突然笼罩了我。其实,这是饥饿引起的幻觉,早晨只喝了一碗野菜汤,上了4节课,身体早已经空空荡荡。

那年月,学校退学的学生很多。我背上了书包,也许走不到学校,就得坐下来。

那天，我刚在田埂上坐下，青色的波浪就一阵接一阵朝我涌来。青青的麦穗醮着阳光，犹如海浪花在我身边絮叨。在翻卷的浪花间，我看见了母亲的背影。其实那会儿，母亲在我的视线里，也只是一个幻影。那一刻，我的眼睛时时发花，不过只是觉着这个幻影很熟悉。母亲伸出手，轻轻勒着一节节麦穗，勒了一阵，便将两只手掌合起来，轻轻摩挲着。然后，再将两只手掌摊开，一下接一下朝空中抛着。每抛一下，就张开嘴朝着手掌上方吹着。于是，一拨青青的尚在灌浆的麦粒就扬向天空。母亲吹掉了麦壳，落到掌心的便是纯净的麦粒了。母亲将手掌上的麦粒吹得干干净净，一步步走到我面前。

母亲将麦粒塞进我嘴里，我就被麦子的清香熏晕了。那是正在灌浆的麦粒，麦粒其实是一层青壳裹着的麦浆，到了嘴里，只需牙齿轻轻一叩，麦粒就迸裂了，清清的麦浆便溅满我的嘴里。那清清的甜丝丝的麦浆咽进肚子，又顺着肠胃朝四周扩散。那刻，我真的听到了麦浆在体内运行的声音，它们沿着血管，渗透到了每根毛孔。顷刻间，我的眼睛不花了，眼前的幻觉消失了。我刚咽下那把麦粒，母亲又朝我嘴里塞了一把。

三把麦粒下肚，我眼前一阵接一阵的幻觉就消失了，腿肚子好像也有劲了。我从田埂上立起，跟着母亲回到家里。因为有麦粒填了肚子，当天下午，我又背着书包回到学校。从那之后，每天中午放学回家，路过那块麦田，就看见母亲已经站在田边揉麦穗了。那是我家的自留地，面积只有三分（相当于0.3亩）。尽管我每天早晨和晚上喝的都是野菜汤，但中午的那顿麦粒却能使我一天的腿不发软，眼睛也不发花，我就是靠着那块麦田里正在灌浆的麦子，熬到了夏收。夏收一到，队里的新麦登了场，生产队家家锅里都飘出了麦粥的清香，于是村里人的青紫病就不治而愈了。

从那之后，每当上学或者放学路过那块麦田，我的脚步就会渐渐放慢。即使麦子被收割了，田里只剩下光光的麦根茬，我走到田边里脚步也会放慢，总是觉着冥冥中，我的生命与这块田有着扯不断的情缘。初夏季节，我常常会一个人在傍晚或早晨走到田边，听蚯蚓在泥土里歌唱，看它们用身子拱着松软的土块，在泥里钻出一个个细细的洞孔。每到秋季，当田里的稻子收割完毕，我总要站在田边，看父亲驾着耕牛，将田里的泥土翻耕一遍，用锄将土块斩成均匀如鸡蛋大小的泥丸，将麦种撒入麦垄。也就是从那之后，我几乎每天都要到田边去走一趟，走完之后，就站在田边，倾听麦种在地里生长的声音。我坚信，麦种从生芽到长苗的过程中是会有声音的，这种声音只有我能听见。我还能听见麦子灌浆时浆汁在麦管里流淌的声响。

那些已经远逝的年代，每当麦子抽穗灌浆的日子，也正是我们一家最艰难的时光，因为是青黄不接，家里米囤里的米早就吃空了，而队里的麦子也同样在灌浆，队里的麦子是公家的，哪怕是一根麦穗也动不得。我记得当时生产队里制订了最严厉的处罚条款，只要偷一根麦穗，就得罚10斤麦子。唯有自留地上的麦子是属于自己的，只要麦穗里有了浆，就可以用来充饥度荒。

那是来年的春天，又到了青黄不接的节令，也是在那个中午，我又走到了田边，闻到了麦穗里麦浆的香味，那是一种清清的、纯纯的香味啊，走到那里，我的腿就迈不动了。就在这里，我看见父亲正朝田边走来。父亲是队里的耕田能手，队里数百亩田，每年两季都是他驾着队里的老水牛耕过来的。驾牛耕田是重体力活，单是那张犁，就有100多斤重。父亲一手扶着犁，一手还得不停地挥动着牛鞭，驱赶着水牛朝前拉犁。一个上午的田耕下来。父亲肯定是饿了，父亲早上也跟我一样，喝的一碗稀粥，父亲肯定是饿极了。他走到田边，看着随风起伏的麦穗，不由得停下来。开始，我以为他要揉上一把麦穗，尝尝嫩麦的清香。那刻，他已经将手伸向麦穗了。可父亲只是轻轻抚摸了一下，随后就蹲了下来。田垄排水沟里，长着茂密的红花草，那是秋后父亲间种套耕时种下的，红花草已经开花了。父亲伸手撸了一把，随后就塞进了嘴里。那刻，父亲的嘴张得很大，远远看去就像是一个黑洞。接着，他的嘴里就发出响亮的咀嚼声。父亲接连吞下几把红花草，倏然抬头，看见了站在远处的我。父亲问我的头一句话，就是吃了没有。多少年来，父亲只要见了村里的人，头一句话不是问吃了没有。今天我细细想来，这句平常的话有着浓厚的文化背景。温饱问题一直是中国农民的一件大事。吃，关系到生命的维持，关系到能不能下田干活，关系到像我这样的儿童能不能继续上学。

我站在田埂上，却不知怎么回答父亲。我不知道父亲问的吃，是吃家里的稀粥呢，还是田里正在灌浆的麦粒。如果说吃了，就等于承认自己已经吃过麦粒了。可是那一刻起，我就下了决心，哪怕是饿死，也不能再吃正在灌浆的麦粒，因为一粒刚灌浆的麦子，长得成熟再吃，就相当于三粒麦啊，这道简单的数学题，我还是算得出来的。如果我说没吃，父亲肯定要走进田垄，给我揉一把麦粒。如果父亲真的要揉麦穗，那我的心里肯定是受不了的，因为我刚才看了父亲生吞红花草的样子，真是比队里那头饿极了的老水牛吃稻草还要来得贪婪，咀嚼声还要来得响亮。我曾多次听过水牛吃草的声音，觉得挺有一种音乐感。可是听父亲吃草的声音，我的心却像被破碗片划过似的。

我走到父亲面前，一把拉过他的手。我只是说，我要闻闻麦穗的清香，只要闻一闻就够了。那一年，我的个头比麦穗高不了多少。父亲伸手拢过一片麦穗，凑到我面前。我吸了吸鼻子，不仅闻到了麦穗的清香，也闻到了麦粒里面麦浆的馨香。那个年代，我的嗅觉远比现在要敏感好多倍。现在哪怕是一个雪白的精粉馒头放在面前，也闻不到什么清香了，更不用说激动了。

我站在田埂上，闻着被父亲拢在手里的麦穗，顿时觉着两条打飘的腿有了回力，再也不发抖了，仿佛麦穗的清香气味里有蛋白质、有氨基酸、有碳水化合物。这些人体急需的营养通过空气传进了我的体内，被吸收了。

后来，每当放学回家路过那片麦田，我都会在田边站上一阵，使劲闻着空气里弥漫的麦穗清香，正在灌浆的麦粒就躺在麦穗里，颗粒一天比一天饱满起来，看着在微风中起伏的绿色麦浪，都能听到麦浆在颗粒里流淌的声音。那是一种令人陶醉的天籁啊。

那个春天，日子是我用手指扳着一天天算过来的。在我的眼睛里，太阳好像总是赖在天上，不肯下山，岁月的脚步也似乎凝固了一般，真是日长如年。榆树皮、地衣、野蒜、马兰，还有观音粉，成了维持生命的主要食品，人在饿极了的时候，吃什么都有味，比如说榆树皮，从树上剥下来，放在石臼里捣碎，用水和成块状，摊成饼，吃起来就很有一些味道。

青青的麦粒，还有江南大地无处不在的野菜，让我们一家度过了那三年的春荒。从那之后，故乡青青的麦浪，就成了我生命的底色。每当我失落之际，或者遇上不顺心的事，青麦就会一波接一波朝我涌来，抚慰我，温存我，于是我就会很知足。

40年后，二老相隔5年先后老去。二老临终前，都留下话，要埋到竹林旁的那块麦田里，跟先一步走的爷爷奶奶做起了邻居，好像他们生前有个约定。

死亡其实是每个人必须面临的，而且迟早会遇到的一个节日，而坟墓就是节日悬挂的灯笼。每年的清明节，我都会赶到故乡，在双亲的坟头献上一束花。然后我会坐下来，静静地看着他们。那一刻，我会看见，父亲和母亲正朝我走来，他们手挽着手，一路走一路有说有笑的样子。然后，二老会问我一些事情，比如说孩子，比如说家长里短，也许还会问问我所从事的工作。二老从来不过问我的文学和写作，只关

心有没有行好事,有没有对周边的人行善,有没有做了什么对不起人家的事,有没有做亏心事。再就是那块麦田里的麦子长得如何。二老偏爱麦子,偏爱到了接近宗教。因为麦子与我的生命有关,与生存有关,而秋天成熟的稻子,虽然也与生存有关,但似乎总隔着一条时间的河流。麦子成熟的时候,是一年中的初夏,熬过春天的农民,对麦子有一种比血缘还要亲近的情感。那年月的春荒,可以将每个生命折磨得像被太阳晒蔫了的小草,60年代初期,尤其是1960年和1961年,故乡的田野上,走路的人们总是摇摇晃晃的,似乎一阵风都能将其吹倒。如今,每当走近那块坟地,我的脚步就会变得沉重起来,那一刻,我就想,我的脚印肯定跟40年前的重叠在一起了,40年前穿的是露着脚丫的破布鞋,偶尔也穿草鞋,而今天穿的是部队发的那种三接头的皮鞋。

父亲母亲看着我走来,脸上的皱纹都笑开了花。清明时节,麦子正节节拔高。二老拿不出更好的食品款待儿子,便托风送来了麦子的清香。因为在儿子的记忆里,麦香里也有蛋白质和碳水化合物,儿子在城市里,味觉已经相当迟钝了,闻到了麦子的清香,他会回到童年,回到那个刻骨铭心的年代。儿子的人格力量和道德水准,是父亲用犁铧和麦香耕耘和培育出来的,是母亲用纳鞋底的针一针针纳起来的。

哲人说,埋着祖先的地方,才是你的故乡。如今,故乡的风景已经在我的脑海里渐渐淡化,因为那里在搞开发,很多村庄已经拆迁了,我们的那个村子没有拆,是因为靠着一个河湾,是属于古运河的支脉。据说不宜修建公路,是河湾救了我们的村庄,让它还残留在地球之上,但是说不定什么时候,它也会被推土机推平,进而改造成一片厂房,或者是一条高速公路的地基。到那时,这两座坟也就不存在了。父亲临终前说,如果村子要拆迁,就将他的骨灰深埋下去。那片田野,他是用一生的心血和汗水来守望的,每年的春耕,是他驾着生产队的水牛,将泥土翻一遍,那片田地的每一寸泥土,都留下了父亲的脚印,滴下了父亲的汗水。

父亲和乡亲们收割了麦子,插下稻秧,就忙着用龙骨水车车水,灌溉着田里的秧苗,随后是除草、耘棵,将田里的水稻伺候得油光水滑的。父亲总爱用油光水滑来形容生长的稻子,这种状态下,稻子是健康的,如果稻棵不油光了,不水滑了,就显得没有精神,肯定是要得病了,这时候,父亲就会急得像个疯子似的在田边乱转。记得有一年,水稻患上一种稻包虫病,一条条像蚕似的青虫,将稻叶卷成一个个包,自己躲在里面吃叶子,这种病虫能将整块稻田的稻叶吃个精光。于是父亲便领着全队的社员下田，一棵棵地将被虫卷起的稻叶剥开，掐死躺在里面的虫子，再将稻叶上虫子吐的丝抹掉，让其舒展开来。那一年，我也跟着父亲下了稻田，看着卷曲的稻叶重新在风中飘扬起来，父亲眉头心的结终于舒展了。

父亲一生只做了一回官，是中国最基层的官，生产队的队长，而且还是个副的。副队长的职责就是主抓生产，这个职务对于父亲来说，也是量才而用了，父亲浑身有使不完的劲，父亲样样农活精通，尤擅耕田。秋收过后，父亲就驾着队里的那头老水牛，天不亮就下田耕耘了，老水牛拉着犁在前头走，父亲举着鞭子扶着犁把跟在后头走，每一块田都得来回走数百个来回。

如今，村里的年轻人也都去城里打工挣钱了，平时村里，也只有老人坐在家里聊天。或在太阳底下打盹，平坦的田野里，似乎只剩下父亲和母亲，在守望着曾经洒过一生汗水的土地。

芦花鞋

徐问道

  地球上的高家村太普通了，她远没有苏州的周庄同里那般显赫，也没有浙江的乌镇那般妩媚，然而我爱她，胜过爱那些中国的名镇，因为没有高家村，也就没有我这孱弱而平凡的生命，也没有我的今天。我的胎衣留在那里，我的足迹留在那里，我的欢乐和痛苦的泪水留在那里，我的相依为命的长辈埋在那里。

  高家村依傍着金坛市中塘桥古镇，在晚清年代，这里还只是一个土墩，因地势高，发洪水淹不着，后来有一批逃荒的人在这里落了户，故而取名高家村。开始都是一些茅草棚户，直到中华人民共和国成立初期，才有了两家瓦房，其余全是草房子。村里的手艺人特别多，有木匠、瓦匠、石匠、箍桶匠、剃头匠，还有裁缝。一个只有十多户人家的小村，家家都有手艺人。

  一到冬闲，村里的男人都出去做手艺了，只有一个叫金元的大伯，坐在家里干着一项绝活——编芦花蒲鞋。在五六十年代的江南乡村，芦花蒲鞋可是比当今的"耐克"旅游鞋还风行，我也曾为能穿上大伯编的芦花蒲鞋而高兴和自豪过。在我的记忆里，大伯住的是一个顶头披草屋，每到冬季，大伯和伯母就坐在家里编鞋了，进入三九寒天，大伯家的房梁上墙壁上都挂满了芦花蒲鞋。芦花蒲鞋是用芦花和稻草编织的，大伯编男人穿的大鞋，伯母就编女人和儿童穿的女鞋和童鞋。那时的乡村，人们还穿不起棉鞋，只能靠芦花蒲鞋保暖。每当冬季来临，北风一吹，大伯的草屋就成了一个鞋作坊，由于屋里到处挂满了芦花蒲鞋，人待在屋里，就像进了暖房。一到晚上，我就跑到他家看他编蒲鞋。金元伯乳名叫三狗，村里的大人都叫他的乳名，孩子也有背后叫他的，但都不敢当面叫。其实金元伯很和善，平时腰间总是扎着一根草绳子,也算是他的职业装束,就像医生在医院总是穿着白大褂一样,金元伯编草鞋时,先是骑在一张长条板凳上,蒲鞋经绳的一头就系在腰间草绳上,另一头搭在凳头的木靶齿上,先编好鞋底,然后再用缠着芦花的稻草编织鞋帮,稻草是用木榔头锤过的,既柔软又富有韧性。看金元伯编鞋,真是一种享受,只见他的两只手,像戏水的鱼儿在经绳间欢快地穿行游动,而指间缠着芦花的稻草,活像鱼儿戏水曳出的水纹浪花。于是,一双双金灿灿的芦花蒲鞋,就在他手下诞生了。金元伯编的蒲鞋,有大中小各种类型,大人穿的一般都是一角钱一双,小孩的是五分一双。那些年代,每到冬天,我都要用五分钱,从大伯家买一双小鞋,穿在脚上度过严冬。

金元伯从早晨到深夜,一般能编近五六双鞋,加上伯母,还有家里的两个男孩,都是编鞋的能手,日产量能达到近20双,如此的批量生产,在金坛河头西乡一带,他的芦花蒲鞋就成了知名品牌,而村里的大人小孩,都以能穿上他的蒲鞋为荣,自豪感并不比现在穿一双"耐克"鞋逊色。

金元伯编了一世的蒲鞋,临终前住的还是两间草屋,村里的手艺人,那些木匠、裁缝、瓦匠、石匠也都住草房子,只能穿着芦花蒲鞋过冬。可80年代中后期,村前的公路旁由香港一个服装企业办起一家服装厂,金元伯的孙子和村里手艺人的后代,都进了工厂。之后,村里的楼房就像雨后春笋,纷纷竖起。金元伯孙子的楼房,就建在村口原先草屋的地基上。清明时节,我从北京回老家,走过他家的三层楼房,就会想起当年的蒲鞋作坊,那间像蒲鞋似的小草屋。那天夜里,我在弟弟家用手提电脑上网跟军旅作家石钟山聊天。说起我的高家村,钟山先生说,你的村庄让我想起美国作家福克纳的故乡——那个邮票般大小的古镇,那个金元大伯,就是一部长篇小说呀!聊着聊着,一个句子突然跳进我的脑海:平生只有两行泪,半为故土半苍生。

父亲的路

汤云祥

知道这里是什么地方吗？父亲指着车窗外问我，这是哪儿？我疑惑地摇了摇头。

以前，从我们河头镇通往城东乡有一条必经之路，也是河头镇西部到金坛县城的唯一通道。这条路原先是那么的局促和小家子气，像一块千疮百孔的烂布条，父亲和乡亲们就是在这烂布条上步履蹒跚，向着美好生活进发。眼前的路位于开发区，像一条飞机跑道，笔直、宽敞，一直延伸到夕阳的尽头，和天地连在了一起。路两边的路灯杆修长挺拔，像出征的士兵一样沉默英武。这条路已经没有一点我儿时的样子，我如何也不能将眼前的这条路和记忆中的那条路联系起来。

田野像一片金色的海洋，在风中掀起阵阵的波浪，这条砂石路就游走在这一望无际的田野中间。路比普通的田埂要宽一些，虽然地面铺设了砂石，由于地基松软，被拖拉机压得坑坑洼洼，人走在上面也就东倒西歪，如在田野里舞蹈。在这条路上开的拖拉机或小车都比较谦逊，远远地看到对面有车来了，另一辆车就必须停在一处稍微宽点的地段让行。偶尔碰见不知进退的驾驶员，双方下车，让口水放飞一阵，最后还是有一方乖乖地倒车退让。

父亲最早踏上这条路时，它还是一条土路，父亲每天早上都要跑十几里路去上学。晴天尘土飞扬，一下雨，便泥泞不堪。沉重的钉鞋，把父亲的脚磨破了，父亲一到下雨天便赤脚走路。冬天，父亲出门看到路面白茫茫的一片，摇摇头，咬了咬牙，脱下鞋子抓在手上，一路小跑到学校。

中学毕业后,父亲回乡务农。当时每个农户都参加农业合作社的集体劳动,劳动效率低,靠挣工分到年底分红,辛苦一年得到的收入很少,农民们几乎家家都吃不饱。为了给全家填饱肚子,父亲沿着门前这条路,在傍晚时出发,赶几十公里山路到茅山买红薯干,然后挑着百余斤红薯干连夜赶回家,因为第二天还要继续到生产队里做工。村子的东边已经露出了拂晓的曙光,露水和汗水早已经将他衣裳打湿,但一踏上这条路,他的心里也就踏实了。

改革开放后,父亲开办了一家做瓦楞纸的小工厂,父亲还作为村里唯一的"万元户"到乡里去开会领奖。领完奖回家,他骑着自行车走在这条路上时,感觉天空是那么的纯净,空气是那么的清新。眼前坑坑洼洼的道路,仿佛也像少女脸上的酒窝一样妩媚可爱。

父亲把自己开办的小工厂经营得红红火火,进货、送货的车辆在这条路上络绎不绝。所以,村里一说要铺砂石路,父亲就踊跃资助,因为他知道这是一条通向希望、通向财富的道路。尽管铺上了砂石,但这条路始终像扶不起的阿斗,时间不长,那些坑坑洼洼又原形毕露,一不小心就会让你摔上一跤。父亲有一车货被一个大大的坑颠了一下,一下子连车带货都翻到了田里。村里出动了近一半的劳动力来帮忙,才将车子和货物拯救出来。

在这条路上,父亲和母亲也成就了姻缘。父亲挑着担,风吹着他汗湿的胸膛,他年轻的脸上棱角分明,英气勃发。一个年轻的姑娘迎面而来,她梳着两条长长的辫子,辫子乌黑闪亮。姑娘脚下踩了一个坑,一个趔趄,长辫子一甩,像一道闪电拂过父亲的脸庞,闪电也照亮了父亲的眼睛。姑娘脸上飞起了彩霞,羞涩地看着眼前的小伙,她从小伙子的眼睛里看到了爱情。鹊桥也应该是坑坑洼洼的吧!在这条路上,母亲的长辫子勾住了她一生的幸福,留下了她最美好的青春。

嫁给父亲,母亲是幸运的,因为从此,她不需要在路上为了生计奔波。有智慧、能干的父亲百般呵护,母亲的聪明机灵被磨圆了,磨钝了。当村里的妇女都学会了骑自行车,从这条路上风驰电掣而过时,她连三轮车都没有学好。我高中的时候,有次周末回家,母亲说要骑三轮车来接我,语气里满是骄傲。看着母亲骑着三轮车,英勇无畏地绕过一个一个坑,我骑着自行车,提心吊胆地跟在她身后。夕阳的余晖照在母亲身上,散发着温暖的光芒。

这就是那条路吗？记忆是如此的真切，栩栩如生。此刻，父亲坐在我的身边，每条皱纹里都闪着阳光。父亲静静地看向窗外，目光深远悠长，他看尽了时间长河，看尽了沧桑岁月。那条路，在一望无际的田野里游走，风从旷野里吹来，吹干了汗湿的胸膛，那是属于父亲的路！

父亲的行当

汤云祥

父亲会做篾匠,后来专门在乡供销社编竹篮和竹筐等生活用具,他将他心灵手巧的特点在这里发挥到了极致,不仅东西编得巧妙、编得好看,而且速度也快,一个人能做顶一个半工匠的活。所以那个时候,父亲凭手艺挣的分红远远要超过在生产队里的工分,村里别人家过年时一个猪头都买不起,父亲却阔气地买了两个猪头。

1979年之后,随着农业生产承包责任制逐步贯彻落实,搞养殖、从事副业再也不会被"割资本主义尾巴"。父亲相继做过养猪、用船跑运输、办加工厂等行当,在他从事的每个行业里,勤奋、聪明、踏实的父亲都能做到出类拔萃。

父亲买回来的母猪,每次都能生许多小猪,从而卖个好价钱。姑父买了一头猪看走了眼,那头母猪买回来时父亲发现有哮喘。父亲告诉大姑,母猪生产时一定要喊他过来。母猪临产时,大姑浑身哆嗦、气急败坏地来喊父亲。大姑那一声喊,父亲说当时他就冒出了一身冷汗,浑身汗毛倒竖,他知道决战的时候来临了。

等父亲赶到猪圈时,母猪已经喘不过气来,浑身发紫,随时要断气,小猪在母猪肚子里已经像开水一样沸腾了。母猪一断气,所有的小猪也将玩完,大家都被这情形吓坏了,大姑无力地朝姑父喊:"快找刀来给小平(父亲的名字)破肚。"只见父亲迅速从猪圈的后窗户下拿出一把磨得很锋利、早就准备在那里的菜刀,像一个手术医生一样,准确、冷静地破开母猪的肚子,抢在母猪断气之前把全部小猪抢救出来。那次小猪卖了一个很高的价钱,最大限度地挽回了经济损失。父亲说有哮喘的猪在生产时肯定会窒息而死,为了不让大姑一直担心,就悄悄地磨了一把刀放在那里,否则临产时再找刀就来不及了。

改革开放以后,全县工业生产走上健康发展的道路,乡村工业尤其发展迅猛。我们村所在的午巷大队也相继开办了纸盒厂、工艺纸盒厂、胶丸厂。开办胶丸厂时,厂里建起了水塔,烧起了锅炉,还从上海请来了懂技术的师傅。

父亲一开始也在村办的纸盒厂上班,在工作了两年之后,低廉的工资加上枯燥的操作让富有创新精神的父亲耐不住了,他决定冒次险。1986年,父亲借钱和堂叔两个人合伙买了一条水泥机动船跑运输。

1981年以前,全县有小马力机动船(又叫机帆船)96艘,我们门前大河里跑的就是这种船,可运输,可载客。我还曾经坐这种机帆船进城,看望在城里工作的爷爷。1982年,金坛兴用挂桨机船,用柴油机作动力,这种船马力大、动力强。

父亲他们买的就是挂桨机船,载重25吨,用一台柴油机作动力,柴油机发动起来"轰轰"冒着黑烟,声音震耳欲聋,日夜行驶在门前这条大河里。父亲和堂叔两个人那时年轻,身体好,轮流开船、休息,几乎日夜不停船地跑着运输。运输砖块尤其辛苦,上货、卸货全靠双手一块一块搬。我看到过他们用一种铁夹子搬砖,铁夹子一次夹四块砖,两手用两只铁夹子只能一次搬八块砖,几千上万块砖搬完后,父亲和堂叔都累瘫了,双手颤抖,脚步虚浮。但来不及多喘一口气,便又开船去装下一趟货。

有次父亲他们送一船砖头到上海,在开到黄浦江里的时候,江心的风浪特别大,发动机突然发生故障,动力慢慢变小。父亲知道万一发动机停止工作,一个大浪打过来就会把船打沉。经验丰富的堂叔努力维持着发动机不熄火,父亲则向旁边开过的船只求救,希望对方能用绳子带住船。但过往的船只怕父亲的船沉没时会将他们的船也带着沉下去,都拒绝施救。父亲说,在那茫茫的江心、风大浪急,第一次体会到叫天天不应、叫地地不灵的惶恐。所幸苟延残喘的发动机最终没有熄火,一直让父亲他们把船开到了岸边。

父亲对这次经历心有余悸,加上高强度的操劳让他也萌生退意,于是父亲拿着运输分红的7000元钱和堂叔分手了。两年的运输生活,让父亲开了眼界、长了见识和胆量。1989年,父亲便用这7000元钱买了一台瓦楞机,为周边地区的纸盒厂供应瓦楞纸。

工厂就设在原先养猪的小房子里,刚开始做瓦楞纸时,由于没有经验,一张张白纸进去之后,出来往往变成一张张废纸。那段时间父亲整天愁眉苦脸,闷着头调试机器，母亲就在灶前一边烧饭一边抹眼泪。爱动脑、肯钻研的父亲终于掌握了窍门，生意日渐红火，工厂也搬到大队部倒闭的胶丸厂房里去了。工厂红火了，货款却难收。年底为了支付工人的工资，父亲从腊月刚开始就四处收款。每年到了除夕，村里的人家都在大门上贴好对联，开始放鞭炮了，而我们还在苦苦等待冒着风雪和严寒在外奔波的父亲。

父亲作为村里唯一的"万元户"到乡里开会。开完会回家后，他奖到了一个皮包和一个不锈钢的脸盆，盆底用红字写着"农村先进工作者"。这个脸盆质量非常好，用了好几年后依然完整、光亮如初。而那个皮包父亲却用了近20年，直到拆迁时，已经很破旧的皮包才被父亲弃之不用。

带着乡情去呼吸

周苏蔚

虽然我有曾经10多年的新闻媒体从业经历，但我还是怀着惶恐的心态阅读于中龙先生发来即将出版的《侨居葡萄牙》一书的电子文稿。因为近百篇文章写的都是发生在我所不熟悉的国家，心里没底，不知这些内容能不能让我读懂，可是当看完全部文稿，心情却好久难以平静。

我喜欢和朋友交往。和河头人于中龙相交，却是巧合。

金坛，有着江南水乡的优雅，以及四季分明的生态环境，它是我和于中龙先生共同的家乡。金坛属于吴文化发源地，其语言有着吴语较为特殊的背景。然而，如今能讲地道金坛方言的人越来越少了。所以，当我第一次见到于中龙时，他那一口纯正的金坛河头一带的土话，霎时便把我们的情感融化了（我1990—1992年在河头镇政府工作。为了方便与老百姓交流，我刻苦地学习过河头话）。常年生活在葡萄牙，居然乡音未改，说明他内心里装着浓浓乡情。

历史上的金坛有两大望门贵族：一个王姓，一个于姓。于姓中有两个人非常了得。金坛古代曾出过4个状元，200多个进士。这4个状元中有2个出自好学善读的于氏家族。一位是雍正年间的状元于振，清初著名的散文家和书法家。他描述家乡秀丽景色的散文《清涟社记》《南楼草自序》极富文采。另一位是清代乾隆年间名遐迩的政治家于敏中，幼年被誉为"神童"，博学多才、诗文雅正，曾任文华殿大学士兼军机大臣，并和孔府第72代衍圣公孔宪培联姻，63岁出任《四库全书》总编纂。中龙先生便是于姓家族的后裔，所以我和他开玩笑说："你的血统天生就很高贵。"

看到中龙发来的《侨居葡萄牙》文稿，我丝毫不怀疑其文笔的才华和字句的精巧。虽然写的是异域他乡,但从许多文章里还是能发现于中龙记忆的思绪还是家乡,比如《里斯本修伞匠》一文中的联想到金坛老家二三十年前的箍桶匠、篾匠、箩匠……比如《葡萄牙生猪节》中,想到过年时家中的"火腿肉"……可以说家乡的水、家乡的云、家乡飘过的风都能点点滴滴流露出来。这本书给我三点感受:一是从捕捉凡人小事中发掘葡人生活状态;二是从洞察社会境况中升华作者意境;三是从体悟世事中抒发思绪情感。用中文汉字刻画着记述着葡萄牙的人物情感,是中龙先生在书中所带给我们的景象。可以这样说,透过每一篇纪实的文章使我们了解到中龙已经将葡萄牙作为他内心的第二故乡。因为不想忘了乡情,记住自己的根,他便把于建华改为于中龙,意为"中国的龙"。生活在地球村里,我们有理由相信,只要是情到之处,那里就是你的家。

美好的日子总是会给你带来快乐,带来幸福。于中龙用华人的眼光看着葡萄牙,他的人生充满了不一样的乐趣,特别是他作为《葡华报》的记者,更有独到的新闻思考力和观察力。

当我写完这篇短文走向窗前时,发现入冬以来的一场大雪已把江南的天地描绘成莽莽一片白。向着远方,我在心里默默念:快过年了,朋友你还好吗?

第一部电话

王加月

  老家在河头的玖辉，是我的一个非常要好的朋友，我们几乎是无话不说，我们经常在一起谈生活、谈理想，谈谈过去的事情。打开记忆的闸门，今年45岁的玖辉把千言万语汇聚成了一句发自肺腑的话："我们河头的变化太大了！"

  玖辉说，记得小时候他最初见到的电话是村委会的手摇式电话，放学后孩子们扒在窗户边上，充满好奇地看着屋子里面的干部打电话，一会儿大喊、一会儿大笑，仅凭一根线就能通话，就像面对面说话一样，真是太神奇了。

  后来，电话在逐步改进，继手摇式电话之后，直拨电话诞生了，闲暇时玖辉就在想入非非：我家如果有部电话那该多好啊！那样就方便了。

  梦想终究是实现了。那一年的春天，玖辉的父亲做小生意赚了点钱，为了做生意方便，就在家里装了部电话，也是他们村里的第一部电话。在那个时候的河头，对于乡亲们来说，电话绝对是个稀罕物，看都很少看过，更不要说打过电话了。前来看热闹的人络绎不绝，纷纷争抢着观望那部红色的、精巧的电话，小心翼翼地轮流摸摸，羡慕不已。玖辉的母亲说，大家以后有什么事就来打这个电话吧，方便、快捷！不需要写信了，也不需要"带口信"了，于是，玖辉家的电话就成了村里的"公话"。

  其实，前来打电话的人几乎没有，接电话的占多数，打电话需要钱而且很贵。后来，党的政策好了，改革开放也在不断深入，村里的年轻人纷纷外出打工挣钱补贴家用、改善生活。玖辉家的电话号码以书信的方式，从河头传遍了全国各地，叫人接电话、等听电话成了他们家小院一道亮丽的风景线。接到通知的人在等，没接到通知的也在等，因为他们都迫切想知道家人在外面的工作情况、生活情况，乡亲们围坐在小院里，有说有笑地谈论着，谈论的话题很多，而最多的是各自的子女，有充满骄傲的眼神,有布满沮丧的脸庞,大家总会随之赞扬或者安慰几句。这样一来,大家的心里会好受一点,气氛也就更融洽起来。

放暑假回家的玖辉就成了名副其实的通信员,一有电话来,母亲就会吩咐玖辉跑西头跑东头地叫人来接听。前来接电话的人,往往会带点瓜果蔬菜之类的东西给玖辉家,借此当作谢礼。而玖辉的母亲也并非贪图小便宜之人,往往会拿家里的东西一一回赠。看着他们相互推让的情景,玖辉感慨万千:一部电话不仅给乡亲们带来了方便,还能增进邻里的友好关系,真好。

一天下午,玖辉正在津津有味地看着故事书,接了个电话的母亲让玖辉叫村西头的张大爷来等电话,说是他远在外地打工的三儿子打来的。玖辉很不乐意,坚决不肯去,正看着书呢!而且天又那么炎热。母亲迟疑了片刻,最后只好自己跑了一趟。不一会儿工夫,张大爷跟着玖辉母亲后面来了,在等电话来的过程中,玖辉母亲给张大爷端了把椅子坐下,然后跑进屋里找来支香烟敬给张大爷。张大爷满脸的疑虑,似乎还有点不太自在的样子,他犹豫着接过香烟,手明显有点颤抖。玖辉就好奇地在想:张大爷应该是对母亲的热情不知所措吧?即便如此,也不至于这样啊!

接完电话的张大爷说了一大堆感谢的话,玖辉母亲忙摆摆手满不在乎地说:"不就是接个电话吗?您不必放在心上,以后尽管叫你家老三打来,我保证及时将您喊到。"张大爷走后,玖辉母亲开心了好一阵子,还哼唱起了小曲儿。玖辉有点莫名其妙了。

玖辉问母亲为什么如此高兴?母亲乐呵呵地道出了其中的原委:前一阵子,张大爷跟玖辉家为了点琐碎小事大吵了一架,后来两家人碰了面也互不理睬,当然,玖辉父母对张大爷一家人更是视而不见。多亏了那天张大爷的儿子来电话,她才硬着头皮来玖辉家的。玖辉母亲又说:"张大爷肯来接听电话、肯抽我家的香烟,说明他心中的气已经消得差不多了。大家都乡里乡亲的,抬头不见低头见,为点鸡毛蒜皮的小事弄得老死不相往来,也没这个必要。"玖辉觉得母亲说得颇有道理。

一部小小的电话,传递的不仅仅是意味深长的乡音,还有亲人之间的无限牵挂。它更能筑起一道坚实的和谐之墙,让更多的情感拉得更近、走得更远。

大沙庄外婆家

樊嘉华

我家在莞塘,每次去大沙庄外婆家,出村前必定要看路过人家屋檐下、墙角边的凤仙花、鸡冠花,或者是河边的绿竹、翠柳。我追赶过人家的鸡鸭,也被恶犬追赶过,所以我总是手上拿一块残砖破瓦或竹梢出村。这出村短短的二三百步路经常被新鲜人、稀罕事拉长了、弄弯了,甚至走岔。

出村沿弯弯曲曲的田埂小道走上几十步,朝南折向一条长方形小河,河里水草虽不丰茂,偶尔"拨剌剌"一声,有鱼跃出水面。河边小道转入田埂,再转时又是一个小池塘,离莞塘村四五百米。池塘边有一户人家,一对40多岁夫妇带着两个女孩、一个男孩住。一排篱笆环绕茅檐土坯,门前屋后稀稀落落有几棵树,春夏绿荫长盖、秋冬叶落。过了这人家门口继续向南,在田埂上再走上约200米,一条灌溉渠自东北方向来、直直伸向东南方向。这灌溉渠高出农田有半米多,一块长条青石横躺渠两边方便人行走。渠的西边是大片农田,一条和渠相连斜长弯曲的小河。河曲处几簇绿树掩映,如果是傍晚时分路过,可以看到有炊烟升起。这里住着刘姓兄弟两家,养着三男一女四个孩子,最大的男孩有智障。下渠沿着河边走上50米,一条稍宽较平整的路把大片的农田左右分开,路的尽头就是我外婆家——大沙庄。

大沙庄,并不大,三四十户人家120人左右,董姓人最多,占大半,其次是蒋姓。一条不很宽的河自西北向东南从村中流过,和江南其他地方一样,屋傍河而建、人依河而居。

村北口是一蒋姓人家,因为去外婆家必从他家门口过,所以知道这户人家的三个儿子还没有成家,大的叫"腊狗",小的叫"小狗",中间的叫什么忘了,反正也是什么狗。村民常笑着说:"某人!你儿子倒会养的,名字不会起!"一家四个精壮劳动力,挣工分多,年底有分红,所以可以不要原来的茅草房而在村口另找地砌上3间黄砖灰瓦房。新房竖起来不到一年,隔壁人家的女孩就住了进去。因为同是蒋姓,可能是辈分上有点不适,起过不大不小的风波。当有了下一代时,老一辈就忘了辈分上的纠结,风波自然也就在日常生活中烟消云散。

蒋腊狗他丈人家东南方向10米外的一幢房子非常显眼:高而不大、旧而不破。外墙虽经历多年的风吹雨打,依然难以掩盖本色,白得清爽。几枚扁菱形大铁钉错落有致地嵌在外墙上,看不到有生锈的痕迹。绕西墙走到屋前,看到一扇大木门。如果进到屋内,会被厚厚的木板、粗大结实的木柱造就的内墙吸引;跨过木门栏来到里屋,不用抬头就看到一架楼梯,在脚下木板"吱吱嘎嘎"声中上到楼上,才真的确定这幢楼房除了外墙,都是木头造就,连同楼板。这就是我大沙庄的外婆家。

这木楼何时何人建我没有问过,只听舅舅说过原来木楼有4间,后来运动来时被分掉一半。分出的一半被好吃懒做的主人住了几年后拆了去卖了,剩下的木楼舅舅家一直住到20世纪80年代末期,后来在原来的地址上建起了三层砖瓦楼房。据说拆下的木头建完新房还剩余不少。

解放前,大沙庄董姓人虽然多但田亩少,王姓虽然只有一家两户,却是整个村最富的。大沙庄王家祖籍在哪里,我也没有问过,根据后来了解的事情推测,王家人肯吃苦、脑子灵活,赚到钱就买地,到我外公这一辈,有了点家产,但人丁不旺。我外公这一辈就兄弟俩,外公是老二。

自我懂事起,木楼里就住着四个大人。进大门是客厅,靠墙摆放一张八仙桌,离八仙桌不远是猪圈;里屋对着门是灶台,灶台前一个大水缸,水缸上方有竹篾碗筷柜;一风箱连着灶窠,做饭烧菜时,手拉着风箱横柄,整个身子前倾后倒,风箱于是就连续发出一种吼声,灶塘里火苗在跳舞;木楼梯离灶台5米开外,羊圈就在楼梯下,有一段时间,几个装着小白兔的兔笼放在羊圈外。

楼上两张床,一背靠楼梯朝南,一背靠东墙向西,床头是窗户,光线好。两张床之间有一张黄木桌子,抽屉里躺着一本商务印书馆1957年版的《新华字典》。自从我发现了这本《新华字典》,两三年里我总是一个人在楼上翻看,不再碰爸爸那本《四角号码字典》了。

今年过年去大沙庄拜年，我问舅舅："那本《新华字典》可还在？"舅舅笑着说："很早就遗失了，也不知道弄到什么地方去了。"这么多年过去了，大沙庄留给我的记忆还是那么生动、鲜活，仿佛就在眼前。

儿时家门口的小河

樊嘉华

儿时的记忆里,家门口有一条小河。这条小河带给我许多儿时的欢乐,滋养了我的灵魂,直到现在还在心底流淌,永不干涸。

小河弯弯曲曲、斗折蛇形,几户人家沿河而隐在幽竹绿树间。河岸与家门口被曲曲直直的小路连接,如果没有记错,总有几块残砖、石块散落路中。从家门口衍出的小路尽头照例应该是个淘米洗菜浣衣服的码头——往往是一条石板或者一片被废弃的石磨,被砖头、木棍支撑着。

多数的时光里,码头的主人是小鱼。小鱼悠闲地围着码头游来游去、忽近忽远,时隐时现,绿意盎然的苔藓随着水波荡漾。只要你愿意弯下身子将手伸到码头下,总能够摸到几个螺蛳,薄皮的发亮放光、厚皮的满身青苔绿莹莹的,都紧紧戴一个黛色的帽子,倘若扔在草丛中,不一会儿螺蛳就可能戴着帽子从壳里探出来。从石板、石磨底下摸螺蛳纯粹是一时兴起,完全是为攀附在水面下的木棍、残砖上那几个小螺蛳触引而起,所以被随意扔到草丛里或者抛入河中是这几个螺蛳最常见的归宿。

拎着半筲箕米来到码头上淘米,米糠漂浮水面,小鱼蜂拥而至,鳑鲏和小白条最多。鳑鲏的身体圆圆的,小白条却身子细长。小白条的细鳞泛着亮光,最活跃,翘嘴常常露出水面,不停打着水花。暑假里、星期天有大把的时间,天气好,心情也好,看到它们有时会返回家拿来米筛悄悄没入水面,等到游过来抢吃米糠的小鱼越来越多,猛地将米筛托出水面。你不会失望的,看到几条来不及逃遁的小鱼在米筛里乱蹦乱跳,又常常引诱你将这游戏玩上好几遍。一段美好的时光就这样不经意地

被收藏在儿时的记忆中了。当然,如果你分不清筛米糠的是米筛,晒粮晒菜的是圆匾(又叫唐匾),可能你会被刚刚从码头边走过的人善意地笑话,虽然都是圆形家用竹器,米筛底是有洞的,托起来时筛子里的水会很快泄漏掉,而底部密封的圆匾则不会。

春天,小河边绿树杂花环合,翠藤青蔓遮掩缠绕,还有绿意盎然的春草。谁家的一树桃花开得热闹,红红艳艳,临水而映,别有意趣。鱼,大的尺许,小的寸余,稍大的两三条带着一众幼鱼,成群结队,往来翕忽与水草相嬉。正午阳光照射下的幼鱼真是可爱,虽在水中,通体透明,脊椎鱼刺可看得清楚,如游动的工艺品,精妙绝伦。近岸边的浅水处,簇簇小蝌蚪越游阵势越大,放眼望去,宛如一条黑黑的长蛇穿游在河边水草间。过不了几天,浮萍上、河岸杂草边,都被灰色的、青绿的长着小尾巴的小可爱点缀着,随意可见。

夏天的小河,热闹!远处有几只鸭,静静徜徉在树荫下,忽然"嘎嘎"地扑闪着翅膀踩着水像要飞离水面。应该是有较大的鱼经过被惊吓了。假如你朝它们扔一块小砖小瓦片,它们也会如此飞扑。忽又两脚朝天,头用力向水底伸下去,只看到红黄的蹼在乱舞,甚至红黄的蹼有时候也会没入水中不见,那是它可能被水底的螺狮或身边游过的小鱼小虾诱惑了的缘故。一从水底钻出来,立马扑闪起翅膀,摇摇脖子,抖抖羽毛上的水珠,用嘴伸到翅膀下抓抓痒。夏天,从中午开始,小孩子是小河的主角,在小河里摸河蚌螺丝、捉鱼虾、追鸭子、采红菱,乐此不疲,即使皮肤晒得黝黑、肩背上脱了皮,就算被大人喊骂着赶上岸,也必须扎一两个水猛子方显得在小伙伴面前不失面子,到水浅处站起身来,用手抹一下脸,摔几下湿漉漉的头发才肯上岸。

往往是下午三四点钟,天上忽起了乌云,掠过河面的风惊乱了岸边的小树,把路上灰尘扬起,接着暗下来的天空闪电频现,阵阵响雷紧跟其后。黄豆大的雨滴落在周围水面溅起鸽子蛋般的水泡,打在还没有上岸的你的身上,冰凉、有点疼!但置身无数大小水泡中,岸边景物模糊,四周茫茫一片,只有雨滴击打水面的声音。虽然心里有点怕,但被平时没有过的感觉所诱惑、所刺激,还是和小伙伴一起在水里坚持着,心里想的却是大人好像有过的交代:"下阵雨时不好待在河里,当心电打雷劈。"所以,雨帘外只要有大人的一声喊叫,即使是隐隐约约或者是好像听到,河里的一个个马上飞快上岸、回家。雨后彩虹如飞桥横卧天穹,天穹如洗,蓝得纯粹,纯粹得足以融化一切。火烧云铺照河面，小河上下一片金黄，极尽华丽堂皇，不由得从心底发出由衷感慨："真的太美了！"

河面落叶飘零，转眼已是霜降。茅草发红又变灰白，最终被霜染成灰黑，在风中摇曳；掉完了最后一片树叶，树杈光秃秃的也呈黑色。水草已是无根、随风浪漂荡，沉入水底。青菰临水也不见好颜色，衰败枯黄，一片狼藉。水也枯了，小河岸堤裸露黄色。

"三九四九冰上走"，穿着芦花蒲鞋，先是小心翼翼在离河岸不远的冰上移动，慢慢地就到了河中央，步子也大了，动作也野了，声音更是高起来欢快起来了，在冰上打闹的也有。或者站在河岸上，找一两残瓦片，低下身子用力斜着向冰面扔出去，"哗啦啦"一连串声后，瓦片滑过冰面飞快到达对岸，被岸堤挡住反弹，以不同的角度在冰面上回滑一阵才算告一段落。或者从码头上砸一大块冰扔到岸上，找一个管子对着冰里的气孔拼命地吹，一阵努力后，冰被吹出一个孔，用稻草或者就近找小树枝把大冰块拎起来炫耀，招摇过村，放太阳下看五彩颜色。下雪时河面不一定会结冰，当全村被白雪覆盖，按各自轮廓呈现白色面目，唯有小河拒绝改变，清晨冒着"热气"，有的地方丝丝缕缕，有的地方气势腾腾，还有的地方只有碧水一泓。

雪会消融冰会化，蹲下身子拔鞋跟时，细心的你会发现衰草丛中有了一丝绿意，春天已不远了，小河里的水又要涨起来了。

后符婆婆家

樊嘉华

后符婆婆家离莞塘村约6里路，西北方向。假如50年前有人下了中塘桥，从中学东边大路向北直直走上十几分钟，有一条灌溉渠东西横亘与路相交，站在渠上，会发现刚才走过的路竟延伸到前面50多米外一个村庄后，消失不见。如果他到过这个村庄，应该知道有几户人家居住在村庄五六十米外、东北方向。我懂事起就晓得婆婆住在那里。

其实，婆婆原来不住在这个地方，而是在南边十多里路外。外公外婆拖老带小来到九村，先在后来成为九村大队部的地方住下，后来他们又住到一个已废弃了的荒庙里。在我模糊记忆中，庙门朝南，一堵残墙凸出，墙东边住着外公外婆和三个未结婚的舅舅，西边是三舅一家五口人。

三舅说过，家里卖了一担红薯，再借了点钱就砌房了。这后砌的房子我清楚地记得它的模样，周围的环境也记得。四户人家一字排开，朝南背北。一个一米宽的弄堂把七间砖瓦房隔成两部分：婆婆家和三舅家是四间房连一起，在弄堂东边，三舅依旧住着婆婆的西边，两家各半。另外三间房是小外公一家八口人住。

在婆婆家东边两米外有两间土坯茅檐的房子，一对年长半路夫妻住在里面。男主人我印象一点没有，女主人外号叫"麻婆子"。"麻婆子"的家已经快砌到河边了，沿着河堤下去有长条石做的码头，供几户人家洗衣洗菜用。去码头必从"麻婆子"的家门口走过，我们小孩子每每去码头，总有一只黄狗从她家狗洞里蹿出来狂吠。

春山家在小外公屋子后面，有10米远，他家地势最高。因为春山身体不太好，老婆有病，一个女儿正在念中学，一家人挣的工分少，年年超支，所以穷得吃不饱。但春山善良,把有病的老婆照顾得好,让女儿穿得干干净净、漂漂亮亮。女孩子白脸长身,背后辫子又长又黑,说话带点嗲。女孩子也懂事,知报恩,后来嫁到一个好人家,早早把父母亲接过去一起过。

这几户人家的坐落地比村子要低至少20厘米,西边、南边和北边都是大片农田。从小外公门前一条田埂小道向南通向生产队晒场、社舍,继续向南就是更广阔的世界。如果不向南而是向北,就到了婆婆刚来九村曾经住过的地方。1980年前后,那里有大队部、小学、小店,还有碾米站。

一条长河从婆婆家东边蜿蜒而过,属于柘荡河向南的一支。柘荡河到这里时流量已很小,从河岸下去三四米才可到长条石码头,对岸的河床常年种着庄稼、蔬菜,很少被淹。有一年冬天,甚至通过河底小步跳一两下就直接到了对岸。

婆婆家门口偏西地方曾经有过一个上圆锥下圆柱形,用稻草编制、收纳草木灰的草披,平时灶膛里扒出来的草木灰就暂时存放里面,到时候会当作肥料回到农田菜园里。草披背靠一排木槿树,木槿树下就是河床。柘荡河流过来的水越来越少,河床就变得越来越宽,几年里木槿树的势力范围向下扩展了不少。

又一年暑假来婆婆家,看到婆婆家门口多了一条向南通往河床的路,河边也多了一码头。从这条路下河边时,可以欣赏到木槿树的红花倒映在一泓小水坑里的风景。小水坑的水清澈、冰凉,让我惊奇不已。而后的好多年,这里的几户人家一直饮用这小水坑的水,从没有看到它溢出过,也没有见少过半寸。

"麻婆子"家后面有一条羊肠小道,走上不到一分钟,有好多坟茔被杂树掩映,阴森森的。我一个人是不敢过这段路的,往往三四人才敢一起走。我们一起去柘荡河的滩涂上割草、嬉闹。运气好可以从草丛里摸到野鸟蛋,蛇脱下的白衣也不少见。

这几户人家在各自的命运安排下,一同在河边那片日头里生活了一段时光,然后又在不同的境况里以不同的方式陆陆续续都离开了那河边。自此,那块河边的土地就人迹罕至,野草重新成了主宰。

上泗庄中学记忆

小 乔

我的初中物理老师姓庄,也是我表哥的老师,宜兴人,皮肤非常白,记忆力不怎么好,经常记不住学生的名字,每次一进我们班的门,他都要用宜兴口音很重的普通话问:"巴掌(班长)是哪一个?"上课时眼睛总是茫然地望着教室上部虚空的部分,不知道他是在上课呢还是在神游。

表哥告诉我,庄老师的外号叫"冷板烧(肉圆)"。以前乡下过年时要烧一碗肉圆,由于当时物质条件差,这碗肉圆是过年亲戚来吃饭时,端到桌上做样子的。谁知刚过年没有几天,庄老师的妻子就发现碗里的肉圆越来越少,已经不够当摆设了,一问才知道是被庄老师偷吃了,就和他大吵了一顿,结果被表哥他们知道了这个笑话:庄老师每天下班后回家,用一根烧热的缝衣针细细刮去肉圆上冷冻的油脂,一天吃一个,最后终于暴露,"冷板烧"的外号就这样传开了。

教我们英语的翟老师每次都是匆匆赶到教室,有时候还要到上课铃响了好几分钟才姗姗来迟。赶到教室的他经常是一副老农民的模样:裤腿卷到小腿处,腿上的泥巴尚未洗干净,裤子和衣服上还沾着许多泥点。头发浓密黝黑,但乱蓬蓬的。虽然老师的授课水平一般,但钓黄鳝、打甲鱼的水平是乡里的一绝。翟老师家庭经济条件差,妻子身体也不好,他就利用空余时间在田间地头钓黄鳝、打甲鱼来改善生活。

和庄老师一样,翟老师在给我们上英语课时,眼睛虽然看着我们,但仿佛是看着虚空一般,在讲台上自顾自地讲课。如果他突然回过神来,那我们就有麻烦了。他会叫我们站起来背课文,或者到黑板上做题目,谁要是不会背或者不会做,他就用那双钓黄鳝、打甲鱼锻炼起来的如鹰隼般的眼睛狠狠盯着你,嘴里骂道:"我一个钉弓(手握成拳头,用食指敲打头部)敲死你!"

教我们语文的王老师虽然极力想在课堂上看清我们,但由于他是高度近视眼,眼镜片像啤酒瓶底一样厚,所以他根本无法在课堂上分辨他的学生。上课时,他几乎要将书贴到眼睛上才能看清书上的字,而放下书,他只能看到讲台下模模糊糊的我们。所以,他课堂上的秩序总是不太好。有时学生的声音大了,他就用力放下书本愤愤地说:"马上要考试了,请大家用心听课,你们看,曹某某听得多认真啊!"我们听了这话便哄堂大笑,原来他说的曹某某已经从后门溜出去打球了。

我初一的班主任是曹老师,教我们数学。他身材高大,却很瘦,烟瘾比较大,我们在课堂上只要听到他远远的咳嗽声,我们便迅速安静下来准备上课。我们给曹老师起的外号叫"根号",因为他每次上课讲到"$\sqrt{}$"时,他都喜欢拖长音,用厚重的后鼻音说"根——号"。

我当时是班长,因为成绩一直比较好,所以他平时比较信任我。有次赶上要上体育课时下雨,加上兼职教我们体育的英语老师翟老师估计又在田地里忘了时间,所以体育课就没有上,大家都在教室里自习。我那时才学会打乒乓球,正兴致高涨,便和两个同学偷偷从后门溜到乒乓球室打球。我们正在打得热火朝天的时候,曹老师如神兵天降,黑着脸没收了我的球板,然后用墙角的哑铃狠狠砸了两下。我们被吓得站在那里呆若木鸡。

在初中的时候,我曾碰到过一个野蛮女生,她是我初一班主任曹老师的外甥女,初二的时候从湖北转学过来。她身材修长,有一头刻意留得很短的头发,平时喜欢穿一件黄军装,光看背影,活像一个假小子。她说话、做事风风火火,大大咧咧,而且特别爱和男生在一起闹。

有一次,我看见一个穿黄军装的同学走在我前面,我以为是我们班的一个男生,便跑上去搂住他的肩膀,谁知道那同学转过身来,两只亮晶晶的大眼睛盯住我,原来是我那女同学。我羞得满脸通红,旁边的同学都笑着起哄,她却像没事一样走掉了。

我当时是班长,她是生活委员,加上她就坐在我的前排。那时候流行电影明星的大头贴,我也把我喜欢的电影女明星的大头贴贴在我的文具盒上,每当我兴致勃

勃地欣赏大头贴,并对女明星评头论足时,她就转过头来瞪我一眼。

有次我从教室外回来,发现我文具盒上的大头贴已经不知道给谁撕得残缺不全了,我心疼不已,惨叫一声:"是谁动了我的大头贴?"她从前排不慌不忙地转过身来,很平静地说:"是我撕的,怎么啦?"我说:"你凭什么撕我的大头贴?"她还是慢条斯理地说:"我就撕,怎么啦?我还要撕。"我说:"你撕撕看!"谁知道她真的又抢过我的文具盒撕了起来。这下我彻底火了,我说:"你信不信我打你。"她将她的脸伸过来说:"你打呀!你打呀!"这时所有的同学都盯住我看,我血往头上冲,咬了咬牙,一巴掌就挥了过去,正打在她的脸上,发出了清脆的声音。

她一下被我打得呆住了,怔怔地看着我,然后回头趴在了桌子上,肩膀一耸一耸的。我低着头默默地收文具盒,突然她又站了起来,回头飞快地朝我脸上打了一巴掌,我给她打了个正着,顿时脸上火辣辣地疼。我平生从没有给人打过耳光,而且还是一个女生打的,我感到羞辱难忍,揪住她就上了校长办公室。她被校长批评了一顿,校长要她向我赔礼道歉,她却死活不同意,一转身就跑掉了。

事后,她换了座位,平时见到面我们互相不理睬,一直到我们初中毕业。我念高中的时候,有次在街上碰到了她,她在另外一所中学读书。她说以前对我很有好感,但我那一巴掌将她的好感都打没了。我笑着回答说:"你那时也真够野蛮的,我的脸现在还火辣辣地疼呢!"

堰头村的大河

虞建民

"堰",字典上的意思是"让水流停下来的土坝","堰头"就是土坝的顶。堰头村很小,只有区区几十户人家,两百来口人。在村庄的南边,离村子大约有500米的地方,有一条横贯东西的河,小时候大家都叫这条河为"大河"。

据《河头镇志》记载:"大河,县城北运河(现为丹金漕河支流),东出钟秀桥(大中桥),停蓄北渚荡,又东流出莲珠桥至河头,俗称大河。1970年冬,经疏浚开拓,与尧塘河连接,称为夏溪河。流经本镇长约5.6公里,是中部最大的水系。"

但是,我们这条称为"大河"的并不是这河流,而是另外一条。"南塘河,丹金漕河水出钟秀桥,又一支流东折而南,出思墓桥,经本镇南部,流至尧塘河,称南尧塘河。该河在本镇境内从茅墩村西至后潘村东,长约3公里。"镇志的河流地图上明明白白标示着,村民称呼的大河其实就是这条"南尧塘河"。这条河的两岸有着长长的河埂,这大概就是"堰头村"的由来吧。

这条大河河面比较宽敞,水也比较深,在降水丰富的季节,河面生长着茂盛的芦苇,加上这里离村较远,非常安静,所以有各种野生的水禽栖息在这里,偶尔有跑运输的挂桨船,发动机"轰轰"响着经过这里时,打扰了这些小精灵的清净。而在降水较少的季节,河底会露出黑色的河泥,这种泥叫"乌金泥",很有黏性,小朋友们喜欢用这黑泥做手枪。用刀在湿泥上刻出枪的模型,晒干之后用小刀细细修正后,就成了一把乌黑闪亮的手枪,插在腰带里,威风凛凛。

在夏天的时候,小朋友们喜欢到大河里游泳,大河里芦苇滩中间空出的地方就是他们的乐园,因为这里的水不是太深,又安静,是一个天然的游泳池。芦苇滩的

芦苇长得很茂密，阳光像碎金子一般从芦苇的空隙里洒进来，因为照不到什么阳光，所以这里的水很清凉。风吹来，芦苇的叶子在水里摇出各种古怪的形态，小朋友们就经常想象芦苇的深处隐藏着怪兽，从水里抓起泥巴，不停地向芦苇深处发起攻击。

大河中间的水很深，大家不敢轻易去游。村里有一位游泳好手，他一个猛子扎下去之后，很长时间都不浮上来，每次都要让大家等到快要绝望的时候，他才从很远的地方冒出来，同时手里还能抓着好几个河蚌。

但不知从什么时候开始，那条大河慢慢淤塞，不能通任何船只了。再后来，原先宽阔、干净的大河里到处长着水生植物，变成了又窄又浅的小水沟，还不时散发着臭味。如今，经过治理这里又宛然恢复了往日的模样，但往日的小伙伴们，再也寻不见了。

童年的快乐

小 乔

1976年7月20日,河头电影队成立,有两名放影员,一台16mm放影机。1982年、1984年添置了16mm放影机两台、宽荧幕一幅,采用双机放映。1984年又添置35mm座机一台。电影队成立后,放影员每天在农村巡回放电影。

看电影是小朋友们最热衷的事,我们几乎追着电影队的脚步逐村去看,几乎所有的影片都要看好几遍。放电影一般都在晚上,下午放学回来,我们三口两口吃完晚饭,便呼朋唤友,每人扛着家里的小板凳或草把出发。在放电影之前还有好长一段时间,那是我们最快活惬意的时光,大家如放出笼子的小老鼠般,围着放影场四处乱窜。电影开始了,我们迅速陶醉在那些优美的画面和好听的音乐之中了。我们小朋友最喜欢看战争片和武打片,其中的战斗和武打场面被我们在游戏中一次次模仿。尤其是电影《少林寺》,更是让我们如痴如醉,还曾经萌发去少林寺拜师学艺的想法。

1982年3月,河头影剧院建成,有1059个座位,主要用于放电影、演戏、开会。电影院经常请来各个地方的锡剧、黄梅戏、越剧团来演出,每到这个时候,电影院就一票难求,那些戏迷都要来一睹戏剧大家的风采。江苏省著名锡剧演员王彬彬、梅兰珍等都先后到该院演出。看戏是大人们喜爱的事,而我们小朋友最期待的是在六一儿童节的那天,学校组织我们到这个电影院看电影。

除了看电影,我们村里人还喜欢听广播里的评书。1958年的时候,河头第一只广播安装在乡政府办公室内。到1982年,全镇范围内有高音喇叭24只,小广播喇叭5600只,已做到村村通广播、户户有喇叭。广播每天清晨5点半响起时,我便起床洗

漱、吃早饭、上学。评书一般播出时间是在上午11点半,有时听不全,我们可以在傍晚6点半的时候听重播。就在我们一遍遍听着《隋唐演义》《岳飞》《杨家将》的评书中,岁月悄悄溜走,我们也逐渐长大,离开了村庄。

80年代初的时候,村里有一户在外做工的村民首先买了一台12寸的黑白电视机,这台电视机从此成了全村人的宝贝。一吃过晚饭,几乎全村人都聚集到他家里,等待观看武侠剧《霍元甲》,而那首"昏睡百年,国人渐已醒"开头的主题曲,至今都在记忆里热血沸腾。想来那户村民其实是不堪其扰,他们全家还在吃晚饭的时候,我们小朋友就到了他家,在他家堂前嬉戏打闹,而大人比较矜持,一般到连续剧要开场时才过来。由于看电视的人多,一开始电视机就被高高架在他家堂前的八仙桌上。但后来看电视的人把他家里的鸡窝给踩趴了,主人家就把电视机放到外面的场上。

那些年可看的书不多,小人书却很流行,不仅小朋友爱看,大人也爱看。小人书到了我们小朋友手里时,基本上都很破旧了,不是没有了开头,就是缺了结尾,但我们仍然看得津津有味,有时看了半天,连书名也不知道。小人书是小朋友的宝贝,在我们那里,谁的小人书多,谁就是老大,他可以耀武扬威地向你发号施令,而小人书不齐全的小朋友只好赔着笑脸,低声下气地向他恳求借书。

外婆村上有一个小朋友,天生有点弱智,他父母就让他在街上摆个小人书摊子,一分钱可以看一本。这个小朋友人虽然呆,但算账却很精明,不给钱是坚决不让你看的。我身上几乎每次都身无分文,看着那一摊子的书,我心痒难耐。于是就天天赖在书摊上,帮他收拾、整理小人书。后来时间长了,他就把我当成了他的好朋友,我可以随便看他摊子上的小人书。

表哥有好几本新的小人书,他珍爱无比,从来都不肯借给别人看。有次我趁他在灶间烧饭时,悄悄地将那几本小人书偷了出来,我狂奔了几百米后,坐在草堆后面,迫不及待地看了起来,我记得那是我心仪很久的《渡江侦察记》。正在我看得入迷时,表哥如神兵天降,他不仅把书收走,还在我头上赏了好几个"毛栗子"。

在童年的娱乐活动中,还有砸铜板、扔纸片、玩弹珠、扇火柴纸等竞技活动,而扔纸片是我的强项。扔纸片的游戏就是:用纸叠成方块,拿自己的纸片去或拍、或削、或扇对方的纸片,只要把对方的纸片弄个翻身就算赢,纸片归赢家。表哥对于扔纸片不擅长,有次他输急了,把自己的奖状都做了纸片输给了我。而玩打仗却是表哥的强项，他是总司令，率领我们村的小朋友，在被剪断枝条的桑树田里，用田里的土坷垃将邻村的孩子打个落花流水。

冬天下雪的时候，也是小孩子最快乐的时候。清晨醒来，推开门，一个童话般的银色世界伴着一丝寒意涌进门来，天地已经连在一起，厚厚的白棉被覆盖在大地上，一直延伸到天的尽头。雪花从灰色的天穹纷纷而下，为迎接这尊贵的使者，四周一片宁静、肃穆，大自然的一切都在激动、虔诚地聆听这天籁之声。

我们欢快地冲进这白色的世界里，任凭雪花落在头发、脸上，我们疯狂地在雪地里奔跑、打滚、呼喊，尽情享受着这上天赐给我们的礼物。我们打雪仗、堆雪人、搭雪桥，个个都忙得热火朝天，全然不顾雪水已把我们身上弄湿。我们滚一个大雪球作雪人的身体，再滚一个小雪球作脑袋，然后我们不停地给雪人进行装扮，但不管我们怎么摆弄，我们都让它保持咧嘴上翘、傻乎乎的样子。

雪后天晴，明亮的太阳照在雪地上，反射光直晃人眼，感觉更加寒冷。饥饿的麻雀在树枝上跳来跳去，我们就在屋前的场地上扫出了一块空地，然后在上面用木棍支起一个竹匾，在匾下面撒一些稻米来引诱麻雀，再用一根绳子系在木棍上，然后我们就一手拿着线头躲在屋里。但每次都因为紧张而把握不住时机，在鸟没有进入匾下就急急地拉动绳子，结果将鸟儿惊走。

小时候村里有许多茅草屋，下过雪后在屋檐下经常会有冰凌挂下，这些冰凌晶莹剔透，像突然凝固了的瀑布一样。在雪后的阳光下，原来灰暗、寒酸的茅草屋一下子变得光芒四射，美丽动人。但很快这些冰凌就被我们一一敲断，拿在手上当作刀、剑来打斗了。有的小朋友还将它放在嘴里当作糖块来咬，发出清脆的"咯吱、咯吱"声。

"绿蚁新醅酒，红泥小火炉，晚来天欲雪，能饮一杯无。"古人在下雪天围着小火炉和朋友饮酒。我们在下雪天也有一个铜火炉，炉子里盛放着烧饭后剩下的带火的灰烬，我们将蚕豆和黄豆放进灰里，盖上盖子，听到"啪"的一声响，我们就手忙脚乱地取下盖子，将豆子扒出。我们一边吹气一边吃，都烫得龇牙咧嘴。吃完后，我们就用雪把脸上的黑灰擦干净。

一条路的变迁

程维平

舅舅家在河头,小时候每年的暑假我都要去住一段时间,跟表哥表妹一起到田间捉泥鳅、抓螃蟹,童年也因此充满了无限快乐。

提起那条路,我至今仍然心有余悸,记忆中的那条路除了狭窄之外,最让人头疼的是,它是一条坑坑洼洼的土路,晴天的时候,路面上的尘土随风而起、纷纷扬扬,碰到雨天,路就不像是路了,雨水的浸湿使泥土变成了烂泥,路便成了烂泥路,而且烂泥的黏性特别大,粘着鞋子,叫人走都走不动。

记得有一次,我和表哥去不远处的小河边钓鱼,天突然下起了暴雨。等我们在路边的小屋里躲完雨匆匆往家赶时,一下子怔住了,那条路不知道什么时候变样了,路面被雨水浇湿了,试探着踩一脚下去。虽说我是小心翼翼,但还是从鞋子的四周不经意间冒出浑浊的烂泥和雨水来,一直往上漫,弄脏了我的鞋子不说,袜子也遭了殃。我心疼极了,因为鞋袜都是新买的呀!我大喊大叫,满腔的委屈油然而生,可恶的烂泥路!

表哥却显得很淡定,他让我把鞋袜都脱掉,干脆赤脚走路,他们以前都是这样做的。可是我不习惯,我很害怕踩到蚯蚓之类的小东西,怕它们咬伤我。于是,我硬着头皮往前艰难地跋涉,深一脚浅一脚地蠕动着,就好比蜗牛的速度那么慢。突然,我尖叫起来,大事不好,我的脚出来了,可鞋子却深深地陷在了烂泥里,裸露的一只脚悬在半空中不知如何是好,场面很尴尬。表哥见状,用手帮我从泥水里吃力地抠出了鞋子,然后扶着我把脚伸进了鞋子里,继续摇摇晃晃地向前走……

当我们跟跟跄跄地回到舅舅家时,我已经被弄成了泥人。舅妈立即打水给我洗一洗,我嘟着嘴哭丧着脸说:"舅舅舅妈,你们家的路怎么会这样难走啊?"舅舅也紧皱着眉头,唉声叹气地说:"唉,真不知道这路什么时候才能修一修哟?有条砖头路也行啊。"我想,砖头路也许就是舅舅还有村里人遥远的梦想吧。然后,舅舅又和我们说起一件往事,他曾经有一次下雨天赤着脚回家,就在这条路上脚被碎玻璃划了一条长长的大口子,还缝了好几针,听得我心惊肉跳……

那条令人苦不堪言的土路,给我留下了刻骨铭心的印象,给舅舅那个村子的村民带来诸多的不便和心灵上的伤痛。

又一年的暑假再次去舅舅家时,让我惊诧不已的是,那条土路居然真的变成了砖头路,应验了舅舅以前说过的话,也实现了舅舅以及全村人的梦想。舅舅兴奋地告诉我,农民种地一年比一年创收,不但没有上缴还有补贴,有一些村民学了手艺去外地打工挣钱,也有人在河头城里找了好工作,大伙儿手头有钱了,党和政府补贴了大部分,村民拿出一小部分,所以砖头路也就应运而生了。踏在平坦的砖头路上,心头感到无比喜悦,再也不怕鞋子陷进烂泥里了,舅舅再也不会被碎玻璃划破脚了。

后来,由于学业的繁重,我连续好几年没去舅舅家了,舅舅在电话里不止一次地让我去河头,看看他们现在的美丽村庄,说是变化特别大。说实话,对于舅舅家,还有那个小村庄我还真是念念不忘的,毕竟在那里度过了好多个愉快的暑假,那里就像是我的第二故乡一样,在我心里一样非常重要,我很有必要经常去看看,看看风景秀丽的河头,还有我可敬的舅舅、舅妈。

当我再次回到那片熟悉而又显得陌生的土地时,我心潮澎湃、激动不已,因为我无法再辨认出这个地方就是我记忆里的河头,变化实在是太大了,甚至我在怀疑是不是走错了地方,楼房、空调、太阳能……尤其是那条曾经吞噬我鞋袜的土路。

路不再是砖头路了,而是一条崭新的、平坦宽阔的水泥路,出租车一直开到舅舅家门口呢!在乡村美景的映衬下,水泥路显得更加雄伟壮观、气势磅礴。长长的水泥路笔直而又宽广,向天边无限延伸,好似没有尽头,路的两旁绿树成荫,就像一条天然的绿色通道,通向充满诗情画意的远方,金黄金黄的庄稼就犹如给乡村铺就了一层厚厚的金饰,在它的掩映下,美丽的水泥路好像是婀娜多姿的少女,也好像是

朝气蓬勃的少年,带给人无尽的遐想,简直太美妙了、太神奇了!我再次哑然失笑。

舅舅笑眯眯地迎了上来,可是,多年不见的舅舅明显地老了,但看起来比以前还要有精神。舅舅指着眼前的水泥路乐呵呵地说:"你知道吗?原来的砖头路也经不起挤压,跟不上时代的步伐了,当然要被淘汰了,现在多好,出门就是实实在在的水泥路啊!而且这条路一直通向镇里、城里,缩短了乡村和城市的距离。"

勤劳智慧的河头人在逐梦之路上一往无前,一条乡下路的变迁和华丽转身,见证了河头在乡村振兴、城乡一体化建设中飞速发展的光辉历程。

我的长辈们

汤云祥

在翻阅镇志的时候,我意外发现我就读的启蒙小学竟然是爷爷创建的。这所学校叫午巷初小,是爷爷在1950年2月创建,创建时只有4间校舍,1个老师,30名学生。我1980年在这里上学的时候,有一、二两个年级,学生有50人左右,老师也只有2个。

爷爷和奶奶退休后一直住在乡下,父亲和叔叔给他们买了一间瓦房,平时他们二人独自居住,自己照料生活。爷爷、奶奶在乡间俨然是两位老神仙,因为有退休工资,他们不需要像乡下的老人一样劳作,在乡间的小道上,他们远远地携手走来,皮肤胜雪,鹤发童颜,谈吐文雅,衣着时尚,这也是乡间的一道亮丽的风景吧。

爷爷一直坚持体育锻炼,每天晨起而"武",他打的是杨氏二十四式太极拳。小时候放暑假,清晨我还在梦乡里时,爷爷就将我从床上拎起来,叫我跟他去跑步。跑一段路后,爷爷就会找一个地方压压脚、打打拳,我也跟着做做操。爷爷每次都要带两块饼干,锻炼完后我们爷孙二人一起分享。

奶奶在嫁给爷爷之前是地主家的小姐,村里的人说奶奶嫁给爷爷的那天是坐船来的,光嫁妆就有好几条船,婚礼是全村最气派、最风光的。由于在娘家锦衣玉食惯了,所以奶奶很会享受。她有一个用木头做的柜子,四四方方的,中间有一个钥匙孔,平时这柜子是锁着的,里面放满了各种好吃的。我小时候,大家刚刚才解决温饱,而我奶奶就用核桃仁、红枣煮粥,用银耳、莲子做羹吃,这在当时是多么的奢侈啊。

爷爷当蔬菜公司经理是在计划经济时代,手里还是有一点权力的,但他没有为

家里人捞一点私利，他正直得有点古板。村里有个爷爷的朋友，有次进城买东西，向爷爷的单位借个板车，结果被爷爷拒绝了，他同时还批评了朋友的个人主义思想。

每次下乡，我都要到爷爷那里去坐坐，他们的电视机老是信号不好，我去调一下就好了，以至于后来只要村里人家的电视机有问题，爷爷都向他们推荐我去修，弄得我成了专家一样。有一年我上黄山旅游，回来时给爷爷买了一根拐杖，爷爷感觉有必要对我说点什么。当时我正在书房里看书，他走了进来，于是一直不擅长表达感情的爷爷，用他同样不擅长的说话方式对我讲了一番大道理，然后像完成了任务一样，满意地走了。

村里的三爷爷经常表演他的武术，他说我的外公武术高强，还被专门请到村里来教拳，他的武术就是我外公教的。外公自幼习武，年纪很轻的时候就成了一个武林高手，他曾经在全省的武术比赛中获得青年组的亚军。

穷习文，富练武，以前外公家还是很富有的，在街上有几家店铺。外公练的是少林功夫，尤其是马步扎得很稳，据说他每次出去看戏，随便往那里一站，任凭多少个人在他身边挤来挤去，他始终纹丝不动，如一棵松树一样"咬定青山不放松"。

三爷爷打拳姿势不好看，人又长得瘦，像是耍猴拳。于是我去缠我外公，终于有一次他给我逼得没有办法了，就给我练了几下。他刚开始打的时候，招式优美，动作有力，威风八面，可在扎一个马步的时候，却一屁股跌在了地上。原来外公年纪大了以后，长期不练武，功早就散了。

记忆里的外公总是不停地吸烟，不停地咳嗽，外公平时抽的都是劣质的纸烟，我曾经对他说："等我长大了，我就买好烟给你。"他听了之后，笑得眼睛眯成了一条缝。后来，外公还买了一台小机器自己卷烟，但没有卷多长时间，就坏了。我现在有能力买好烟了，可外公却早早地离我而去。

在村里，我喜欢听表哥的老奶奶讲故事。她行动不便，总是窝在一个小靠椅上晒太阳，她肚子里装了许多奇闻怪谈。我最喜欢听她讲"开天门"的事，她每次讲到这段时都声情并茂：有天晚上，西边的天空突然"轰"的一声，黑色的夜空裂开了一条大大的口子，像开了一扇大门一样。只见大门里红光一片，把整个天空照得雪亮。老奶奶说那是王母娘娘出宫来了。

我以为"开天门"的事是老奶奶杜撰，谁知我打开镇志的第一页，在民国二十二年（1933）大事年表那栏里总共记着两条，一条是太平乡与石字乡合并为河头乡，另外一条就是这条"开天门"的记载：9月6日下午8时，碧空一声巨响，满天雪亮，人谓"开天门"。

追忆六七十年代的生活

于先明

六七十年代的河头农村,还没有通电,那时晚上照明都是点煤油(洋油)灯,而煤油需要凭票供应。为了节省煤油,有的人家甚至还在用最原始的老办法替代煤油灯,即利用一种灯草,蘸着菜油来点灯,发出的光线十分暗淡,转过身来看别处就是漆黑一团。煤油需要按计划供应,自然火柴(洋火)也是如此。当时凡是带有"洋"的货,如洋碱(肥皂)、洋糖(白糖)等,都须按计划供应的。那时叫"洋"的东西挺多的,如洋钉、洋布等。因为这些日用品的短缺,许多家庭仍在沿用最原始的电石打火,类似于古人的钻燧取火,时常见到一些老人抽黄烟时就用这种古老的点火方式。左手指夹着火纸及电石并挨着,右手拿起刮石刀,反复刮擦多次,才发出零星火花,好容易才能生火燃纸。

那时尚有一些人仍旧居住于用夯打黄泥土砌成墙的茅草屋里,这种黄泥墙被叫作"土打墙",很坚实、很夯厚,另一种土墙是由一块块的"墩头"堆砌的。墩头亦是泥土制成的,即收割水稻后田里的表层熟土,用碌碡滚碾压实后,由一人按住划刀柄,另一个人用劲拉着系在刀柄上的绳子,划刀按照直线条被拖着,一边挪动、一边划割,从而将一块稻田地分割成无数方坯,再经过一段时间风干,用铁锹起出来、晒干后,拖到场地上堆放起来。此方坯俗称"墩头"。墩头为长方体,它可以用来砌房子、灶头,还可以用来填猪圈。土坯墙屋顶上盖着穿插有序、厚薄均匀的稻草或麦草,可经得起几年风雨侵蚀而滴水不漏。这种房亦称"茅草房""草蓬子",虽简陋,但冬暖夏凉。

住着这样低矮的小茅蓬子,有些人家茅屋内空间小,就不造灶头了,而是在家里放一只锅"炝"来烧饭。锅炝的制作如下:一般将麦芒与烂泥加稻草一起用锄头反复捣来捣去,最后形成均匀的泥浆,而后将含有草的泥浆搓成长条顺着一个方向一圈圈绕呀绕,一直向上绕,绕成一个八九十厘米高、内径有六七十厘米长的圆柱体。直径往上慢慢地收小,直到刚好能容纳一只锅,体身再抠出一个老大的洞口,用来放入柴草,制作好的圆柱体被叫为缸锅炝。这种简易灶无烟道,烧饭时浓烟直接排于屋内,整个室内烟雾缭绕,眼被熏得泪直淌。我记得有不少老人家里都是这种情况。

六七十年代,家里吃喝用的水都是从河里挑上来的,家家都有一副(两只)水桶(提桶),水桶都是木头做的。家里必须备只大水缸,可以盛放好几担水,为了能吃上澄清的河水,便在水缸里放些明矾,把河水中的掺杂沉淀到底,吃上层洁净、透明的水。一大缸水可供一家人吃喝多天。那时取水(舀水)的玩意儿叫挖勺,另外尚有凹手、脚盆等盛水器,可以放东西在里面洗。家里还有一件重要的东西,那是粪桶,同样缺少不了。粪桶置家里便于尿尿,尿液收集于粪桶,可以用来浇庄稼,那时肥料金贵,所以有那句:肥水不流外人田。那时农村人拉撒,男的上露天粪缸(金坛话亦称清缸),茅缸遍布农村大地,臭味熏天。我们这里女人在家里上马桶。这就是当时农村很无奈的生活环境。

那时尚有不少老人身上穿着粗布做成的衣衫,有的是自家纺纱,然后织布,此种布衣就叫粗布衣。我亲眼看到我奶奶用很古老的纺车纺纱,再用织布机啪嗒啪嗒把纱织成一片片的纱布,纺纱的原料就是麻或棉花(都是自家种的)。那时的布料很紧缺,凭票供应,根本满足不了人们的需求,以致太多的人衣裳陈旧、破烂且补丁加补丁,一件衣服甚至穿上几十年都不见怪。如果家里有多个孩子,一般都是由大穿到小。小时候我曾见过某些人身上穿着很破旧的并带洞眼的长袍,很像是他家上代传下来的。一件衣服穿几代人不足为奇。

那时候人们干活脚上总是喜欢穿一双草鞋,冬天冷了就穿草编的蒲鞋。蒲鞋有几种类型,最考究的要算那芦花蒲鞋了,穿着很暖和。下雨时,除夏天赤脚走路外,冬天有人脚上套一双钉鞋,此种鞋底有固定屐齿,走路不打滑。钉鞋表面漆着锃亮的桐油,鞋面较硬,走起来常常夹脚上的肉。到冬天尤其下雨天,男人们在家不是闲着,而是把新鲜的稻草用木榔头叮叮咚咚地敲柔软了,这样就可以用来编草鞋、编蒲鞋;还可以搓担绳、搓长绳,为来年生产备用。

六七十年代，不仅人们在生产、生活过程中千辛万苦，就连命运多舛的老黄牛也是如此。若耕耘过程中稍微偷闲一下，便是大鞭一挥，被打得皮青肉肿。更有甚者，一头牯牛由于平时劳累过度、体力不支，耕作过程中就直接累倒在田里，再也爬不起来。当然，如果遇到性烈的牛，它绝不会配合，有时会用它那锋利的牛角来反抗。一般掌犁者驾驭不了的，只有驯养的人才能制服它，使它乖乖服从安排。如果经常得不到足够的给养，无论何种牛即使体质再强壮，也会因繁重的耕耘而倒下。

要把香喷喷的白米饭弄到嘴，这一过程不知要耗费庄稼人多少心血。如种水稻，从播种开始，田里下秧苗就需要水，当然秧苗需要的水不多，小块田可以用扛桶打水。但到了插秧的时候，种田人要祈祷老天爷帮忙，盼望能下几天几夜的黄梅雨，田里就可积满了雨水。若遇到干旱天，只得就近取水，依靠临近河塘，用槽灌来车河塘里的水。农民背朝天，双手攥紧横木条，豁出浑身之力用双脚踩踏槽柞上的脚柄让其滚转，从而带动一连串的叶片步调一致地翻转，这样可使河里的水顺着滚动挡水叶片接连不断地涌上来，直接灌入田里。水稻栽插完了，便要除草、施肥。最原始的除草法，就是低头弯腰用手扒拉，或者用很古老的乌头在稻田里连推带搡，这种方法叫蹚田。

待水稻穗粒饱满成熟后就开始收割，割下来先放田里日晒几天，而后束成把。在田里放了个大掼桶，掼桶呈正方形，上口大，底座小，其用处便是掼稻把。庄稼汉的双手紧握稻把在掼桶内侧咣当咣当不停地掼着，才能把稻子掼下来。稻子脱离稻草之后，必须清理场地，经过分拣、筛选，用桁芊扬尘处理干净，再经曝晒，最后颗粒归仓。储存粮食都用家中的大缸，如果再没处堆放就用窝摺囤积起来。有了金灿灿的稻子，再经过一番深加工才可以转化为大米。其过程颇费人力，全靠男人们强劲的双臂按住凿棍在石凿桶（石臼）里连续不断地舂，把稻子舂成了米和糠，然后再用筛子把糠筛出。同样由大米加工成粉也全凭人工，那时过年磨米粉，牵大磨须靠牛来拉，少量的自己在家用小磨研磨。大米分粳米、糯米、籼米。磨米粉须用糯米，包粽子也是，粳米用来煮饭，籼米煮饭比较涨锅。那时候吃顿饭真的不易，可谓粒粒皆辛苦。

随着时代的不断进步，社会上出现了一个"庞然大物"。记得那时候有人说"洋龙"来了，其实"洋龙"是一只非常大的船。船上装载着超大型的柴油机，很笨重。由这洋货"庞然大物"带动几台轧米机轧米，效率挺高的。每当"洋龙"来了，便要待在大河边好多天，周边村子家家户户都挑稻子来轧。经过几天几夜连续作战，把所有挑来的稻子都圆满地解决了，比起以前人工舂米不知省了多少体力和时间。我家亦要轧好多担米，轧回来后把混合在一起的米和糠，用筛子筛好，还须把大米放到外面有风的地方扬一扬，最后才能得到干干净净的大米并储存起来，糠则留下来喂猪。

到了20世纪60年代末，每家每户再也不用依赖古老的油灯，灯火通明得以实现。昏暗的小煤油灯被光如白昼的白炽灯所取代。起初一只灯泡仅有15瓦、45瓦，最高60瓦，虽瓦数不高，但与煤油灯比起来，感觉灯光分外明亮。电经常供应不上，时常停电，线路又差，经常跳闸，即使有人家安装了日光灯，亦常常不能用上。不管怎样说，已经有了很大的进步。

但艰难的生活依然维持着，一是由于生产力低下，物资贫乏，不能满足人们的需求。购物要跑到远隔三四里路的其他村上去买，小商品店东西亦不多。一般都是些糖、盐、火油、酱油、酒、草纸等十余种商品。糖一般都是红糖、白糖（亦称洋糖），买时都用废旧的报纸或写过字的纸包裹着，包成三角形，一般分半斤一包、一斤一包。盐全都是粗制的，称斤卖的，火油、酱油都是散装的，须自带瓶子或壶，你要买多少火油还是酱油都是用端子打，端子亦分好几种规格的，有二两的、半斤的、一斤的等。端子就是用竹筒或铁皮做成的筒，并带有一端长的手柄。那时上街买东西都喜欢背只竹篮子，很少有挎包挎兜的。不论到哪里，很多必需品都须凭票供应。要知道农村分口粮主要按劳动力人口操作的，所分配的口粮十分有限，太多人家过完年后就没粮吃了，需要借预借粮来维持一段时间。

小时候我就爱吃我奶奶包的粗面团子，其中间包了老腌菜馅，非常可口。所谓粗面，其实就是麸皮。那时感觉非常上口，一口气就能吃掉五六个，觉得还没填饱，还想吃。现在回想起来，感到余味犹在。那时，还有人吃青糠做成的苦团子，但我没吃过。

记得我还很小时，开挖河头河，家里住了来自长竹梗村上的民工，凡是参加开河的民工，每天的伙食皆为二斤半。民工们都很客气、大方，常常还带饭菜给我们吃。由于嘴馋，我礼拜天特地跑到工地上，找到住我家的民工。吃中饭时，我也乐呵地混了一顿，还记得那天中饭吃的是黄芽菜烧肉。

平时想吃顿荤是难上加难,除非过年过节。如果有事非得买肉,那就不得不跑到河头或尧塘街上购买。起大早去排队,仅有一个肉墩头,每天只供一头猪,晚去了就买不到。那时都抢着肥肉买,瘦肉没人要。过年亦如此,家家过年都想买个咸猪头回来祭拜祖宗,所以深更半夜就跑去排队抢购。

以前出趟门都是靠两腿跑,我从生下来到十几岁,从来没见过什么车。以前没有一条路是好走的,都是泥土路,夏天基本赤脚。遇到下雨天道路泥泞,走起来左滑右拐,稍不用心,便摔个跟头。平时步行也并非两手空空的,有时两手还得拎好多东西,再多就得放肩膀上背,甚至挑着担子,这样走路亦不轻松。一般三四十里路都是靠双脚走,这在当时是再平常不过的事。有一次,我们那儿一个人,走夜路,他刚好走到一个四周都是河塘的地方,那里的路本身都是羊肠小道,又是人家的田埂,路边便是河塘,稍不留神便会落入水中。那晚他就在那里绕来绕去,直到天亮见到曙光,才走出鬼门关。于是后来他说,那夜给"鬼迷路"了。

河头首届科普节

李锁福

　　1991年,是我调河头镇担任主要领导职务的第五个年头,在这5年里,我在前几任的基础上,完成了河头新街的市容市貌建设。在县教育部门的协助下,把原来的中塘中学迁移到河头中学,把上泗庄中学合并到河头中学,并完善了河头中小学布局和校舍建设,修建了全县乡镇的第一条黑色马路——赵庄公路。借改革开放之东风,整顿全镇乡镇企业,使河头工业走在全县的前列,建筑公司经过整顿重组,焕发出新的生机。

　　在此基础上,我们党委一班人认真思考,怎样使河头经济能够持续发展,又如何把重视科技,发展经济的积极性充分发挥出来。在当时的条件下,有许多同志向我们提供了不少有益的建议和意见,领导班子在讨论时,都一致认为要搞好经济,科技是龙头,市场活跃是关键。同周边乡镇横向比较,我们河头的经济发展与隔壁的皇塘和尧塘不相上下,但在市场流通方面我们不如他们做得好,除了固定时间的小集外,尧塘皇塘上半年和下半年都各有一个大集市,我们也考虑,在上半年二月二十三日集场的基础上,下半年再兴起一个大集,以促进市场经济的繁荣。

　　在10月的党政联席会议上,重点讨论振兴科普节集市的问题,最后作出了决议,并于11月中旬党政联席会议上作了具体的细化:一,设立河头镇下半年市场集,时间选在每年的12月26日毛主席诞辰日。二,为使经济与科技结合,不仅仅限于物资,更要注重科技知识的学习和交流,创造出一个新型的农村集场,故取名曰"科普节"。三,确定首届科普节领导班子,并明确责任,各司其职。四,邀请县和兄弟乡镇、单位、企业届时设摊协助,特别是工业、农副业、生活卫生等科技咨询,以此为

主，另外请工商、商业供销组织集市贸易为演出搭台。五，12月26日白天为科技咨询和贸易活动，晚上为党的活动——新党员入党宣誓，然后文艺演出。

　　为防止工作疏忽和考虑不足，我们在12月25日又召开了全体机关干部、企业单位负责人和各党支部书记会议，再次进行了检查和发动。经过我们细致的工作和精心准备，河头镇首届科普节在1991年12月26日如期举行，我记得那天上午科技咨询、农副业知识咨询的人络绎不绝，市场上人挤人，非常红火，秩序也很好。然而到了下午，天公不作美，先阴后转小雪并渐大。针对天气的变化，我们立即开会研究，鉴于已开始下大雪，晚上新党员的宣誓和露天文艺演出取消。征求新党员意见时，他们积极性很高，一致认为选在毛主席诞辰日、首届科普节进行入党宣誓具有特殊意义，即使漫天大雪也动摇不了他们的决心。我们采纳了他们的意见，那天晚上虽然下着大雪，但新党员个个精气神十足，如期进行了庄严的入党宣誓。最让我感动的是在那样的大雪天，仍然有近千名河头群众现场目睹了全部的宣誓过程。

　　时光荏苒，一晃已经过去了30多年，河头科普节经久不衰，为当地的经济繁荣起到了一定的促进作用。但回过头来看看，我们当时的格局还太小，目光不够远大，科普节展示的科普带动作用还是不够明显，只能留作遗憾，让后来人慢慢地完善了。

在河头小学做导师的那些日子

陈 文

我有很多红彤彤大小不一的聘书,诸如学校教育科研、青年教师发展团队、课题研究等,还有杂志社通讯员、审读员、副主编等,而让我看重的聘书却为数不多,河头小学的青年教师发展团队"特聘导师"的聘书至今收藏在我的书房。

2018年3月,我在朱林小学接到河头小学张立俊校长电话,他说:"我们学校35岁以下的年轻教师比较多,为促进青年教师的成长发展,学校成立了青年教师发展团队,需要聘请一位德高望重的导师……"张校长的诚恳邀请让我备受感动。年初退休,便受到聘任的邀请,这对一个刚刚退休的教育工作者来说是莫大的荣幸和信任,怎能推却呢?

4月16日,我以导师的名义第一次出席了河头小学青年教师发展团队的沙龙活动。活动由王晖副校长主持,张立俊校长对我进行了介绍,并举行了隆重的聘请仪式,向我颁发了聘书。

这次的沙龙主题是教育案例分析。记得我说过这样一段话:"这是一所美丽而又有内涵的乡村小学。走进学校,我的心境忽然明朗起来,这里,几乎就是我理想中的学校……"

为什么说河头小学是我理想中的学校?除了优美的教育环境和有个性、有思想、有作为的张立俊校长外,还有一群纯朴可爱的孩子,在河头小学一批优秀教师群体的辛勤教育下蓬勃成长。

在我的印象中,河头小学历来非常注重青年教师的成长发展,培养了一批在金

坛有影响的老师和校长。无论在学校工作，还是到教研室工作，我一直以为在河头小学工作的教师是幸运的，是幸福的。

暑假期间，教育局进行了新一轮校长调整。农村小学校长调进城当校长，应该是对校长工作的肯定与褒奖。那年，农村唯有张立俊调往城区做了校长，我为他的晋升而高兴。原薛埠中心小学朱明方校长调任河头小学校长。朱校长儒雅、博学、沉稳、厚道，多年的交往中给我留下蛮好的印象。他到任不久就请我继续担任河头小学青年教师发展团队导师。

自从担任河头小学青年教师发展团队的导师，与他们贴得更近，走得更勤，交流更多，我好像也融入了河小教师群体，悦心，悦己，悦人。除了参加活动，还向青年教师推荐阅读书目。每个人的进步就是我前行的动力，每个人的收获就是我为师的幸福。歌德说："人之幸福，全在于心之幸福。"每个人从小到大，都在不断地成长，工作了，结婚了，还在不断地要求自己，确定新目标，朝着预定目标前行，不就是成长的姿态吗？这种成长，无论到了什么时候，都是灿烂的、美丽的、幸福的。

在青年教师成长的路上，我传播的文化也许根本看不见摸不到，很难见效。我认为在一群年轻的教师群体中，哪怕有一个人保留了一粒希望种子、残存了一点希望微光、品尝了一丝幸福的味道，那便是我对河头小学碎片化记忆的价值所在。

塘间野趣

葛汉民

河头五联村西北有个村庄叫马鞍墩,与丹阳市里庄镇相邻,在那儿有我许多的童年记忆。

掏蜂窝

在村西有个被称为"西塘"的大池塘,水面广阔,水中有五个土墩儿,远瞧好似五座小岛,墩上杂草丛生、树木葱茏。童年的我和小伙伴们在这发生过许多趣事:嚯!你看那儿!好一个大如锅盖的野蜜蜂窝,它倒悬着挂在一棵树枝上,一群棕红色的弹脚蜜蜂,拖着长长的刺嗡嗡不停。有的围着蜂窝盘旋飞舞,有的在蜂窝上爬来爬去,有的采花,有的酿蜜,进进出出,忙得不亦乐乎……我和小伙伴们远远地瞧着,避而远之,蜇人钻心疼的滋味,让人害怕。当听到蜂窝能入药,可卖钱的时候,我们心有不甘,毕竟钱对于我们这群穷孩子的吸引力太大了。

小伙伴们商量一致决定"冒险",顺走它们的"安乐窝"。一切按计划推进,我们五个孩子脱掉短裤,裸着身子,跃进水里,捞起一把把污泥,把头上涂上厚厚的一层,只露出眼睛和口鼻,每人顶着一顶用草编织的简陋"草帽",拿着石头和泥块……近些,再近些,蜂窝就在眼前,蜂影在晃动,我们屏住呼吸,"打!"随着"首领"一声号令,大家将手中"武器"一齐掷向蜂窝。随着蜂窝缓缓落向水面,只见弹脚蜜蜂就像炸锅似的,"呼啦啦"蜂拥扑来。我们赶紧缩进水里,任凭"嗡嗡"声铺天盖地,但我们心里美呀:"有本事你到水里来咬我呀,哈哈哈!"野蜂也不是"吃素的",它们穿过"草帽"的防护,像"二战"中的"神风"轰炸机自杀似的冲进水里,见人就蜇。"呀!呀!呀!"不好,我头上中招了。小时候的我们水性不强,闷在水里,一会儿就憋不住了。弹脚蜜蜂抓住我们头露出水面的时机,疯狂向我们发起新

一轮冲锋,一阵紧似一阵。似乎在说:"谁侵犯我的领土,我要让他尝尝我毒刺的味道……"我们狼狈不堪,惨不忍睹。"蜂又来了!"不知谁喊了一声"掀水!淹死它!"随着水花四溅,野蜂纷纷落水成为鱼虾的美食,战况迅速得到了扭转,胜利的天平向我们倾斜。十几分钟后,参与战斗的野蜂越来越少,终于,我们胜利了!

歼敌一千,自损八百,你看,五个人全都披红挂彩,每个人头上都鼓起了山包包。战斗结束,我们从水中爬上岸,穿上裤子,一个人拿着蜂窝战利品,走在前面,其他四人跟在后面,跟跟跄跄地回家。这时候,野蜂注入我们皮肤的毒性发作,创口刺疼、脸火辣辣的、大脑晕乎乎的,一个家伙实在吃不消了,"哇"一声哭了起来,其他人也跟着号啕大哭,好像是一支出殡的队伍,特别伤心。歇了好长时间,大家才平下心来,你看看我,我看看你,个个都是鼻青脸肿,人人都是伤员。

我们把蜂窝拎到里庄桥的药店,往柜台上一丢。药店老板拎在空中,端详了一番:"这么大的马蜂窝,我还是第一次看到,这些小家伙真厉害!把这东西搞到手,真不简单哦。"他从抽屉里摸出五张黄黄的一分头纸币给了我们,我们喜不胜喜,跑到南货店里买了十块糖,每人两块。我将一块含在嘴里,甜味充斥味蕾——那是逢年过节才会有的享受。另一块却是怎么也舍不得吃了,揣在口袋。回到家,四处找妈妈,妈妈不在。终于在田间找到除草的妈妈,我高兴地对妈妈说:"妈妈,我要让你好吃东西,你要闭上眼。"妈妈闭上眼,我把糖塞到妈妈的嘴里,妈妈一惊:"哪来的糖?"妈妈问清缘由,我的小屁股挨了两巴掌:"叫你惹黄蜂,黄蜂会刺死人,你爸不在家,你到处给我惹事……要有个三长两短,我怎么向你爸交代。孩子你还小,你要吃糖,妈妈给你买,以后会有很多很多的糖,让你吃都吃不完。"一边把糖还到我的嘴里,一边抚摸着我头上的包,"还疼吗?傻孩子,大头包换'糖'不值得,决不允许再干种傻事了。"我似懂非懂地哭着点着头。妈妈的热泪滴在我的脸上,在妈妈的怀里,甜甜地进入梦乡。

搜鸟蛋

西塘河中还有个稍大一点"小岛",那是鸟的天堂。你瞧,树上个头很大的是"麻雀窝",藏在长茅里的是"苦鸭窝",隐身茅草中的是"黄雀窝",把窝安在小乔木上的是"天丝雕"……它们在那栖息、繁衍。在那个粮食匮乏的年代,蛋类那可是难得的"美食",因而在傍晚,每当看到各种各样的鸟飞回"小岛",我们心头便会"奇痒无比"。一点儿菜籽油,摇匀的蛋液再加上几颗盐巴,软熟的煎蛋一口下去,回味无穷……但是"小岛"与岸边至少有100多米，更何况要涉过"深水区"，深水区水底情况复杂，暗流涌动。

我和小伙伴可不会被这点难事吓倒，我们约定必须登上"小岛"，搜集美食。而登上"小岛"，第一要务是便是学游泳。我们约定：谁先掌握游泳技术，谁就能当我们的"头领"。我们在竞争中成长，伙伴们也学得飞快，先学"蒙头水"，再学"抬头水"，继而是"仰泳"……10米，30米，50米，80米，100米，200米，500米……"美食"激励着我们，没有一个人甘心掉队，我们摩拳擦掌，跃跃欲试。

"出发"，随着头领的一声令下，登岛开始啦。小伙伴们争先恐后，"小岛"越来越近了，只听到"扑通、扑通"的响声，原来，在树根上晒太阳的乌龟听到我们的声音，吓得跳下了水，而在不远处我们又看到更为惊悚的一幕：一条长约两米的大蛇，缠绕着树干盘旋而上。它颈部弯曲，吐着芯子，将头伸进窝里，一口一个蛋，一会儿，便把窝里的鸟蛋吃个精光，我们只能眼巴巴看着，不敢与蛇争斗。"嘿！"不知哪个胆大地喊了一声，大蛇听到动静，从树上跳进河里，逃走了。

我们登上"小岛"，这里杂草丛生，有带刺的荆棘，有高高的灌木。"冲啊！打扫战场！"小伙伴们经过精心搜索，我们收获颇丰：那白色的是比鸡蛋稍小的麻鸭蛋。那绿色的蛋壳上有很多紫斑，与麻鸭蛋一般大小的是苦鸭蛋。还有那灰色、娇小可爱的是麻雀蛋。雀蛋虽小，营养价值却相当高。但那时流言盛传吃麻雀蛋生雀斑，因此女孩们大抵是不会吃的，怕影响自己面容，便宜了我们这帮小子。竟然有10枚之多，哈哈！走，炖蛋去！

桥的印记

李凤英

河头后潘大队有一个前潘村。一条大河横隔在村庄的南面,而村西有一条低吟浅唱的大河支流,绵延一公里。支流上有一座小木桥,如今早已经埋没在历史的河流之中。

这是当年村里向西外出的一条交通主干道,如果不从桥上过,那就必须绕道很多路。生产队里有30多亩地在桥的西边,与午巷大队交界。大人们打着劳动号子过桥的场景,储存在我幼小的记忆里:"喂嗨唷噜吱哟噜!喂呀哩咯嗓!喔噜哟嗨!"一群壮劳力挑着两头翘得很高的稻把,从村西的田野里,浩浩荡荡向打谷场进发。途经这座木板桥,后面的人在原地打着号子踏着步,等待前面的人一个一个走过颤巍巍的小木桥。每当想起,那座窄窄的小木桥,始终挥之不去它的印迹。

这座木板小桥虽不起眼,却给村里人带来许多便利。在我很小的时候,一次奶奶带我过木桥,到桥那边菜地上拔草摘菜,桥容不下两人并排过,奶奶在前,再三关照我小心慢慢走,可我听着桥面那吱吱嘎嘎作响的声音,看着距离桥3米多的河面,心惊胆战,两腿发软,我干脆手脚并用,等爬到桥中间时,趴在桥上不敢向前,吓得哭了起来,奶奶颠着小脚一小步一小步走过来把我扶过了桥。我一屁股坐在河岸的田埂上,奶奶陪着我,给我讲小木桥默默承载着漫长岁月的故事:我的堂伯那年走过这小桥去参加了新四军。后来堂伯秘密回村里开展工作,一位邻居伯伯决定跟着堂伯走出去参加革命,我奶奶为他做了布鞋,准备了简单的包袱,亲自把他送到桥头。邻居伯伯走过木板桥,回转身向我奶奶深深地鞠了一躬,对我奶奶说:"婶娘!我走了,您多保重!等到人民过上了好日子,到那时这里一定会有一座新的桥。"

解放后，参加过几大战役的我那邻居伯伯，在城里安了家当了干部，他每次回村里必定要来看望我的爷爷奶奶。随着时间的推移，我开始读高小时，木板桥边来过几拨人，多次测量，看看写写。再后来，村上来了建桥工，奶奶还为他们烧水送茶。在敲着锣打着鼓，庆祝新桥建成的那天，我和一群小伙伴在桥上蹦着，来回地跑着，好不开心。我突然想起要让奶奶看到这个喜庆场面，于是我拉着好朋友玉琴陪我一起跑回家，把我那小脚奶奶搀扶到桥上。她摸摸左边桥栏，拍拍右边栏杆，笑容在她的脸上荡漾着，犹如阳光般的灿烂，激动地说："我等到了！我等到了！"

每当清晨的微光荡漾在桥上时，就有人络绎不绝地从桥上经过，上学的，去城里办事的，还有去田间劳作的。桥不分寒暑，把村人从此岸送往彼岸，走向村外，走向四方。村里曾经从这座桥上走出数名大学生，也有走向军营的。我也经过这座新建的桥，去陇东读完了小学和初中。每天经过桥上时，我们几个小伙伴都要停留片刻。春天，清澈的河水里倒映着新桥的影子，两岸的垂柳用纤细的手臂轻抚着河岸，我们站在桥上看远处苍翠如玉的茅山和方山的倩影。傍晚时分，新桥在夕阳的照耀下披上了一层金辉，散发着一种祥和之气。到了夏天，村里有人喜欢去桥上纳凉，清凉而熟悉的晚风扑面而来，吹散了一天的疲劳。在乘凉的人群中，也有我们小伙伴精心安排的：那就是骗村里那位"智多星"到桥上讲"水浒"，讲"三国"。大家商量好，吃过晚饭由谁先去他家，然后一人跟上，悄悄对他说：梅叫你晚上到桥上去。等到他去了，凳子已经摆好，大家一起缠着他坐下讲故事。新桥给我有趣的少年时代染上了瑰丽的色彩。

长大后我在外求学与工作，每次放假回村里，喜欢独自一人站在桥上，嗅野花的芳香，观河草在水底摆动着绿色的腰，舞出优美的姿势。欣赏着活泼可爱的小鱼在水草里钻来钻去，成群结队地追逐嬉戏。再回望着村里一户户楼房拔地而起。

岁月是一张过滤的网，奇幻的魅力之光透过白云的空隙，把桥成长的故事，桥那独特的旋律和丰富的内涵，清晰地倒映在飞速发展的时空里。

河头镇前潘村先是合并到金坛经济开发区，再后来乡村拆迁，在村西桥的原址周围，企业纷纷在这里落户，许多高科技产品从这里出发，步出了江南，输送到祖国各地，甚至走出国门。

难以忘怀的乡情和乡愁

王 霞

我老家在河头农村，家乡的水哺育了我，家乡的风伴随我成长，那份浓浓的乡情和乡愁，令人难以忘怀。

春节是河头农村最隆重的节日，春节时孩子们最喜欢放鞭炮，尤其是男孩子看到花花绿绿的鞭炮就走不动路。在孩子的死缠烂打之下，家长多多少少都会给孩子买一些，还不忘叮嘱一声："小心一点，别让鞭炮炸了手！"

小孩子拿到鞭炮，但不舍得成挂燃放。无论电光炮还是小鞭炮，都要小心拆开，宝贝似的将鞭炮放在口袋里，用手指甲掐住引线，点燃后看引线快燃到指甲处才扔出去。

过年少不了走亲串友，以前家里很穷，一瓶水果罐头、两包油渍渍的糕点，在亲友之间被拿来拿去，经过几番推推让让后，有时候转了一圈，最后又回到原来的主人手中。

客人来走亲戚，父母免不了安排吃饭。有肥肉片的荤菜绝对是硬菜，由于肉少，下面就用萝卜白菜垫起来撑门面。荤菜要让客人吃，如果自家孩子不识相，也大口夹菜吃，家长会给孩子使眼色或者在桌子下用脚踢一下。当然，客人也不傻，知道人家的菜以后还要待客，也是象征性点到为止。

后来，我不止一次向父母回忆我吃不上肉的事，母亲就爽朗地笑，然后底气十足地说那时候还不是因为穷嘛，现在冰箱里面放着好多好吃的，你随便吃！

现在哪怕是农村，汽车也随处可见，有时候甚至到了车满为患的程度，自行车反而少见，这在过去做梦都不敢想。

在当年的河头农村，自行车绝对是吸引人的主角，一辆自行车能让多少人羡慕不已。那时的自行车是紧俏物资，一般人家买不起这奢侈品，只有体面的、公家人才能骑上。自行车买回家后，小心翼翼地将大梁、车把一层层缠上塑料条保护起来，在车座下面弹簧处塞一团油乎乎的纱布，有时间就蹲下擦洗一番。遇见沟沟坎坎，甚至下车扛着自行车通过，对自行车如同自家的孩子一般疼爱。

想当年二姨一家五口回我姥姥家，一辆凤凰牌自行车就可以风风光光。二姨夫骑车，老大坐车梁上，二姨抱着女儿坐在后座上，肚子里还怀着未出生的老三。不过，好景不长，二姨家的自行车被小偷偷走了，这让二姨一家心痛至极。暑假，我在二姨家小住，到了下雨天，二姨夫望着天空发呆半响后问二姨，下雨了，小偷会把我的自行车推屋里吗？

如今，我二姨家的表弟表妹都开上了轿车，便宜的车子也价值十几万，看到街上车水马龙，想想以前二姨家的自行车，竟然有恍若隔世之感。

从前的农村人家买不起新衣服，为了省钱，多是买好布料，送到裁缝店里。我家中兄弟姐妹多，每人的衣物屈指可数，而且以绿色、蓝色为主。在那个凭票供应的年代，能拿钱拿布票做一身新衣服，是很不容易的，就算过年，也不见得都有新衣服穿。

家长给孩子做衣服，不是讲究合身得体，而是特意将衣服做得宽大一些，能让孩子多穿两年而不至于瘦小。新三年，旧三年，缝缝补补又三年。我的裤子屁股上，经常有一两块或方形或圆形的补丁，那是妈妈的杰作。

我是家里的老小，很是吃亏，穿的都是旧衣服，能有一套新的，上白下蓝，是我当时最大的梦想。兄弟姐妹间个头也差不多，常常为衣服争得不可开交。

父母年纪大了，当年穿的衣服早已无影无踪。不说平时，光是逢年过节和过生日，我们给老人买的衣服都穿不完。我平时穿不着的衣服，原来还可以送给乡下的亲戚，如今连农村的亲戚也不要了。我就把衣服洗干净，捐到外面做公益，让它们物尽其用，毕竟经历过物质匮乏的年代，舍不得扔掉啊！

农村的男人们劳累一天，往往先不回家，喜欢在外边打上二两散酒，手头宽裕的

时候再加一碟花生米或小菜，粗声大气地喝酒吹牛，掌柜的赔着笑脸，随声附和，一碗酒下肚后，男人才带着醉意心满意足地回家。

我小时候爱跑腿给大人去烟酒铺买东西，去买二两酒或几支香烟，要知道在那个年代，没有人买得起整盒的香烟，香烟是拆开按支卖的，剩下一两分钱，我可以买水果糖吃。

有一次，父亲给我点零钱，让我去买些散酒，用来招待串门的亲戚。我兴高采烈地跑出门，却把买酒的钱买了水果糖。天要黑了，我躲到隔壁堂叔家不敢回去。堂叔问明缘由后从他家拿了一瓶酒送我回家，父亲过意不去，怎么也不肯收，最后在堂叔的坚持下，大家一起在我家吃饭喝酒。

不大一会儿，左邻右舍的邻居就闻到了酒香味，酒香吸引来好几个人过来品尝。大人们喝酒聊天，孩子们疯玩，留下了让我难忘的一幕。

现在逢年过节，我都不忘给堂叔搬一箱好酒，开玩笑地对他说，这是对你当年那一瓶酒的回报！

所有的日子都远去。漫步在文明富裕的河头乡村，感受着新农村天翻地覆的变化，只是那难以忘怀的乡情和乡愁，让我感到我还是从前那个少年！

后　记

村庄没有了，故乡还存在吗？

在全国"两会"上，全国政协常委冯骥才曾提及一个触目惊心的事实：10年时间，我国有90余万个村庄消失在城市化进程中，也就是说，平均每天有200多个村落消失。

河头镇处于金坛的东大门，地理位置重要，有着深厚的历史文化底蕴。在2011年12月，我的村庄——河头镇堰头村也成了90万分之一，消失在浩浩荡荡的历史长河里。从此我成了一个没有故乡的人，故乡的所有印记，成了这片土地上的白云苍狗，被城市化的大潮冲刷得一干二净。

故乡，我已经回不去了。回不去的故乡，文字却可以抵达。在2022年7月，金坛作家协会换届之后，我作为作协主席，感觉更加有义务为自己的家乡作点贡献，全面发掘河头历史，彰显古村镇的新面貌。2022年11月，河头村委和金坛区作家协会合作，准备出版这部反映河头地域特色和人文历史的书籍。

习近平总书记说："让城市留下记忆，让人们记住乡愁。"党的二十大报告中指出，要进一步繁荣发展文化事业和文化产业，加大文物和文化遗产保护力度，加强城乡建设中历史文化保护传承。有文化底蕴和现代文明的美丽乡村才会展现一个最真实的立体中国，《河头》一书的出版将唤醒乡村的记忆，通过文字宣传来凝聚人心，为更好地保存和传承中国传统文化，繁荣乡村旅游，振兴乡村经济建设起到引领作用。

本书的出版得到了东城街道和河头村委的大力支持，离不开马金芳书记和黄晓春主席的沟通和协调，许卫、叶林生、胡金坤、周苏蔚、徐锁平、夏锁荣、樊嘉华等人

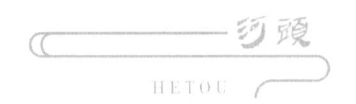

为本书提供了许多良好的建议和史料真实、文字精美的文章，在此，对他们表示真诚的感谢。同时感谢曾经生活、工作在河头的热心人为本书投稿。感谢孙忠民先生为本书写的序言。感谢书法家陈述老师为本书写了书名。感谢为本书的出版提供帮助的所有朋友。

在中国浩如星海的乡镇里，河头只是其中的一个小星辰。但每一个村庄里都有一个中国，都有一个被时代影响又被念念不忘的故乡，一个在大历史中奋然前行的小局部，这些小局部，被时代的巨轮撕扯，或终将归于虚无。这些小乡村，作为我们故乡的记忆，被我们用文字和影像记录，在回忆里开出花朵，永远绽放在历史的天空下。

村庄不在了，但故乡永在！

常州市金坛区作家协会主席

汤云祥